Dror Mishani

LES DOUTES D'AVRAHAM

ROMAN

Traduit de l'hébreu
par Laurence Sendrowicz

Éditions du Seuil

Ce livre est le fruit de l'imagination de l'auteur. Toute ressemblance avec une histoire ou des événements réels, ainsi qu'avec des personnes vivantes ou mortes, des noms existants ou ayant existé, ne pourrait donc être que totalement fortuite.

TEXTE INTÉGRAL

TITRE ORIGINAL
Ha isch she ratza lada'at hakol
ÉDITEUR ORIGINAL
Achuzat Bayit, Tel-Aviv

ISBN 978-2-7578-6849-2
(ISBN 978-2-02-128822-3, 1re publication)

Dror Mishani, fils d'avocat, est né à Holon en 1975. Il enseigne la littérature israélienne et l'histoire du roman policier à l'université de Tel-Aviv et collabore occasionnellement au quotidien *Haaretz*. Il a délaissé son activité d'éditeur pour se consacrer à l'écriture. *Une disparition inquiétante*, la première enquête d'Avraham Avraham, a reçu le prix du Meilleur Polar des lecteurs de Points. *Les Doutes d'Avraham* est la troisième enquête d'Avraham Avraham.

DU MÊME AUTEUR

Une disparition inquiétante
Seuil, 2014
et « Points Policier », n° P4051

La Violence en embuscade
Seuil, 2015
et « Points Policier », n° P4527

Ce livre est dédié à la mémoire de mon père,
Mordekhaï Mishani
(10/4/1945 – 9/4/2013)

J'étais au milieu de ma course, et j'avais déjà perdu la bonne voie, lorsque je me trouvai dans une forêt obscure, dont le souvenir me trouble encore et m'épouvante. […]
Certes, il serait dur de dire quelle était cette forêt sauvage, profonde et ténébreuse, où j'ai tant éprouvé d'angoisses que la mort seule me sera plus amère : mais c'est par ses âpres sentiers que je suis parvenu à de hautes connaissances, que je veux révéler, en racontant les choses dont mon œil fut témoin.

L'Enfer, Dante Alighieri,
traduit par Jacqueline Risset,
Flammarion, 1988

Prologue

Au début du mois de décembre, une jeune femme aux cheveux courts et aux grands yeux bruns descendit du Boeing 737 qui venait d'atterrir à l'aéroport Ben-Gourion. Dissimulé derrière l'épais pilier en béton du hall des arrivées, l'inspecteur-chef Avraham, très tendu, la laissa dépasser les portes vitrées et s'avancer en poussant un chariot chargé de trois valises. Jusqu'au dernier moment, il avait douté de sa venue et s'était même persuadé qu'il rentrerait chez lui tout seul. Il la suivit des yeux encore un instant avant de se montrer et d'intercepter son regard qui le cherchait parmi les gens venus comme lui accueillir quelqu'un.

Ils n'avaient pas de grands projets d'avenir à part vivre ensemble pendant quelques mois. Prendre le temps de se redécouvrir avant de décider de la suite des événements. Et effectivement, ils se redécouvrirent, avec une lenteur prudente, rompus qu'ils étaient tous les deux à l'art de l'observation à la dérobée. Avraham constata que Marianka aimait prendre une longue douche matinale ; quand elle avait terminé, elle laissait derrière elle une petite flaque sur le sol de la salle de bains ainsi que des traces de pas qui allaient jusqu'à la chambre à coucher. Elle constata qu'Avraham se faufilait dans la cuisine après le dîner pour continuer ni vu ni connu à manger, seul derrière la porte close. Ils répartirent dans tout l'appartement le contenu des trois valises qu'il essaya, après les avoir intégralement vidées, de ranger au-dessus de sa grande armoire, mais comme il n'y avait pas assez de place, l'une d'elles passa l'hiver sous leur lit.

Marianka voulut voir le nouveau bureau qu'on avait attribué à Avraham. Il l'emmena donc faire un tour au commissariat un vendredi matin, jour où le bâtiment était presque vide. À la différence de son ancien réduit aveugle du premier étage, le bureau du chef de la section des homicides, situé au troisième, était spacieux, avec une vue imprenable sur les tours d'habitation de la rue Fichman qui avaient poussé sur les anciennes dunes. Par les matinées grises tout comme par les fraîches soirées, sa fenêtre lui permettait de contempler le ciel qui recouvrait sa ville natale. Et, pour la première fois, il pouvait enfin allumer une cigarette sans sortir, à ce détail près qu'il venait d'arrêter de fumer.

L'hiver était capricieux, et comme Avraham avait remarqué que les changements de temps influençaient beaucoup le moral de Marianka, il lisait tous les matins le bulletin météo avec anxiété. Dès que la température chutait ou qu'il pleuvait, elle était heureuse. Mais si le ciel s'éclaircissait et l'air tiédissait, voire devenait presque chaud, elle évoquait la neige à Bruxelles sans arriver à masquer la nostalgie qui marquait son visage et sa voix. C'était le seul bémol dans cette période de joie et, lorsqu'il n'avait rien à faire, il se plantait derrière la fenêtre de son bureau en espérant, pour elle, qu'il se mette à pleuvoir.

En février, il entendit aux informations que la dernière tempête hivernale était annoncée comme imminente. Il décida aussitôt de prendre un jour de congé afin de l'accueillir avec Marianka. Ainsi fut fait mais, quelques heures après le déclenchement des intempéries, un meurtre vint bouleverser leurs plans.

PREMIÈRE PARTIE

LA VICTIME

1

Ce fut au milieu de la nuit, en montant sur le toit pour convaincre Koby de venir se coucher, qu'elle vit le pistolet.

Il était une heure du matin et l'arme était posée sur le meuble du petit local de service, mais elle n'y accorda aucune importance parce qu'elle se sentait épuisée, mortifiée aussi, et que bien d'autres choses la terrorisaient. D'autant qu'elle n'avait aucune raison d'avoir peur d'une arme, au contraire, sa présence ne pouvait lui inspirer qu'un sentiment de sécurité.

Quelques jours plus tard, en se remémorant cette fameuse nuit, elle comprendrait. Tout aurait pu se passer différemment si, à ce moment-là, elle s'était davantage intéressée à lui.

Aurait-elle pu, le matin même, avant qu'ils se lèvent, prévoir que leur dernier anniversaire de mariage se terminerait ainsi ? Daniella et Noy, qui s'étaient réveillées avant eux, avaient lâché onze ballons dans leur chambre à coucher, puis elles étaient venues sauter sur leur lit. Une fois les filles sorties, elle avait profité de ce qu'ils étaient seuls tous les deux pour se plaquer contre lui.

– Joyeux anniversaire, avait-elle chuchoté dans le creux de son oreille, étonnée de sentir que ses muscles répondaient au contact de la main qu'elle passait sur ses épaules et le long de son dos.

Il avait le cou tout chaud de sommeil et les joues rugueuses d'avant le rasage. Par la fenêtre, on entendait les premières trombes d'eau. Toutes les lumières de l'appartement étaient allumées à cause de ce ciel plombé. Dans la cuisine, ils trouvèrent un petit déjeuner de fête que les filles leur avaient préparé : du jus d'oranges pressées par leurs soins et des croissants qu'elles avaient achetés la veille à l'épicerie et mis à réchauffer. Comme elles n'avaient pas le droit de faire bouillir de l'eau, ce fut Maly qui prépara le café.

Elle avait remarqué que Koby était tendu mais, au moment où ils s'installaient tous les quatre autour de la table, elle préféra ne pas parler de l'entretien. Elle proposa de lui repasser son pantalon bleu foncé et sa chemise blanche, il répondit qu'il le ferait lui-même avant de s'y rendre et, de peur que la déception ne soit trop grande s'il n'était pas embauché, elle ne dit plus rien, pas même lorsqu'ils se retrouvèrent à nouveau tous les deux seuls dans la chambre à coucher. Avant de partir, elle l'embrassa sur la bouche et lui susurra quand même à l'oreille :

– Bonne chance pour tout à l'heure.

Elle déposa Daniella à la maternelle et Noy à l'école, puis enchaîna les rendez-vous jusqu'à onze heures.

C'était principalement les maris qui venaient la trouver, et elle avait remarqué que lorsqu'ils étaient accompagnés de leur épouse celle-ci ne parlait quasiment jamais, bien que Maly s'efforçât toujours de s'adresser au couple. Que ces dames comprennent, elles aussi, les différentes possibilités de crédit et les modalités de remboursement. Un des hommes qu'elle reçut, un barbu dont la veste qu'il n'avait pas ôtée dégageait une odeur de naphtaline et de vieux tissu mouillé, ne cessait de la fixer du regard tandis que sa femme, tête couverte d'un foulard et beau visage paisible, berçait un landau bleu d'avant en arrière pour que leur bébé ne se réveille pas, et elle ouvrit deux boutons de sa robe dès que le petit se mit à sangloter, pour, sans la moindre gêne, lui donner le sein.

Comme elle n'avait pas de rendez-vous entre onze heures et midi, elle demanda au directeur de la banque la permission de sortir acheter un cadeau à son mari, même s'ils s'étaient tous les deux mis d'accord de ne rien s'offrir cette année. Elle songea d'abord à aller à pied jusqu'à la rue Sokolov mais, voyant que la tempête ne se calmait pas, elle prit sa voiture et opta pour le centre commercial. Les rues étaient inondées, les feux de circulation ne fonctionnaient pas. C'est d'ailleurs peut-être à cause de cette pluie qu'elle décida de lui acheter, au lieu d'un punching-ball ou d'une chemise pour ses entretiens d'embauche, un parapluie qui remplacerait celui qu'il avait perdu. Chez Zara, c'était trop cher, mais chez Formen, au troisième étage, elle en vit un noir, avec un élégant manche imitation bois, sur lequel une vendeuse aux longs ongles laqués de vernis noir brillant lui concéda une ristourne.

Regarda-t-elle trop longuement cette fille pendant qu'elle emballait le parapluie dans du papier argenté ? Elle lui paraissait si jeune, peut-être encore une lycéenne. En entrant dans la boutique, Maly l'avait vue retourner sur le comptoir le livre dans lequel elle était plongée. Elle avait de courts cheveux bruns, les lèvres violet foncé et un piercing dans le nez. Se sentant observée, elle demanda :

– Quelque chose ne va pas ?

– Non, non, pardon. Vous avez bien enlevé l'étiquette du prix ?

L'entretien d'embauche devait commencer à quatorze heures, exactement au moment où elle terminait son dernier rendez-vous. Maly s'imagina Koby qui tâchait de masquer sa tension, assis face à un recruteur. Incapable de décider quoi faire de ses mains, il les avait sans doute posées sur ses genoux, puis sur la table à côté de son CV, puis à nouveau sur ses genoux pour dissimuler leur tremblement nerveux. Mais elle ne l'appela ni avant l'entrevue ni après, lorsqu'elle se mit en route pour aller chercher les filles.

En rentrant, elle ne vit pas la voiture de Koby dans leur box entre les piliers de l'immeuble et en déduisit qu'il n'était pas encore là. Pourtant, dans l'ascenseur qui les monta au septième étage, elle reconnut l'odeur de son aftershave. Et la porte n'était pas verrouillée alors qu'elle aurait dû l'être.

Elle entendit l'eau couler dès qu'elle pénétra dans la chambre à coucher. Allongé sur le sol dans une flaque d'urine, Harry ne leva pas la tête. Et la sacoche que Koby avait prise pour son rendez-vous traînait au pied du lit.

Mauvais signe.

Il était quinze heures, qui aurait imaginé le trouver à la maison à une heure pareille ?

Noy alluma la télévision et Maly alla préparer le repas. Les pâtes avaient déjà ramolli que l'eau de la douche coulait toujours. Elle frappa à la porte et demanda à Koby s'il voulait manger avec elles. De l'intérieur, il lui répondit que non. Elles commencèrent donc sans lui – les filles avaient faim. Elles l'entendirent sortir de la salle de bains et venir fermer la porte de la chambre. Daniella et Noy ne dirent rien, mais Maly se leva et alla voir ce qu'il faisait. Elle le trouva allongé sous la couverture. Il avait beau avoir les yeux fermés, elle était persuadée qu'il ne dormait pas.

– Tout va bien ? s'enquit-elle.

Elle connaissait ses sautes d'humeur et depuis le matin, sans y avoir vraiment réfléchi, elle s'était préparée à ce que la journée se termine de la sorte. Le recruteur lui avait-il demandé pourquoi il avait si souvent changé d'emploi et Koby avait-il éludé la question une fois de plus, au lieu de dire la vérité ? Elle avait beau insister et réinsister pour qu'il explique que c'était à cause d'elle, il ne le faisait jamais.

Elle resta là une ou deux minutes, mais il n'ouvrit pas les yeux. La grande photo accrochée au-dessus du lit, prise alors qu'elle était enceinte de Daniella, la narguait, amer rappel ou mémorial de ce qu'avait été leur couple.

– Tu ne veux vraiment pas me raconter comment ça s'est passé ? tenta-t-elle encore.

Dans le courant de l'après-midi, la grêle frappa aux carreaux par salves successives, puis ce fut le silence dans l'appartement.

Maly aida la grande à faire ses devoirs de calcul pendant que la petite regardait la télévision. Koby émergea à dix-sept heures avec son sac de boxe, déclara qu'il partait à l'entraînement, qu'il avait besoin de sa voiture à elle et lui demanda où étaient les clés. Là, elle voulut savoir ce qui était arrivé à sa Toyota, lui rappela aussi qu'il était déjà allé à la boxe la veille, mais elle ne reçut aucune réponse. Il ne réagit pas davantage lorsqu'elle lui fit remarquer qu'ils étaient censés sortir le soir, et quand elle s'étonna de ce qu'il se soit douché avant d'aller au sport, il la dévisagea comme si elle venait de dire une horreur.

Tout le reste de l'après-midi, elle n'arriva pas à se débarrasser d'une sourde tension. Le soir, elle contrôla la porte au moins deux fois pour s'assurer qu'elle l'avait bien verrouillée derrière lui et jeta un coup d'œil dehors à travers les fentes des volets du salon pour voir s'il était revenu. Au moment où elle posait sur leur lit le parapluie emballé dans son papier cadeau – l'idée étant qu'il l'y trouve en rentrant –, elle se heurta à nouveau à sa propre silhouette, affichée en grand sur le mur, et elle se demanda si, comme elle l'avait initialement prévu, elle lui dirait à son retour qu'elle était enceinte. Elle se souvint qu'elle avait beaucoup hésité avant d'accepter d'être ainsi photographiée, mais Koby avait insisté, la persuadant qu'elle le regretterait si elle ne le faisait pas, car cette grossesse serait sa dernière. Avec les années, elle avait appris à ne pas détester l'immense agrandissement en noir et blanc où se dessinait son long corps sombre, ce ventre imposant qu'il caressait volontiers même en public et qu'elle aussi, parfois, palpait, quand elle était seule. Elle n'aimait pas l'idée que d'autres, son père en particulier, la voient ainsi, mais c'était justement ce qui plaisait à Koby. Sur la photo, elle apparaît de profil, la tête un peu inclinée vers lui qui se tient debout derrière elle, et la perspective efface leur différence de taille. Ils sont nus tous les deux. Des bras, il lui masque les seins tout en les révélant. Après Eilat, elle avait voulu la décrocher, mais il lui avait demandé de la laisser, justement à cause de ce qui s'était passé. Par moments, elle se disait qu'il avait eu raison, surtout les rares fois où, en la regardant, elle s'y retrouvait.

La pluie recommença en fin de journée, le bruit des gouttes sur les vitres et sur le toit ne faisant qu'augmenter l'angoisse qui la tenaillait. Seules les filles restèrent calmes, comme si elles avaient compris ce dont leur mère avait besoin. Elles jouèrent dans leur chambre et dans le salon sans la déranger. Mais à dix-huit heures trente, Daniella dit qu'elle avait faim et Noy se souvint que Maly lui avait promis d'essayer des tenues pour la fête de Pourim. Elle alla dans son armoire sortir le carton à déguisements, la gamine enfila la robe de princesse qu'ils lui avaient achetée deux ans auparavant – elle se révéla malheureusement trop petite. Sa sœur refusa de l'essayer, arguant que de toute façon cette année elle ne voulait pas se déguiser. Maly insista, surtout parce que la robe avait coûté une fortune et qu'elle espérait n'avoir à investir cette fois que pour une seule des filles, elle la plaqua même contre le corps menu de Daniella qu'elle poussa devant le miroir, mais à la vue de son propre reflet elle détourna les yeux.

Il n'y avait aucune raison pour que le cycle infernal recommence maintenant sauf, peut-être, sa nouvelle grossesse et la crainte que lui inspirait l'humeur noire de son mari.

Les entraînements de boxe durant entre une heure et une heure et demie, elle pensait qu'il serait de retour pour le dîner et, à dix-neuf heures quinze, elle l'appela pour lui demander d'acheter des pitas et des œufs sur le chemin, mais il avait éteint son téléphone. Elle fit plusieurs tentatives. Finalement elles mangèrent sans lui et, à vingt heures trente, Daniella et Noy allèrent se coucher. Lorsque la fille des voisins monta pour le baby-sitting, Maly prétexta qu'elle avait de la fièvre et qu'ils ne sortiraient pas. Elle essaya à nouveau de joindre Koby, cette fois le téléphone n'était pas éteint mais il ne répondit pas. Elle monta sur le toit pour vérifier si elle pouvait y mettre le linge à sécher, vit un ciel chargé de lourds nuages, un vent qui faisait trembler les ballons d'eau chaude, et décida que non. Ensuite, elle appela sa sœur Guila, elle appela aussi Aviva, et à la question de savoir s'ils n'allaient pas fêter leur anniversaire de mariage, elle répondit qu'ils n'avaient trouvé personne pour garder les filles.

Ce soir-là, Koby ne rentra que vers vingt-trois heures, sans lui donner la moindre explication ni excuse.

Un an auparavant, leur dixième anniversaire de mariage ne s'était pas du tout passé ainsi.

Pour la première fois depuis Eilat, ils avaient laissé les petites chez ses parents et réservé une chambre d'hôtes à Ramat-haGolan pour deux nuits. Koby venait de retrouver du travail dans une entreprise de gardiennage de chantiers le long de la ligne de séparation, et il avait le moral. Ils avaient prévu de faire des randonnées comme avant la naissance des enfants, un jour ils suivraient des rivières et l'autre sillonneraient la réserve naturelle de la vallée de Houla, mais le temps avait été si mauvais qu'ils n'étaient quasiment pas sortis de la chambre. Ils avaient regardé des DVD, fait l'amour pour la première fois depuis de nombreuses semaines et parlé pendant des heures devant la cheminée. Le soir, enveloppés dans des couvertures, ils s'étaient installés sur la terrasse où Koby avait évoqué avec enthousiasme la possibilité d'une visite au ranch de son père au printemps et l'achat d'un appartement puisque, à nouveau, deux salaires rentraient chaque mois. Ils avaient téléphoné aux filles pour leur souhaiter une bonne nuit et Maly avait vraiment eu l'impression qu'ils remontaient la pente et allaient enfin redevenir un couple normal.

Tout cela, c'était l'hiver dernier. Depuis, leur vie avait changé. La dégringolade.

Au cours de l'été, Koby avait démissionné à cause de son chef, un type de dix ans son cadet qui le harcelait. Il était persuadé de retrouver très vite un autre poste, mais au bout de quelques mois de vaines recherches, elle l'avait senti perdre pied, il ne parlait à personne, s'éloignait d'elle, des filles et de ses amis, sortait de moins en moins de la maison et devenait de plus en plus taciturne. Il avait commencé à aller à la boxe deux à trois fois par semaine, en ressortait le visage tuméfié, le ventre et les jambes couverts d'ecchymoses, fonçait directement sous la douche et filait se coucher. Ensuite, le signe de détresse qu'elle connaissait chez lui était revenu : quand il croyait qu'on ne le voyait pas, il rejetait la tête en arrière et inspirait de grandes goulées d'air, comme s'il s'asphyxiait.

Maly pensa que ce soir-là aussi, après l'entraînement, il irait directement se coucher, mais il la surprit. Au lieu de se mettre au lit, il alluma la télévision, s'assit sur le canapé du salon et, malgré l'émission de téléréalité sur laquelle il était tombé et qu'il détestait, refusa d'éteindre. Il continua à fixer l'écran des yeux, même lorsqu'elle lui demanda :

– On n'était pas censés sortir, ce soir ?

Comme il ne réagissait pas, elle reprit au bout d'un instant :

– Koby, tout va bien ? Tu n'as pas ouvert la bouche depuis que tu es revenu de ton entretien d'embauche.

– Désolé, Maly, lui répondit-il enfin, mais sans la regarder. Je ne peux rien te dire pour le moment.

– Tu ne peux pas me raconter comment ça s'est passé ?

Il ne voulait pas.

– Je n'aurai pas le poste.

– Comment tu peux en être sûr ? On t'a donné une réponse sur place ?

Il hocha la tête. Et dire qu'elle ne savait même pas où avait eu lieu cet entretien, ni pour quelle entreprise ! Après avoir démissionné, il avait décidé de ne plus postuler pour du gardiennage et elle l'avait soutenu, mais comme depuis quelques semaines il avait complètement arrêté les démarches, elle s'était réjouie d'apprendre qu'il avait décroché un rendez-vous. Du coup, elle avait oublié de lui demander où.

Et peut-être effectivement ne l'avait-elle pas assez regardé cette nuit-là, parce que si elle l'avait fait, elle aurait vu sur son visage autre chose que du désespoir.

Couché aux pieds de Koby, Harry empestait l'urine.

– Je ne l'ai pas lavé, j'avais peur qu'il prenne froid sur le toit, expliqua-t-elle.

Il continuait à fixer l'écran, alors elle enchaîna :

– Quand est-ce que tu as l'intention de le faire piquer ? On ne peut pas continuer à le laisser souffrir comme ça.

– Demain, peut-être.

– Les petites ne supportent plus de le voir dans cet état. Elles ne s'en approchent plus. C'est comme s'il était déjà mort.

Y avait-il un moyen, qu'elle ne trouvait pas, d'atteindre son mari ? Bien sûr, elle aurait pu lui annoncer sa grossesse, elle en avait d'ailleurs eu l'intention, mais elle trouvait que les circonstances ne s'y prêtaient pas.

– J'ai eu Aviva au téléphone aujourd'hui. Elle dit que son frère aura peut-être quelque chose pour toi. Tu te souviens de Dani ? Il s'est lancé dans l'importation de vélos électriques.

– Je ne cherche plus de travail.

Elle ne répondit pas.

Peu après, la télévision diffusa le journal de la nuit et, ultérieurement, elle se souviendrait parfaitement de son contenu.

Dans tout le pays, mais surtout à Haïfa et dans sa banlieue, des maisons et des routes se retrouvaient sous l'eau. On dénombrait beaucoup d'inondations et de coupures de courant. Il se leva du canapé pour s'asseoir sur le pouf en cuir tout près du téléviseur, comme si elle le dérangeait par sa présence. Vexée, elle se leva et quitta la pièce. Lorsqu'elle revint, il avait changé de chaîne et regardait le journal de la Une. À l'écran, on voyait deux secouristes en train de pousser une civière sur laquelle gisait un corps recouvert d'un drap.

Koby, tête rejetée en arrière, prenait de grandes inspirations. Il n'avait pas remarqué qu'elle s'approchait de lui par-derrière. Le cadavre recouvert du drap disparut dans l'ambulance à côté de laquelle se tenaient deux policiers emmitouflés dans leur imperméable. Elle eut l'impression de reconnaître l'endroit.

– Ça s'est passé dans le coin ? demanda-t-elle et, n'obtenant pas de réponse, elle répéta : C'est ici, à Holon ?

– Oui, à l'autre bout.

– Et on a dit de qui il s'agissait ?

Le reportage étant presque terminé, elle ne savait pas si le meurtrier avait été arrêté, mais elle comprit que le corps allongé sous le drap était celui d'une femme.

– Tu peux éteindre, s'il te plaît ? Ça me fait peur et je voudrais qu'on parle, murmura-t-elle en lui effleurant l'épaule.

Si elle ne renonça pas, cette nuit-là, c'était parce que en de tels moments elle savait qu'elle devait s'accrocher. Elle alla dans la chambre à coucher et revint avec le parapluie emballé dans son papier argenté.

– Tu n'as pas vu ce que je t'ai acheté ?

Un cadeau qui ne lui fit pas plaisir. Au contraire. Après l'avoir déballé, il lui lança un regard affolé. Ce ne serait que bien plus tard qu'elle comprendrait cette réaction.

– C'est pour remplacer celui que tu as perdu. Et il ne m'a pas coûté aussi cher que ça en a l'air.

Koby posa le parapluie sur le sol sans la remercier. Ce fut la goutte d'eau qui fit déborder le vase.

– Tu t'obstines à gâcher notre anniversaire de mariage ? lança-t-elle et, le voyant se lever, elle cria presque : Koby, tu m'entends ? Tu entends que je te parle ? Maly te parle. « Maly, de ta classe. Koby, c'est la guerre. »

Alors seulement il se tourna vers elle. L'éclat de ses yeux était si brûlant qu'elle aurait dû être alertée, oui, elle aurait dû comprendre que quelque chose clochait.

Ils avaient tous les deux une quinzaine d'années. C'était en 1991. En janvier 1991. Plus de dix ans avant leur mariage.

Ç'avait été leur première conversation, ou du moins la première qu'ils avaient gardée en mémoire, et parfois, surtout en cas de dispute, elle s'en servait pour le tirer de son mutisme. Réveillée à deux heures du matin par son père qui lui avait annoncé que George Bush venait de bombarder Bagdad, elle s'était habillée en vitesse et lui avait téléphoné.

– Bonjour, Maly à l'appareil. Maly, de ta classe. Koby, c'est la guerre.

– Au milieu de la nuit ? s'était-il étonné d'une voix ensommeillée et avec l'accent très prononcé qu'il avait encore à l'époque.

Depuis quelques années, quand elle essayait de visualiser ce qu'ils étaient, elle et lui, à cet âge, elle n'y parvenait pas sans s'aider d'anciennes photos. Koby, plus mince, avait le corps tout en courbes encore enfantines, un dos et un torse blancs et lisses qu'elle pouvait caresser pendant des heures. La nuit de ce fameux appel, elle ne savait encore rien de lui, sauf qu'il venait d'une ville appelée Perth, avait immigré en Israël sans ses parents et vivait à Holon, dans la famille de sa mère. C'était un excellent joueur de basket et on l'avait dispensé de cours d'anglais parce qu'il parlait beaucoup mieux que la prof – il avait tout de suite commencé à la corriger pour faire rire ses camarades et la brave femme avait illico demandé à ne plus l'avoir dans sa classe. Une rumeur affirmait que la mère de Koby s'était suicidée en Australie ; Maly découvrit ultérieurement que ce n'était pas vrai. La plupart des garçons avaient considéré avec méfiance ce nouveau venu, débarqué de Perth avec des yeux bleus, un jean et des chaussures Nike, le genre de richesses que personne ne possédait à l'époque et qui justifiait qu'on s'en donne à cœur joie pour raconter n'importe quoi sur son compte. Le jour de son arrivée, il s'était présenté en expliquant qu'il avait immigré en Israël pour s'engager dans les commandos des forces spéciales de Tsahal.

Quant à eux deux, ils avaient fait connaissance tout à fait par hasard. Une question de destin ou de chance, exactement comme tout ce qui arriverait par la suite.

Maly ne pensait pas qu'il s'intéresserait à elle, pour la simple et bonne raison qu'on ne s'intéressait pas à elle. Son corps trop mince avait poussé trop vite et rien, en elle, n'attirait l'attention, que ce soit au lycée ou pendant les soirées. Certes, dans l'établissement, elle était la championne de course à pied, toutes catégories confondues, mais cela n'exerçait sur les garçons aucun charme particulier. Seulement voilà, elle s'appelait Ben-Asher et, selon l'ordre alphabétique des élèves de la classe, son nom se trouvait juste au-dessus de celui de Bengtson. C'était donc elle qui était chargée de lui téléphoner au cas où une guerre éclaterait. Trois heures après leur première conversation téléphonique, à cinq heures et demie du matin, elle était allée avec son père le chercher dans leur vieille camionnette Subaru pour l'emmener à l'hôpital Wolfson. Koby les attendait en bas de chez lui, un Walkman à la main, un casque argenté sur les oreilles. Maly se souvenait de la honte qu'elle avait soudain éprouvée à cause de leur véhicule, dont les housses de siège puaient l'égout et peut-être aussi à cause de son père, qui s'était obstiné à baragouiner pendant tout le trajet dans un charabia qui ne ressemblait que vaguement à de l'anglais.

– Qu'est-ce que vous allez faire là-bas ? leur avait-il demandé et, en entendant les deux adolescents expliquer qu'ils étaient réquisitionnés pour arroser à l'aide de gros tuyaux les victimes des missiles chimiques que Saddam Hussein lancerait sur la région de Tel-Aviv, il avait ordonné au garçon de protéger sa fille.

Telle fut donc leur première vraie rencontre. Qui aurait pu imaginer, alors, que des années plus tard ils se retrouveraient debout, côte à côte, sous le dais nuptial ?

Une semaine après, Koby était venu chez eux, une visite qui l'avait mise dans tous ses états. Ils avaient dû attendre son père, rentré tard de la synagogue, et pendant ce temps sa mère avait, comme son mari, tenté de discuter avec Koby dans un anglais abominable. C'était l'époque où, par chance, Guila désertait les dîners de shabbat : Maly était sûre que si Koby croisait sa sœur jumelle (qui avait quitté le lycée depuis un an et gagnait déjà de l'argent comme serveuse), ce serait d'elle qu'il tomberait amoureux. Lorsque, enfin, ils avaient pu se retirer dans sa chambre, la sirène avait retenti, les obligeant à se réfugier avec ses parents dans leur petite chambre à coucher transformée en pièce hermétique et où, à sa grande honte, elle avait vu un slip de son père traîner par terre.

La première fois qu'ils avaient couché ensemble, c'était aussi un samedi, quelques mois plus tard.

Ses parents et son petit frère passaient le week-end dans la famille à Tibériade et, même si son père ne l'aurait jamais permis, elle avait invité Koby à dormir : ils n'avaient pas d'autre endroit où aller et elle en avait tellement envie ! Guila, en revanche, était là, dans la chambre voisine, et Maly n'avait pas émis un son, persuadée que sa jumelle, au lieu de dormir, épiait le moindre bruit. D'ailleurs, lorsqu'elle était sortie pour aller se laver, encore troublée par ce qui venait de lui arriver, sa sœur l'avait interceptée devant la porte.

Ce soir-là, elle continua à attendre que Koby vienne la rejoindre dans la chambre. En vain. Pourtant, elle réussit, un court instant, à faire revivre l'adolescent avec le casque sur les oreilles qui les attendait, elle et son père, dans l'obscurité de la rue. Ce fut peut-être ce qui la poussa à faire une dernière tentative. Il était une heure du matin quand elle monta sur le toit et le trouva là-haut, sur la chaise en plastique blanche, assis sans bouger, dans le froid et la nuit noire. N'était-ce pas l'occasion qu'elle attendait pour lui annoncer sa grossesse ? Elle ne le fit pas, comme effrayée à la fois par quelque chose de sourd et de violent dans son regard et par son immobilité. Elle lui caressa la tête puis la poitrine par-dessus le pull à col roulé qu'il portait.

– Koby, chuchota-t-elle, ne me laisse pas seule. S'il te plaît.

Elle s'arrangea aussi pour lui suggérer que s'il venait au lit ils coucheraient ensemble. Il avait une profonde griffure sur le cou, mais bon, il revenait toujours de la boxe avec des traces de coups.

Quoique… peut-être avait-elle quand même senti que quelque chose clochait ?

C'est en traversant le minuscule local de service pour accéder au toit qu'elle avait vu le pistolet et elle se souvint que dans l'après-midi il n'y était pas. Et aussi, plus tard, alors qu'elle essayait de s'endormir, une main posée sur le ventre, le visage de la jeune vendeuse qui avait emballé le parapluie dans le centre commercial lui était soudain apparu, mais avait aussitôt été remplacé par les images vues à la télévision, la civière avec le corps recouvert du drap qu'on poussait dans l'ambulance. Elle avait rouvert les yeux, affolée. Alors avait surgi ce qu'elle s'efforçait d'oublier : une lourde main jaillissant de l'obscurité pour venir lui serrer le cou.

2

La victime, il la reconnut tout de suite, et s'il n'en dit rien dans un premier temps, ce fut parce qu'il y avait sur place des gens qui ne devaient pas être informés. Et aussi à cause du silence.

Deux secouristes attendaient ses instructions dans la cuisine et un îlotier barrait l'entrée de l'appartement. Tous ceux qui avaient à se déplacer ou à parler s'en acquittaient sur la pointe des pieds et en chuchotant, comme pour ne pas réveiller la femme étendue sur le tapis du salon. Avraham n'avait pas eu besoin qu'on lui indique l'emplacement du corps pour le localiser dès son arrivée. Il s'en approcha avec précaution et se pencha vers elle : allongée sur le dos, elle avait les genoux repliés, l'œil droit ouvert. Sous le corps, le tapis était orné d'oiseaux multicolores.

S'il n'avait pas révélé tout de suite qu'il connaissait son identité, c'était sans doute aussi parce que la vue du cadavre – son premier cadavre dans le cadre d'une enquête dont il avait l'entière responsabilité – l'avait bouleversé. Depuis sa promotion à la tête de la section des homicides, il savait que tôt ou tard cela allait arriver, mais, confronté à son premier meurtre, il se demanda soudain s'il était prêt.

La veille, les infos avaient prédit l'arrivée de la tempête, et lorsqu'il s'était réveillé de lourdes trombes d'eau cognaient déjà aux carreaux. Il avait appelé le commissariat et prévenu Lital Levy, la coordinatrice opérationnelle, qu'il prenait sa journée. Il était de toute façon attendu au Central de Tel-Aviv pour suivre un stage sur la cybercriminalité, le genre de formation destiné aux enquêteurs et totalement superflu. Ensuite, il avait préparé un café turc et apporté les deux tasses au lit. Ils étaient restés sous les couvertures toute la matinée et s'étaient enfilé quatre épisodes de la série *Bron* sur l'ordinateur portable.

Jusqu'à ce qu'Avraham sente ses yeux se fermer de nouveau et voie son père entrer dans la chambre, poser une main sur son front et décréter qu'il pouvait rester là au lieu d'aller à l'école. Ses parents partirent, la porte d'entrée claqua derrière eux et une vague de joie se répandit agréablement dans tout son corps : seul à la maison, maître des lieux jusqu'au retour des adultes le soir ! Voilà qui lui laissait le temps de traîner à sa guise. De se préparer un énorme petit déjeuner…

Marianka le secoua avec douceur, comme elle le faisait dès que sa respiration indiquait qu'il dormait, et chaque fois qu'il rouvrait les yeux l'équipe d'investigation avait découvert un nouveau cadavre.

– Quoi, ils ont encore un meurtre sur les bras ?

Ce n'était certainement pas ainsi qu'il arriverait à démasquer le coupable avant l'étrange enquêtrice suédoise Saga, mais de toute façon il s'en fichait.

En début d'après-midi, ils roulèrent jusqu'à Tel-Aviv. Avraham avait mis son horrible doudoune bleue, celle qu'il n'avait pas portée depuis l'excursion organisée en hiver 2007 dans le Hermon pour tous les policiers du secteur. Marianka se recroquevillait dans le manteau de laine qu'elle avait apporté de Bruxelles. Ils se garèrent sur un parking presque totalement vide non loin de la plage et profitèrent d'une accalmie pour s'asseoir sur un banc mouillé face à une mer qui battait rageusement les rochers. Seul un couple d'Arabes avec un bébé marchait sur la promenade. Et le téléphone d'Avraham restait muet.

La plupart des forces du secteur étaient mobilisées pour déblayer les routes, évacuer les maisons inondées par la pluie et gérer les accidents de voiture. N'avait-il pas, pendant ses premières années de travail, fait la même chose en de telles circonstances ? Mais la manière dont il avait sauvé deux enfants d'une mort certaine en résolvant une affaire d'agression – qui avait eu lieu non loin de l'endroit où ils se trouvaient présentement – lui avait valu d'être promu chef de la section des homicides du commissariat. Il ne risquait donc plus de se retrouver debout sous une pluie torrentielle pour réguler la circulation à un carrefour où les feux avaient cessé de fonctionner. Lorsque la pluie recommença, ils coururent se réfugier au delphinarium, puis allèrent manger un plat de riz et une soupe de haricots blancs dans un restaurant du souk. Marianka n'eut pas besoin d'évoquer avec nostalgie l'hiver à Koper ou à Bruxelles.

Il était seize heures trente passées lorsque son téléphone sonna pour la première fois. Il ne répondit pas. Au troisième appel, il finit par se dire que c'était peut-être urgent. Et comme il n'avait pas prévu ce qu'on lui annonça, il fut incapable, par la suite, de se rappeler quels mots Lital Levy avait employés pour lui apprendre la nouvelle. Lui avait-elle parlé d'un meurtre ? Ou seulement d'une femme retrouvée sans vie chez elle ? Aucun nom n'avait été cité par téléphone – du nom, Avraham se serait souvenu et il n'aurait pas été aussi choqué en découvrant, une fois sur place, le visage de la victime.

– Qui est sur les lieux ? demanda-t-il à Lital.

– Personne à part les îlotiers qui ont sécurisé l'appartement. La scientifique est en route, mais tout est bouché et ça va leur prendre du temps pour arriver. Vous, vous pouvez y aller ?

– Je n'y serai pas avant une demi-heure. Si jamais Maaloul ou Sharpstein reviennent de Jérusalem, envoie-m'en au moins un des deux.

Ce n'est qu'après avoir raccroché qu'il se rendit compte qu'elle ne lui avait pas donné l'adresse. Il la rappela, mais la ligne était occupée.

Marianka lui proposa d'aller directement sur place, elle continuerait en taxi de là-bas, mais il insista pour la ramener à la maison. Ils roulèrent jusqu'à Holon à toute vitesse et en silence. À chaque tempête, lorsqu'il traversait le centre-ville, tout lui paraissait réel et irréel à la fois, avec les trottoirs encombrés de branches, les chaussées envahies de grandes flaques d'eau qui reflétaient les lumières du début de soirée. Comme si sa ville s'était métamorphosée en Amsterdam ou Venise. Avraham se souvint soudain que le premier Maigret qu'il avait lu se passait du début à la fin durant une tempête et que l'imposant commissaire se baladait pendant tout le roman avec des vêtements trempés. Enquêtait-il sur un meurtre ? D'ailleurs, comment abordait-on la mort violente d'un homme ? Il avait oublié comment l'histoire se terminait, mais pas qu'il avait lu le livre à dix-neuf ans en un week-end, alors qu'il était consigné au camp d'entraînement où on le formait à devenir enquêteur militaire. Rue Sokolov, les passants courbés en avant luttaient contre les violentes rafales de vent. Avraham, lui, roulait dans une voiture dont le pare-brise était aussi embué que s'il traversait une nappe de brouillard. Un instant, il eut même l'impression d'être toujours allongé dans son lit et de se voir dans une série télévisée : l'inspecteur se dirigeant vers la scène du premier homicide dont il avait la responsabilité. Que le cadavre ait été retrouvé dans l'un des quartiers les plus tranquilles de Holon – on y signalait des cambriolages et des vols de voitures, mais quasiment jamais de faits de violence aggravée – le préoccupa dès le début. Autre point inquiétant : Lital Levy n'avait, à aucun moment, parlé de quelqu'un surpris en flagrant délit ni même d'un suspect en fuite.

Deux véhicules de police vides et une ambulance stationnaient devant le 38 rue Krauze. Sur le trottoir, des badauds se pressaient derrière les rubans qui délimitaient le périmètre de sécurité. Au coin, un bâtiment était en travaux, et une benne à gravats avait été placée au pied de l'immeuble voisin. Avraham attendit un instant devant l'entrée que quelqu'un vienne lui ouvrir, puis il se rendit compte qu'il lui suffisait de baisser la poignée pour pénétrer dans le hall. Il n'y avait pas d'ascenseur et, comme l'appartement se trouvait au dernier étage, il eut le temps de se préparer à ce qu'il verrait.

La femme allongée sur le tapis s'appelait Lea Jäguer.

Il resta là, à fixer son œil droit, celui qui n'était pas fermé : vert et sans expression aucune. Conscient qu'il devait noter ses premières constatations, il chercha de quoi écrire dans la poche de sa doudoune, mais son carnet habituel n'y était pas et à sa place il ne pêcha qu'un reçu pour deux cafés et un paquet de chips bio qu'il avait achetés à la cafétéria du Hermon en 2007. Aucune importance, il savait qu'il garderait tout en mémoire. Et même s'il n'accomplit pas les premières formalités dans les règles de l'art, il ne rata rien. Il exigea que tout le monde quitte les lieux excepté le secouriste qui avait constaté le décès et un seul des îlotiers appelés ensuite. Vu le temps qui s'était écoulé depuis le meurtre, il jugea inutile d'installer des barrages sur les routes des environs, d'autant qu'ils ne savaient pas qui chercher. Il ôta sa doudoune, la plia et la posa sur le sol à côté de la porte, enfila des protections sur ses chaussures et mit des gants. Personne ne fut autorisé à s'approcher du salon avant l'arrivée des techniciens de la scientifique, et dans l'intervalle il nota visuellement tout : les traces de strangulation sur le cou de la victime, les lobes d'oreilles rouges et la langue gonflée qui pendait hors de la bouche. Elle gisait sur le tapis, entourée d'oiseaux bleus et rouges dont il ignorait le nom, certains ouvrant le bec comme s'ils essayaient d'appeler à l'aide. Il détourna les yeux du cadavre, interpellé par la tasse de café à moitié pleine et l'assiette de biscuits fourrés au chocolat qui se trouvaient sur la table de la cuisine. Puis par les clés de voiture posées dans un bol sur le buffet. La télévision était allumée sans le son. Le crime avait à l'évidence été commis dans cette pièce : un tableau représentant deux femmes assises au milieu d'un champ de blé était tombé du mur, sans doute pendant qu'elle luttait contre son assassin, et un lampadaire avait été renversé sur le tapis à côté d'elle.

– Une chance que ça n'ait pas déclenché un incendie, déclara l'îlotier resté dans l'appartement, un gars dont Avraham se rappelait le visage mais pas le nom.

À cet instant, il se rendit compte qu'il n'avait pas demandé comment Lea Jäguer avait été découverte, et son collègue lui apprit que l'alerte avait été donnée par la fille de la victime, qui attendait d'ailleurs dans la chambre à coucher.

– Elle est ici ? Toute seule ?

– Non, pas toute seule, il y a une policière avec elle et quelqu'un du SAMU.

Il fut un temps où, en de tels moments, il descendait dans la rue fumer une cigarette et en profitait pour réfléchir tranquillement, parfois aussi pour téléphoner à Ilana Liss, mais sur les injonctions de Marianka il avait arrêté de fumer au début de l'hiver. Il n'essayait que rarement d'allumer la pipe qu'elle lui avait offerte à Bruxelles et qui, de toute façon, était restée au bureau. Quant à Ilana Liss, impossible de la joindre. Il retourna dans la cuisine, dénicha une feuille de papier, un stylo et écrivit tout de même quelques mots de ce que le secouriste lui transmit, rien que des évidences qu'il avait pu constater par lui-même : *Lea Jäguer a été étranglée. Après s'être débattue.*

La température du corps indiquait qu'elle était encore en vie deux ou trois heures auparavant.

Elle avait les poings serrés, et il espéra qu'une fois ouvertes à l'institut médico-légal ses mains révéleraient autre chose que les marques laissées par ses ongles sur sa paume et les lambeaux de peau arrachés à son propre cou pendant qu'elle luttait pour se libérer des doigts qui l'étranglaient. C'était pour l'instant son plus grand espoir. Ne remontait-on pas toujours jusqu'à l'assassin grâce à ce genre de détails, grâce à l'analyse systématique des indices relevés sur les lieux, exactement comme lorsqu'on se trouvait en présence d'un cambriolage ou d'une agression ? De plus, et bien qu'il ne se le formulât pas encore clairement, il trouva tout de suite un air étrange à cette scène de crime. *Peut-être trop propre ? Comme si quelqu'un l'avait rangée après son forfait ? Ou avant ?*

Une question l'avait taraudé pendant qu'il roulait vers l'immeuble du 38 rue Krauze, et elle continuait à l'inquiéter. Mais celle-là, il ne l'écrivit pas : Sauras-tu vraiment comment diriger l'enquête sur la mort de cette femme ?

À dix-huit heures, il appela Eliyahou Maaloul pour savoir à quelle heure il arriverait. L'inspecteur lui ayant répondu qu'il était coincé avant Modiin dans un bus qui n'avançait pas à cause d'un accident entre deux poids lourds sur la route 443, Avraham dut se résoudre à entrer dans la chambre à coucher pour procéder lui-même au premier interrogatoire de la fille de la victime.

Elle était assise sur le lit. Il alla chercher une chaise pour se placer en face d'elle, mais la pièce était si exiguë qu'ils se retrouvèrent très proches l'un de l'autre. La bénévole du SAMU fut priée de sortir mais la policière resta et tint la main d'Orith – elle l'appelait déjà par son prénom – pendant toute la conversation.

– Je vous prie de recevoir mes condoléances, commença-t-il avant de se présenter comme étant l'inspecteur en charge de l'enquête et d'enchaîner : Pouvez-vous me raconter ce qui est arrivé ?

Aussitôt il regretta la maladresse de ses formulations, mais elle l'avait compris.

– Ma mère devait aller chercher ma fille à l'école, c'était son jour habituel parce que je n'ai personne d'autre pour garder la petite.

– À quelle heure est-elle allée la chercher ?

– L'école ferme à quinze heures trente. Mais elle n'y est pas allée. Elle n'est pas allée la chercher.

Orith Jäguer avait les mêmes yeux verts que sa mère. Le lendemain, il apprendrait qu'elle était âgée de trente-trois ans, divorcée, avec une petite fille, mais pendant cet interrogatoire, il la crut plus vieille et ne lui donna pas moins de quarante ans.

– Quand avez-vous su qu'elle n'y était pas allée ?

– On m'a appelée pour me dire que ma fille était toujours là. Alors j'ai téléphoné à ma mère sur son portable, puis sur le fixe de la maison, mais elle n'a pas répondu. J'ai pensé qu'elle était bloquée quelque part à cause de la pluie.

– Quand lui avez-vous parlé pour la dernière fois ?

– Vers treize heures.

– Et elle ne vous a pas dit qu'elle n'irait pas à l'école ? Quand vous lui avez parlé, est-ce qu'elle se trouvait ici, dans son appartement ?

Orith hocha la tête.

– Je pense que oui.

– Y avait-il quelqu'un avec elle pendant votre conversation téléphonique ?

– Qui donc ?

– Je ne sais pas.
– Non, il n'y avait personne.
– Était-elle comme d'habitude ? Dans son état normal ?
– Oui. Si j'avais pensé que quelque chose clochait, je…
Elle s'interrompit. Sentant qu'elle risquait de se mettre à pleurer, Avraham marqua une petite pause avant de poursuivre :
– Quand êtes-vous venue voir ce qui s'était passé ?
– Je devais retourner au travail et je voulais lui déposer ma fille après l'école. En arrivant, on a entendu la télévision à l'intérieur de l'appartement.
– Vous travaillez près d'ici ?
– Dans la boutique de vêtements rue Sokolov.
– Où se trouve l'école ?
– Rue Weizmann.
Il lui expliqua que s'il posait toutes ces questions, c'était parce qu'il cherchait à déterminer l'heure précise à laquelle le meurtre avait été découvert.
– Je suis arrivée ici à quatre heures et quart. Et j'ai aussitôt appelé la police.
– La porte était-elle ouverte ou fermée ?
– Fermée. J'ai utilisé ma clé.
Elle éclata en sanglots, sans doute parce qu'elle revoyait l'instant où la porte s'était ouverte. Cette fois, il préféra ne pas attendre :
– Orith, quand vous avez ouvert la porte, avez-vous remarqué si elle était verrouillée ou juste claquée ?
La fille hésita.
– Je ne me souviens de rien, lâcha-t-elle. Il me semble avoir tourné la clé.

– Et vous êtes sûre qu'à part votre mère il n'y avait personne dans l'appartement ?

Au lieu de répondre à la question, Orith se recroquevilla entre les bras de la policière toujours assise à côté d'elle. Pas le choix, il devrait poursuivre cet interrogatoire plus tard, au commissariat, mais il ne put s'empêcher de lui demander où était sa fille et, étonnamment, il obtint une réponse :

– Elle a vu toute la scène. « Pourquoi elle est couchée par terre, mamie ? » – voilà ce qu'elle a dit. Mais elle a compris. Je l'ai tirée en arrière et j'ai refermé la porte, mais elle avait tout capté.

Il était 19 h 10. Deux équipes de télévision attendaient déjà devant l'immeuble, mais Avraham restait toujours le seul enquêteur sur les lieux. Tout l'appartement, à l'exception du salon, était bien rangé, aucun signe d'effraction ni de fouille, et pourtant il demanda encore à Orith s'il y avait un coffre-fort dans une des pièces ou si sa mère gardait de grosses sommes d'argent chez elle.

– Non, pour autant que je sache, dit-elle.

Il préféra ne pas lui révéler pour l'instant qu'il savait ce qui était arrivé à cette femme deux ou trois ans auparavant, étonné qu'elle ne l'ait pas évoqué de son propre chef, ne serait-ce qu'une fois, au cours de leur entretien.

Il ne trouva le sac à main de la victime ni dans la chambre à coucher, ni dans la cuisine, ni dans le salon. Comme il s'en doutait, les clés de l'appartement avaient, elles aussi, disparu, elles n'étaient pas dans la serrure, pas davantage dans le bol sur le buffet, là où se trouvaient les clés de voiture. D'ailleurs, tout en parlant avec la fille dans la chambre à coucher, il avait noté sur sa feuille de papier : *A-t-il verrouillé la porte en sortant ?* S'il s'éternisa sur place et si, à plusieurs reprises, il reposa à Orith les mêmes questions, ce fut surtout pour ne pas la laisser seule. Et aussi parce que, même s'il n'arrivait pas à déterminer quoi exactement, il avait déjà l'impression à ce stade-là qu'à part le sac à main et les clés il manquait encore quelque chose. Lui revint soudain en mémoire le fait que Lea Jäguer avait aussi un fils.

– Vous n'êtes pas fille unique, n'est-ce pas ? s'assura-t-il.

Elle confirma de la tête et demanda s'ils avaient prévenu son frère.

Il attendit l'arrivée de Maaloul – lequel débarqua dans son uniforme trempé comme s'il avait fait la route de Jérusalem à Holon à pied – pour aller recueillir les témoignages des voisins. La majeure partie des locataires n'étant pas chez eux l'après-midi, ils ne lui furent d'aucune utilité et se montrèrent surtout préoccupés de savoir s'ils pouvaient rester dans l'immeuble. Dans un des appartements, il tomba sur un jeune couple affolé, en train de fourrer des vêtements de bébé et des couches dans un grand sac parce que la femme insistait pour qu'ils aillent dormir chez sa mère. Pendant la journée, leurs jumeaux étaient gardés à domicile par une nounou dont ils lui communiquèrent le numéro de téléphone. En fait, un seul voisin lui livra une information intéressante, celui qui habitait au deuxième étage, juste en dessous de l'appartement de Lea Jäguer : il affirma avoir entendu, vers quatorze heures, du bruit en provenance de l'appartement de la victime.

– Quelque chose est tombé, précisa-t-il, ou a été poussé.

Il avait aussi perçu des cris mais ne pouvait pas dire qui avait crié parce qu'il avait des problèmes d'audition. Ça avait duré deux ou trois minutes, il en était certain.

– Qu'est-ce qui a duré deux ou trois minutes ? lui demanda Avraham.

– Le bruit. Comme des coups. Ou des gens qui se bagarrent.

Lea Jäguer étant une personne tranquille, qui faisait en général la sieste à cette heure-là – tout comme lui d'ailleurs –, il avait ouvert la porte et commencé à monter, mais arrivé à mi-étage il avait renoncé à aller frapper chez elle parce que le silence était revenu. Sa sieste ayant été perturbée, il ne s'était pas recouché et, quelques minutes plus tard, il avait entendu des pas dans l'escalier et avait vu, par l'œilleton, un policier qui descendait. Du coup, il n'avait pas jugé utile d'alerter le commissariat, persuadé qu'il s'agissait d'un agent appelé à cause du bruit et qui avait constaté que tout allait bien.

Pendant qu'il recueillait ce témoignage, Avraham reçut un appel de son supérieur, Benny Seban. Il s'excusa et sortit prendre la communication sur le palier. Le commissaire, en formation au Central (comme il aurait dû l'être lui aussi), avait promis de passer en rentrant chez lui, mais il expliqua que sa femme avait acheté des billets de théâtre et qu'à cause des embouteillages il était obligé de rentrer directement chez lui.

– Alors, qu'est-ce qui se passe sur le terrain ? demanda-t-il à son inspecteur-chef.

– Rien, pour l'instant.

– Mais qu'est-ce que vous en pensez ? C'est une affaire de violence conjugale ? Un cambriolage ?

Il ne s'agissait apparemment pas de violence conjugale, Lea Jäguer étant veuve et n'ayant, d'après sa fille, aucune liaison sentimentale. Quant à l'hypothèse d'un cambriolage qui aurait mal tourné, était-elle plausible, en plein jour, alors qu'on n'avait dérobé dans l'appartement qu'un sac à main et un trousseau de clés et que toutes les pièces, à part le salon, étaient parfaitement en ordre ?

– Bref, Avi, vous croyez qu'on va avoir besoin de la police nationale ou on pourra garder l'enquête ?

Pour la première fois, il révéla ce qu'il savait. Il était obligé d'en informer Seban. De plus, c'était une bonne raison pour garder le dossier dans leur secteur et ne pas s'en laisser dépouiller par les équipes du Central de Tel-Aviv.

– On garde le dossier parce que nous nous sommes déjà occupés d'elle. Pour un viol.

Le chef ne comprit pas ou n'entendit pas.

– Quoi ? Qu'est-ce que vous dites ?

– La femme qui vient d'être assassinée s'appelle Lea Jäguer. Elle a été agressée dans le secteur il y a quelques années. Et c'est nous qui nous sommes occupés du dossier.

Un instant, ce fut le silence au bout du fil.

– Vous avez dit qu'elle avait été violée, Avi ?

– Oui.

– Et on n'a pas arrêté son violeur ?

Si. L'homme avait été arrêté le jour où elle avait déposé sa plainte. Il avait même été jugé et condamné.

– Et maintenant, elle a de nouveau été violée ? Qui lui a fait ça une deuxième fois ? Vous avez vérifié si le type était toujours en prison ou s'il a été libéré ?

Seban croyait-il que le dossier était déjà résolu ?

– Je ne sais pas, répondit Avraham. D'après les premières constatations, je ne pense pas qu'elle ait été agressée sexuellement. Elle n'était pas dévêtue quand on l'a retrouvée. Mais attendons les résultats de l'autopsie.

Avant de raccrocher, il informa son chef qu'apparemment un policier s'était trouvé dans l'immeuble peu de temps après le meurtre. Seban redemanda s'il devait se déplacer, Avraham lui assura que c'était inutile et qu'ils se débrouilleraient très bien sans lui.

Il retourna ensuite dans l'appartement du voisin. Sur sa feuille, déjà bien remplie de courtes phrases tracées de son écriture ronde et un peu enfantine, il ajouta : *Le voisin du dessous, Aharon Frandji, a entendu des coups vers quatorze heures, une chute ou un déplacement de meubles, des bruits de lutte.* Et il tira un long trait bleu entre la dernière phrase et le mot « lutte » qui apparaissait aussi en haut de sa feuille, parmi les éléments que lui avait communiqués le secouriste. Plus bas, il nota : *Un policier sur les lieux quelques minutes après le meurtre ?*

– Pouvez-vous m'expliquer encore une fois, s'il vous plaît, ce dernier point : quelques minutes après avoir entendu les bruits, et bien que vous n'ayez pas appelé le commissariat, vous avez vu un policier dans la cage d'escalier ?

– Comme je vous l'ai dit. Peut-être dix ou quinze minutes après. Il descendait.

– Savez-vous si quelqu'un a appelé la police ?

Aucun des précédents témoignages qu'Avraham avait recueillis ne signalait de bruit anormal et personne n'avait indiqué avoir appelé Police secours.

– C'est ce que j'ai cru. J'étais persuadé que quelqu'un avait appelé le commissariat à cause des cris, que l'agent était allé vérifier et qu'il avait constaté que tout allait bien. C'est pour ça que je ne vous ai pas téléphoné.

– L'homme qui descendait portait un uniforme, vous en êtes certain ?

– Oui.

– Et vous dites que vous ne l'avez pas vu monter ? Seulement descendre ?

– Oui, mais je n'ai regardé par l'œilleton qu'à ce moment-là.

– Êtes-vous sûr que ce n'est pas un habitant de l'immeuble, quelqu'un que vous connaissez ?

– Il n'y a pas de policier qui habite l'immeuble. J'y vis depuis quarante-cinq ans.

– Et avant ou après son passage ? Avez-vous vu d'autres personnes descendre ?

Voilà bien une chose que le voisin ne pouvait pas savoir, il n'était pas resté à surveiller le palier ! Il admit aussi s'être un peu endormi par la suite et ne s'être réveillé qu'en entendant les cris de la fille de Lea Jäguer. En revanche, par la fenêtre, il avait suivi du regard le policier au moment où il quittait l'immeuble et il pouvait affirmer qu'il n'était pas monté dans un véhicule de police.

Une odeur de poulet bouilli régnait dans la cuisine où ils avaient pris place, et la table était occupée par une pile d'anciens numéros du *Maariv*. Frandji lui proposa un thé qu'il refusa, mais tout à coup il sentit sa gorge très sèche et demanda un verre d'eau froide. Il inscrivit une dernière ligne sur sa feuille : *Un policier se trouvait dans l'immeuble, il en est reparti à pied, pas en voiture. À vérifier la possibilité qu'il soit sorti d'un des autres appartements du troisième.*

Comme d'habitude, la présence d'Eliyahou Maaloul le réconforta. De retour sur la scène de crime, Avraham lui annonça que Seban avait appelé pour les prévenir que, finalement, il ne passerait pas. L'enquêteur expérimenté sourit, le dévisageant de ses yeux profonds qui lui rappelaient toujours ceux de son père et ne faisaient que renforcer la confiance qu'il avait en lui. C'était aussi pour cela que la première personne dont il avait demandé le rattachement, juste après sa nomination à la tête de la section des homicides, avait été Maaloul, qui appartenait à la brigade des mineurs.

– Les témoignages des voisins t'ont appris quelque chose ? lui demanda ce dernier.

– Il se peut qu'on puisse déterminer l'heure à laquelle le crime a été commis. Le voisin du dessous a entendu des coups vers quatorze heures. Et il se peut que le centre d'appel de Police secours ait été contacté avant la découverte du cadavre. Avant que la fille n'appelle. Parce que, quelques minutes après les bruits, ce même voisin a vu un policier descendre les escaliers.

Sans se le dire, ils envisagèrent tous les deux la même catastrophe : était-il envisageable qu'un îlotier, dépêché d'urgence dans l'immeuble, ait poliment frappé à la porte de Lea Jäguer, attendu une réponse qui n'était pas venue et fait purement et simplement demi-tour ? Si tel était le cas, la victime aurait pu être découverte deux heures plus tôt et peut-être même sauvée. Bien sûr, il y avait une autre possibilité – à laquelle ils ne voulaient, pour l'instant, pas penser.

– Il faut qu'on retrouve ce type au plus vite, déclara Maaloul. Je vais vérifier auprès des services d'urgence et de notre commissariat, d'accord ? Tu peux rentrer chez toi, Avi, tu es tout seul sur le pont depuis seize heures, non ?

Est-ce que quelque chose, dans ses yeux, révélait ce qu'il ressentait ? Il glissa une main dans la poche de son pantalon, mais n'y trouva pas de paquet de cigarettes. Son collègue voulut encore savoir s'il avait vu le cadavre à son arrivée et il se contenta d'opiner. Soudain il revit la bouche grande ouverte, l'œil vert écarquillé et regretta de ne pas avoir touché le front de Lea Jäguer en entrant dans l'appartement, comme si, par des gestes appropriés, il aurait pu la ressusciter.

– Où est sa fille, Orith ? demanda-t-il à Eliyahou en évitant de croiser son regard.

Lorsqu'il entendit qu'elle était partie, il s'étonna :

– Seule ? Sans un accompagnateur de chez nous ?

– Pourquoi ? Son ex-mari est venu la chercher et j'ai donné mon autorisation. Elle voulait retourner auprès de sa gamine, et on n'avait aucune raison de la garder ici, je me trompe ?

Le frère, en revanche, avait été prévenu par téléphone et était en route. Avraham voulut l'attendre, mais Eliyahou répéta :

– Il est temps que tu rentres chez toi ! Tout va bien se passer. Il habite à Kyriat-Bialik et ne sera ici que dans une heure. Je lui parlerai. Va te reposer. De toute façon, tu as déjà fait tout le boulot, et demain une longue journée nous attend, crois-moi.

Incontestablement.

Cependant il traîna encore sur les lieux, peinant à décoller, comme s'il craignait de rater quelque chose qu'il ne pourrait ultérieurement plus reconstituer s'il quittait l'appartement. Pourtant, ce soir-là, il ne découvrit rien de plus que ce qu'il avait vu au premier regard. Un adolescent de seize ans vêtu d'un sweat-shirt rouge lui ouvrit l'autre porte du palier. Ses parents n'étaient pas à la maison, mais ni l'un ni l'autre ne travaillaient dans la police et aucun policier n'avait pu leur rendre visite dans l'après-midi, il était au lycée, son père et sa mère au bureau. Avraham attendit l'arrivée de Sharpstein pour demander à Maaloul de les rejoindre dans la cuisine. Là, il leur révéla brièvement que Lea Jäguer avait été violée quelques années auparavant. Le hâle déserta le visage du vieil inspecteur. Comme Seban, il voulut savoir si le violeur avait été arrêté. Avraham expliqua que l'homme avait été jugé et, à en croire les renseignements collectés par Lital Levy auprès de l'administration pénitentiaire, il purgeait encore sa peine. Ensuite, il leur fixa un briefing de bonne heure le lendemain matin, et ce n'est qu'en s'installant dans sa voiture qu'il constata que sa doudoune était restée sur la scène de crime.

Il ne démarra pas et attendit quelques minutes sans rien faire, assis au volant.

Le vent avait faibli, la pluie ne tombait plus qu'en fines gouttelettes, mais la rue demeurait déserte. Maaloul lui téléphona pour lui demander si l'anorak bleu dans la cuisine lui appartenait et promit de le lui rapporter le lendemain au commissariat. Brusquement, il sentit qu'il n'était plus un spectateur de quelque série télévisée : il agissait sur son territoire, le secteur

Ayalon, dans la ville où il était né et avait vécu presque toute sa vie ; il se trouvait rue Krauze, en bas de l'immeuble numéro 38, au troisième étage duquel une femme qu'il connaissait avait été assassinée. Sa première enquête sur un homicide débutait. Il passa au commissariat récupérer une copie du dossier de viol de Lea Jäguer et, par la même occasion, demanda à David Ezra, l'agent d'accueil, s'ils avaient déjà identifié leur collègue qui avait été envoyé dans l'après-midi au 38 rue Krauze.

– Non, pas encore, Avi. Eliyahou m'a demandé de me renseigner et j'essaie de vous obtenir l'information, mais il faut me laisser un peu de temps. Vous n'imaginez pas ce qui se passe ici depuis ce matin ! Toute la ville se noie dans quelques centimètres d'eau, vous le savez, non ? Je n'ai pas eu que ça à faire !

À peine rentré, Avraham alla discrètement poser le dossier contenant les documents dans son bureau. Il avait profité du trajet pour y jeter un premier coup d'œil.

Lea Jäguer avait été violée en 2012.

Une enquêtrice du nom d'Esthy Wahaba avait enregistré sa plainte, l'avait accompagnée à la salle 4 de l'hôpital Wolfson et s'était ensuite occupée du dossier. L'affaire avait été relativement simple à boucler, la victime connaissait son violeur et s'était adressée à la police à peine quelques heures après l'agression. L'homme avait été jugé et, s'il n'avait été condamné qu'à quatre ans et demi de prison, c'était au bénéfice de son âge et d'autres circonstances atténuantes. Mais il ne pouvait en aucun cas s'en être à nouveau pris à elle puisqu'il était toujours incarcéré au centre de détention de Rimonin.

Quelqu'un d'autre avait tué Lea Jäguer.

Quelqu'un d'autre l'avait tabassée, s'était emparé de son sac à main, des clés de son appartement, et avait verrouillé la porte derrière lui. Était-ce une visite surprise ou bien la victime connaissait-elle et avait-elle attendu son assassin ? Était-il encore sur les lieux au moment où le gars de Police secours était arrivé sur place ? Hypothèse à laquelle Avraham n'avait pas pensé précédemment et qui le glaça. Il ne parla pas du viol lorsque Marianka lui posa des questions sur ce qui s'était passé. Il se contenta de lui raconter qu'une femme de soixante ans avait été retrouvée morte à son domicile.

– C'est son mari qui l'a tuée ? demanda-t-elle.

Il secoua la tête.

– Elle était veuve.

– Et vous savez qui a fait le coup ?

– Pas encore.

– C'est toi qui vas diriger l'enquête ?

– Je pense que oui.

– Comment tu te sens ?

Mal. Il se sentait terriblement mal. Les heures à traîner au lit avec elle ce matin-là puis leur promenade au bord de la mer lui paraissaient bien loin, comme si des mois s'étaient écoulés depuis. Il ôta ses vêtements, enfila un pantalon de jogging et un tee-shirt, se coucha sans dîner et ne regarda même pas les reportages des journaux télévisés de la nuit qui rendaient compte du meurtre. Marianka vint s'allonger à côté de lui dans le noir mais s'endormit bien plus tard. De tous les détails qu'il avait notés concernant la scène de crime, c'étaient justement les oiseaux multicolores qui ne le laissaient pas en paix. Chaque fois qu'il fermait les yeux, il les voyait, eux, et non le cadavre. Peut-être était-ce mieux ainsi.

Avant qu'il s'endorme, elle lui demanda s'il avait un début de piste.

– Oui, répondit-il sans hésiter.

Il en fut le premier surpris car il ne savait pas du tout de quelle piste il parlait.

3

Le deuxième signe, elle le reçut le lendemain, lors de sa conversation téléphonique avec Harry. Mais cette alerte-là non plus, elle ne l'interpréta pas correctement. Elle était vexée parce que Koby avait gâché leur anniversaire de mariage et aussi parce que, pour la première fois, il l'avait laissée dormir seule, un jour où justement la peur s'était à nouveau manifestée et où, la nuit, les visions terrifiantes – dont celle de la lourde main – étaient revenues.

Elle attendait Guila au café quand son téléphone avait sonné. Un homme à lunettes, vêtu d'un pull blanc et d'une écharpe, assis à deux tables d'elle, ne cessait de la regarder par-dessus son journal ouvert. Persuadée que c'était Koby, dont elle attendait le coup de fil depuis qu'elle était sortie, elle chercha son portable dans la poche du manteau qu'elle avait posé sur la chaise en face d'elle. Lorsque, sur l'écran, elle vit s'afficher un numéro étranger, elle comprit tout de suite que c'était Harry et hésita à répondre, tant elle avait peur de ne pas arriver à se contrôler et de laisser éclater sa colère en lui parlant.

Elle avait beau essayer d'occulter ce qui s'était passé la veille, sa rage contre son mari allait croissant. Avait-il passé toute la nuit seul sur le toit ? Elle s'était réveillée un peu après six heures, ne l'avait pas trouvé à côté d'elle. Angoissée rien qu'à imaginer qu'il l'avait laissée seule à la maison, elle était allée voir dans les autres pièces et avait découvert que ses craintes étaient justifiées. Sur le toit, à côté de la chaise en plastique blanche, elle avait vu sa tasse à café vide avec l'inscription : « POUR LE MEILLEUR PAPA DU MONDE ». Le pistolet, elle ne l'avait pas cherché, mais lorsqu'elle avait traversé le local de service en redescendant il n'était apparemment plus sur le meuble. Et la porte de l'appartement n'était pas verrouillée à double tour.

Elle avait hésité à partir à sa recherche et ne lui avait pas téléphoné parce que la veille il n'avait répondu à aucun de ses appels. Elle était allée se doucher avant de réveiller les filles. Lorsqu'elle avait boutonné son chemisier devant le grand miroir, elle avait à nouveau eu l'impression d'observer une autre femme et avait vite refermé la porte de l'armoire. C'était à ce moment-là qu'elle l'avait entendu rentrer et l'avait trouvé dans la cuisine, debout, penché au-dessus d'un journal posé sur la table.

Elle y avait vu une lueur d'espoir : peut-être cette nuit avait-il décidé qu'il était trop tôt pour désespérer et était-il en train de chercher du travail dans les offres d'emploi ? Elle ne voyait pas d'autres raisons pour qu'il soit descendu de si bonne heure acheter le journal. Elle s'était arrêtée derrière lui. Le « Bonjour ! » qu'elle lui avait lancé dans le dos l'avait fait sursauter. Là, elle avait vu qu'il lisait un article sur un meurtre commis à Holon. Il avait aussitôt refermé le journal qu'il avait emporté hors de la cuisine après avoir marmonné un « Bonjour » sec en retour. Elle non plus ne lisait pas les journaux à la maison, mais comme le supplément *Israël aujourd'hui* était resté sur la table, elle l'avait ouvert. Les premières pages étaient remplies de comptes rendus sur les dégâts occasionnés par la tempête, illustrés de photos de rues inondées. Safed et les hauteurs du Golan disparaissaient sous la neige. Elle trouva l'article sur le meurtre en page 16 avec, au milieu, la photo d'une femme d'âge mûr qui s'appelait Lea Jäguer. Maly eut l'impression d'avoir déjà croisé ce nom, mais le visage ne lui dit rien du tout.

La victime, âgée de soixante ans, avait été assassinée la veille dans l'après-midi, à son domicile, rue Krauze.

Sa fille avait découvert le corps en venant lui rendre visite.

Le secret de l'instruction ne permettait la divulgation d'aucun autre détail.

Maly prépara son café et les bols de cornflakes des filles. Elle entra et sortit de la chambre à coucher comme si Koby, qui faisait à l'évidence semblant de dormir, n'était pas là, ou comme s'ils étaient tous les deux des fantômes. Les filles ne posèrent aucune question à son sujet, comme si le fait de ne pas avoir de père certains jours était normal. Avant de quitter l'appartement, elle lui lança tout de même, sans s'assurer qu'il était éveillé :

– Tu n'as pas oublié que c'est le jour où je travaille l'après-midi et que c'est toi qui vas chercher les enfants ?

Ensuite, elle avait été accaparée par toutes sortes de courses.

C'était sa seule matinée de libre, et elle l'avait commencée à la poste, à faire la queue pendant plus de vingt minutes avant de pouvoir régler ses impôts locaux ainsi que sa facture d'électricité qui, comme tous les hivers, avait explosé en dépit de leurs efforts. Par malchance, elle s'était retrouvée coincée derrière la secrétaire d'un cabinet d'avocats qui devait envoyer des dizaines de lettres recommandées. La tempête s'était calmée, ne laissant derrière elle que quelques sursauts de pluie. Vers dix heures, à l'ouverture des boutiques du centre commercial, Maly était allée voir le prix des sèche-linge chez Electrika mais à nouveau elle avait changé d'avis à la dernière minute : bientôt les journées se réchaufferaient et elle pourrait se débrouiller sans. Sa nausée ne passait pas, elle espérait que c'était une conséquence de sa grossesse et non de ses angoisses. Elle n'avait pas encore appelé son médecin.

Les autres jours aussi, la majeure partie des achats quotidiens lui incombait, mais ces derniers temps, la surcharge de tâches devenait désespérante. Koby n'emmenait pas les filles à l'école, n'allait que rarement les chercher, alors qu'il n'avait rien d'autre à faire et traînait à la maison. Il se taisait, de plus en plus mystérieux, et de toute façon, quand il parlait, ce n'était pas pour lui proposer de l'aide. Les vêtements s'entassaient dans le bac à linge, la vaisselle dans l'évier, le réfrigérateur était vide deux jours après qu'elle avait fait les courses. L'appartement, au lieu d'être un refuge, s'était transformé en terrain hostile. Il sortait de moins en moins, sauf pour ses entraînements de boxe, et sa présence silencieuse crispait aussi les filles. Elles se mouvaient, toutes les trois, plus lentement et parlaient bas. Même Harry agonisait en sourdine.

– *Maly, is that you ? I can barely hear you*[1].

Rien qu'à entendre la voix de Harry Bengtson, elle sentit qu'elle risquait d'éclater en sanglots ; pour se retenir, elle se redressa sur sa chaise et tira un sachet de sucre brun du pot en cuivre posé sur la table.

– Je vous entends, Harry, répondit-elle en anglais. Vous m'entendez ? Je ne suis pas chez moi.

Après lui avoir servi un grand café crème, la serveuse lui demanda en remuant les lèvres sans émettre de son si elle voulait manger quelque chose. De la tête, Maly lui fit signe que non. Elle crut d'abord que son beau-père appelait pour leur souhaiter un bon anniversaire de mariage avec un peu de retard, bien que cette supposition fût étrange, il ne l'avait jamais fait auparavant et sans doute n'en connaissait-il pas la date. Elle eut l'impression qu'il était un peu ivre, ce qui n'aurait pas été une surprise, venant de lui.

– Tout va bien avec Jacob ? lui demanda-t-il en anglais. Je n'arrive pas à le joindre. Son foutu téléphone est toujours éteint. Pourquoi, nom de Dieu, a-t-il un portable si c'est pour ne jamais l'allumer ?

Sa voix, épaisse et profonde, n'avait pas changé au fil des années. À leur première rencontre, elle n'avait pas compris un mot de ce qu'il racontait.

– Oui, il va bien. Peut-être qu'il n'a plus de batterie. Vous avez essayé d'appeler sur le fixe ?

1. « Maly, c'est toi ? Je t'entends mal. » (*N.d.T.*)

Elle ignorait quand Koby avait parlé à Harry pour la dernière fois. Et pour lui dire quoi ? Certainement pas un mot de son licenciement ni de leurs emprunts, et encore moins de son dernier entretien d'embauche raté. Quelques années auparavant, elle avait découvert qu'il mentait à son père sur la plupart des événements de leur vie. Pourtant Harry aurait pu les aider s'il avait su la vérité. Koby avait aussi décidé de ne pas lui raconter ce qui s'était passé à Eilat et elle n'avait émis aucune objection.

– Est-ce que tu sais pourquoi il a cherché à me joindre hier ? lui demanda-t-il. Je n'ai pas entendu sonner mon téléphone et il m'a laissé un drôle de message. Il a dit quelque chose sur… Tu étais avec lui quand il m'a appelé, Maly ? Allô, tu es toujours là ?

Elle baissa la voix parce que l'homme à lunettes continuait à la fixer du regard et ne prenait même plus la peine de se dissimuler derrière son journal :

– Oui, je suis là, Harry. Je suis dans un café. Et je n'étais pas avec Koby quand il vous a appelé. Il ne vous a pas dit ce qu'il voulait ?

Si, elle avait tout de même senti que quelque chose clochait : elle avait trouvé bizarre que Koby ait appelé son père la veille. Les deux ne se parlaient au téléphone que trois ou quatre fois par an. D'ailleurs, la première fois qu'il l'avait emmenée avec lui en Australie, il n'avait même pas prévenu qu'il ne serait pas seul.

Harry demeura silencieux, à croire qu'il n'avait pas entendu sa question. De peur qu'il ne raccroche avant de lui avoir révélé la teneur du message, elle haussa la voix :

– Harry ? Il ne vous a pas dit ce qu'il voulait ?

– Maly, je suis toujours là.

Ils s'étaient perdus de vue pendant des années, et ce voyage improvisé en Australie à peine quelque temps après qu'ils s'étaient retrouvés par hasard avait changé le cours de leur vie.

Ils avaient rompu pendant leur service militaire : rester ensemble alors qu'ils se trouvaient géographiquement si éloignés l'un de l'autre était trop compliqué. Au début de leur relation au lycée, elle avait été très amoureuse de lui, mais son caractère renfermé l'effrayait déjà à l'époque. Et puis elle voulait vivre d'autres aventures. Guila, qui s'était fait réformer de l'armée et travaillait à Tel-Aviv, changeait de petit copain toutes les deux semaines. Ensuite Maly avait été affectée dans une unité des Renseignements basée en Samarie, elle était entourée d'hommes, et c'était un tel sujet de friction entre eux qu'ils passaient leurs week-ends de permission à se bagarrer. Il lui faisait subir des interrogatoires sur ses relations avec ses supérieurs ou avec ceux qui venaient dormir dans sa chambrée. Quand il appelait la base et qu'elle n'était pas dans son bureau, il devenait fou, même si elle lui expliquait qu'elle était sortie faire un footing. Elle avait hésité pendant des semaines à lui dire qu'elle voulait rompre, tant elle appréhendait sa réaction. À juste titre : il avait purement et simplement refusé la séparation, avait continué à l'appeler et à lui écrire de longues lettres. Un samedi où elle était consignée à la base, il en avait profité pour aller trouver ses parents et leur demander de la convaincre de lui accorder une deuxième chance. Et subitement, plus rien. Il avait coupé les ponts, et pendant des années ils ne s'étaient pas revus. Elle avait de vagues nouvelles de lui par des amis communs et parfois il lui téléphonait, pour les fêtes ou pour son anniversaire. Ils échangeaient alors des propos polis sans rien révéler de ce qui leur arrivait réellement, de peur de raviver de vieilles blessures. Elle ne l'avait jamais appelé, même si elle en avait eu parfois envie, pour ne pas lui donner de faux espoirs.

Lorsqu'ils s'étaient recroisés par hasard un matin au dispensaire – elle parce qu'elle avait la grippe et lui, avec deux jours de retard, pour des examens médicaux –, elle n'avait pas imaginé qu'ils se remettraient ensemble. Elle sortait d'une relation qui s'était mal terminée avec un garçon rencontré pendant ses études à l'école de commerce et que tout le monde voyait comme son futur mari. Koby lui avait proposé d'aller prendre un verre dans la soirée, elle avait accepté. Deux jours plus tard, ils se retrouvaient pour aller au cinéma à Tel-Aviv. Elle travaillait déjà à la banque et habitait toujours chez ses parents. Koby, lui, louait un studio à Kyriat-Sharet. Ce soir-là, elle lui avait raconté, avec une sincérité qui l'avait elle-même étonnée, comment elle avait découvert que son petit ami la trompait et à quel point elle était meurtrie par cet échec. Elle avait soigneusement évité de donner le nom de l'ex, avait juste mentionné que ses parents habitaient la banlieue chic de Ramat-haSharon, le père était chef de service à l'hôpital de Tel-haShomer, la mère médecin aussi et tous les deux lui avaient toujours donné le sentiment, quand elle venait dans leur maison, qu'elle était comme chez elle. Koby, de son côté, lui avait raconté qu'il avait réussi la présélection pour la formation des agents secrets et qu'après, il pourrait intégrer le Mossad. Avant de commencer le stage, il avait aussi prévu de passer quelques semaines en Australie chez son père. Et là, il lui avait soudain proposé de l'accompagner.

Combien de fois avait-elle repensé à cet instant ?

Elle avait hésité, pas vraiment convaincue que ce soit une bonne idée, mais à cause de sa rupture et aussi parce qu'elle n'avait pas fait le grand voyage que tout le monde s'offre après la quille, elle avait finalement accepté. Non, en vrai, il y avait autre chose, qui venait de lui – ou peut-être aussi d'elle. Assis l'un à côté de l'autre dans l'obscurité de la salle de cinéma, leurs cuisses s'étaient frôlées par hasard, et soudain était remonté en elle le souvenir du corps lisse et doux de l'adolescent qu'il avait été, de ses gestes délicats quand il la caressait. Elle avait décidé d'être, au moins une fois dans sa vie, spontanée. Ses parents l'avaient encouragée – peut-être craignaient-ils de la voir rester célibataire. Même son père ne s'était pas opposé à ce qu'elle parte avec lui, il avait juste demandé s'ils dormiraient dans la même chambre.

Harry Bengtson ne les attendait pas à Melbourne. Ils prirent une correspondance, mais il ne les attendait pas davantage à l'aéroport de Perth.

Ce qu'elle savait de lui avant de le rencontrer, c'était qu'il enseignait la botanique à l'université, si bien qu'elle avait été étonnée en le voyant. Il avait la soixantaine à l'époque, un homme de grande taille, bronzé, torse nu, avec une barbe blanche et un foulard rouge noué autour de la tête qui les avait accueillis dans son jardin où il arrosait ses plantes et nourrissait ses deux immenses chiens noirs, Cerbère et Orthos. Pas de costume guindé ni de lunettes. Seuls ses yeux clairs étaient la copie conforme de ceux de Koby. Le jour de leur arrivée, il avala une demi-bouteille de whisky après avoir fait un sort à celle de vin rouge du repas. Pourtant, il n'était pas saoul lorsqu'il leur fit faire le tour du ranch. La propriété, située au fin fond de ce que père et fils appelaient la vallée des Géants, était entourée de forêts. C'est là qu'elle vit les arbres les plus hauts de sa vie. Ce premier soir, après le tour du ranch, ils s'installèrent dehors et Harry profita de ce que Koby était allé se doucher pour lui avouer qu'il ignorait que Jacob venait avec une amie. Il lui demanda aussi depuis combien de temps ils sortaient ensemble, elle lui raconta qu'ils se connaissaient du lycée, s'étaient séparés et venaient de se retrouver quelques semaines auparavant, par hasard. Harry lui demanda encore s'ils étaient venus lui annoncer leur mariage et elle éclata de rire tant cette idée lui parut, du moins jusqu'à cette question, saugrenue.

– Non, ce n'est pas prévu, lui répondit-elle.

– Génial ! s'exclama-t-il, très sérieux. Alors, tu penses qu'il va pouvoir se passer quelque chose entre nous ou bien je suis trop vieux pour toi ?

Tout cela était à mille lieues de ses parents, de la vie qu'elle avait menée… et de celle qu'elle mènerait ultérieurement. Pas seulement à cause de la grande maison, des chiens qui aboyaient pendant la nuit et des forêts touffues dans lesquelles elle allait courir tous les matins, mais aussi parce que Harry Bengtson était totalement différent de son père à elle, un petit homme taiseux qui n'aurait jamais pu imaginer tenir ce genre de propos à qui que ce fût. Le regard franc avec lequel il la dévisagea l'embarrassa, mais elle s'efforça de sourire.

– Je blague, dit-il en lui rendant son sourire. J'aime les brunes mais je ne ferais jamais ça à mon fils. Je lui ai suffisamment bousillé la vie, me semble-t-il. Et j'ai l'impression qu'il se sent bien avec toi.

Lorsque Koby revint, le père se tut, se leva, lui passa un bras autour des épaules et demanda :

– Alors, fiston, ça fait combien de temps que je ne t'ai pas vu ?

Il sembla à Maly que le « fiston » rougissait et se crispait, mais en même temps un sourire de bonheur illumina son visage et il s'abandonna à l'accolade paternelle.

Durant les quatre semaines de leur séjour en Australie, elle ne cessa d'observer les deux hommes. Surtout Koby.

En présence de son père, il était gêné et renfermé. Elle songea qu'à cinq, huit ou dix ans, il avait certainement été un enfant introverti avant de devenir cet adolescent qui avait décidé de partir vivre seul en Israël. À côté de Harry, c'étaient surtout sa timidité et sa douceur qui sautaient aux yeux. La fragilité avec laquelle, un soir qu'ils étaient restés tous les deux dans le hamac de la cour, il tendit une main hésitante pour la caresser, comme s'il lui demandait la permission de la toucher après de si nombreuses années. Ce fut elle qui approcha son visage tant elle attendait ce moment. À la différence des autres hommes qu'elle avait connus, quelque chose dans le corps de Koby lui était depuis toujours proche, approprié, évident. Bien sûr, elle avait remarqué qu'il avait changé depuis le lycée, que sa belle assurance s'était envolée et qu'il avançait comme s'il avait peur de tomber, mais elle avait vu dans cette attitude un rempart qui l'empêcherait de prendre des risques inutiles et d'y laisser des plumes. Ils parlèrent très peu de Harry, elle avait l'impression qu'il l'admirait et s'en méfiait tout à la fois. Comme Harry habitait la moitié de la semaine dans un petit appartement situé à proximité de l'université et qu'eux, de leur côté, louèrent une voiture pour visiter le pays, ils ne passèrent pas beaucoup de temps à trois, mais lors de leurs rares conversations elle découvrit que le père ne savait pas grand-chose du fils – lequel, par exemple, ne lui avait jamais révélé ce qu'il avait osé lui raconter, à elle, lorsqu'ils s'étaient retrouvés : qu'il avait dû renoncer à son rêve d'intégrer un commando d'élite dans l'armée parce qu'il avait échoué aux sélections, qu'il n'avait pas non plus été pris à l'école d'officiers, et qu'à la fin de son service militaire il avait commencé des études de management pour « faire mon premier million avant vingt-cinq ans », mais avait été renvoyé après avoir été accusé à tort de tricherie pendant un examen.

Quant à sa mère, Koby ne l'évoqua qu'une seule fois, quand Maly vit une photo d'elle accrochée dans sa chambre d'enfant.

Ce jour-là, il lui expliqua qu'elle lui avait parlé en hébreu depuis sa naissance de peur d'oublier sa langue maternelle, qu'elle écrivait des poèmes, avait cru pouvoir enseigner la littérature à Perth, n'avait jamais trouvé de poste et était morte d'un cancer diagnostiqué trop tard. Maly se remémora les rumeurs qui couraient sur le compte du nouvel immigrant à son arrivée au lycée, on avait dit que sa mère était devenue folle et s'était suicidée après que son père l'avait fait interner dans un hôpital psychiatrique. Elle lui demanda s'il avait quitté l'Australie à cause de ce décès, il assura que non : il était parti parce qu'il ne supportait pas les femmes qui avaient remplacé sa mère dans le lit de son père.

– Mais pas seulement, poursuivit-il. Je voulais intégrer un commando d'élite, tu ne t'en souviens pas ? Et aussi, j'avais entendu dire qu'en Israël il y avait les plus belles filles du monde.

Sans qu'elle puisse se l'expliquer, à leur retour d'Australie elle avait compris qu'à un moment ou à un autre ils se marieraient.

Depuis, ils n'avaient revu Harry Bengtson que trois fois.

Après leur avoir fait savoir qu'il ne pourrait pas venir à leur mariage, le père avait tout de même débarqué à la cérémonie. Deux ans s'étaient écoulés depuis leur première rencontre au ranch. Il surgit flanqué d'une Aborigène prénommée Louanda, une jeune femme sculpturale qui avait plus ou moins leur âge et n'avait pas desserré les dents de tout leur séjour en Israël. Trois ans plus tard, Harry avait appelé un soir et annoncé qu'il arriverait la semaine suivante pour voir à quoi ressemblait la petite-fille qu'ils venaient de lui concocter. La dernière fois qu'ils s'étaient vus remontait à quatre ans ; ils étaient allés avec Noy et Daniella passer l'été en Australie. Depuis, Harry avait eu une crise cardiaque et Koby lui téléphonait davantage, mais elle ignorait tout de l'appel de la veille. Quel message avait-il bien pu lui laisser ?

Guila n'était toujours pas là. Quant à l'homme à lunettes, il avait quitté sa table mais laissé son écharpe sur la chaise.

– Je ne suis pas chez moi, répéta-t-elle à son beau-père. Avez-vous essayé d'appeler à la maison ? Je pense qu'il y est.

– Tu es sûre qu'il va bien ? insista son interlocuteur après une quinte de toux. Parce que, au téléphone, il n'avait pas l'air dans son assiette.

– Je ne sais pas de quoi vous parlez. Qu'a-t-il dit ?

Quelle ne fut pas sa surprise d'apprendre que son mari projetait de partir :

– Qu'il allait débouler ici la semaine prochaine ou même avant. Tu es au courant, Maly ? Et pourquoi ne viendriez-vous pas avec lui, toi et les filles ?

Elle ne réagit pas tout de suite, essayant de se rappeler si Koby avait évoqué un possible voyage en Australie. Une chose était certaine : ils ne pouvaient pas partir ensemble la semaine suivante vu qu'elle n'avait demandé aucun congé à la banque et que les filles n'avaient pas de vacances avant la Pâque. Et quand bien même, ils n'avaient pas de quoi payer les billets d'avion. Mais d'un autre côté, depuis Eilat, il ne l'avait pas laissée, ne serait-ce qu'une nuit, seule dans l'appartement.

– Je ne pense pas que ce soit à l'ordre du jour. Peut-être parlait-il d'un éventuel voyage en été ?

– Il parlait de la semaine prochaine, la coupa Harry. Tu penses qu'il va vraiment venir ? Et il pleurait au téléphone, Maly. Tu sais pourquoi il pleurait ?

Elle sentit remonter dans sa gorge les sanglots qu'elle contenait depuis la veille au matin et posa son portable sur ses genoux afin qu'il ne perçoive pas les efforts qu'elle faisait pour refouler ses larmes.

– Harry, ça ne capte pas bien, reprit-elle ensuite. Je vais rentrer à la maison et on vous rappellera du fixe, d'accord ?

– D'accord, mais s'il te plaît, n'oublie pas, Maly. Je suis inquiet.

C'était la première fois qu'elle l'entendait s'exprimer ainsi au sujet de son fils.

Elle aurait préféré ne pas repasser chez elle avant d'aller travailler, ne pas parler à Koby, mais après cette conversation elle n'avait pas le choix. Elle écourta la rencontre avec Guila autant qu'elle le put sans éveiller ses soupçons, et tout en l'écoutant papoter, elle ne cessa de penser à ce que Harry lui avait révélé. À Guila non plus, elle ne réussit pas à annoncer sa grossesse.

Elle n'avait pas à avoir honte et pourtant ce fut ce sentiment qui la submergea soudain : elle avait honte de leur vie et de ce qu'elle en aurait raconté à sa sœur si seulement elle avait osé. À ce moment, elle ne voulait plus qu'une chose, rentrer chez elle et demander à Koby s'il avait vraiment l'intention de l'abandonner avec les filles pour partir en Australie. Si elle avait pu, elle l'aurait frappé ou obligé à s'asseoir en face d'elle, sans pouvoir bouger avant de lui avoir expliqué ce qui se passait. Il ne lui téléphonerait pas parce qu'il n'avait jamais su comment terminer une bagarre, c'était toujours à elle de faire le premier pas. D'ailleurs, il avait le même problème au travail, toutes ces petites tensions que les autres savent neutraliser ou même ignorer, il les transformait en *casus belli*. Incapable de pardonner la moindre humiliation ou ce qui lui paraissait en être une.

À peine arrivée, Guila avait posé sur la table un nouveau sac à main et, avant d'avoir commandé un café, elle s'était mise à parler de l'homme qui l'avait tenue éveillée toute la nuit, un avocat de six ans son cadet rencontré au cours d'une visite d'appartement dans le nouveau complexe immobilier dont elle s'occupait, rue Yona-haNavi à Tel-Aviv, non loin de la mer. Ensuite, elle lui avait demandé, comme à son habitude et non sans une once d'hypocrisie, s'ils parvenaient à joindre les deux bouts, si Koby avait trouvé du travail, et en entendant que non, elle lui avait lancé :

– Tu peux m'expliquer ce qu'il attend ?

Sauf que toutes les piques de Guila, loin d'éloigner Maly de son mari, ne faisaient que l'en rapprocher. Parce que, malgré tout, elle comprenait ce qu'il endurait, elle imaginait à quel point ces entretiens d'embauche étaient pénibles pour lui, combien de couleuvres il devait avaler. Elle savait qu'elle avait une part de responsabilité dans ses déboires. Si bien qu'au moment où elle s'était excusée auprès de sa sœur d'être obligée de partir plus tôt que prévu, ce n'était pas uniquement pour clarifier cette histoire d'Australie qu'elle voulait rentrer mais aussi pour serrer Koby dans ses bras sans rien dire, lui parler de ses nausées, de sa peur qui revenait et de cette main qui, la veille, avait rejailli de l'obscurité avant qu'elle s'endorme. Mais quand elle arriva chez elle, tout cela fut oublié.

De nouveau, la porte n'avait pas été fermée à double tour.

Elle le trouva debout dans le salon, au milieu d'objets et de vêtements qu'il avait sortis du buffet et de l'armoire de l'entrée. La porte des chambres des filles, qu'elle avait rangées le matin même, était ouverte, et là aussi, elle vit des jouets éparpillés, des vêtements et des cahiers sur les lits et le sol. Lorsqu'elle croisa son regard, elle prit peur, comme la nuit précédente quand il s'était tourné vers elle. Harry sortit de leur chambre, la regarda, s'approcha d'elle à pas lents et s'aplatit par terre.

– Je ne trouve plus mon parapluie, marmonna Koby. Tu as une idée de l'endroit où il peut être ?

Il portait son col roulé noir de la veille et ses mains tremblaient.

– Sous le canapé, lui dit-elle. C'est là que tu l'as laissé hier quand je te l'ai donné. Je compte sur toi pour ranger tout ce désordre.

Il regarda dans la direction indiquée.

– Pas celui-là, je cherche mon vieux parapluie.

Terrorisée, elle le dévisagea sans comprendre. Il poussa le buffet du salon, les fauteuils, roula le tapis. Le tabouret, posé à l'envers, semblait avoir été projeté d'un coup de pied à côté du téléviseur, loin de sa place habituelle.

– Tu m'as dit que tu l'avais perdu et que tu ne savais pas où, je me trompe ? essaya-t-elle de le calmer tout en s'efforçant de contrôler sa voix. C'est pour ça que je t'en ai acheté un neuf.

D'ailleurs, il ne pleuvait plus.

– Je ne me souviens pas où je l'ai oublié, murmura-t-il à nouveau, pour lui-même, tandis qu'il continuait à balayer des yeux le salon. Tu es sûre de ne pas l'avoir vu quelque part ?

Elle resta encore un instant là, debout, puis tourna les talons, reprit l'ascenseur, entra dans sa voiture et s'abandonna à ses larmes. De toute façon, aurait-elle tenté de les retenir qu'elle n'y serait pas parvenue.

4

Sa nuit avait été trop courte, mais quand il se réveilla, à cinq heures et quart, il était déjà en pleine possession de ses moyens. Plus rien ne subsistait du choc qu'il avait ressenti sur la scène de crime à la vue du cadavre et il ne désirait à présent qu'une chose : foncer au commissariat et se mettre au travail. Bien que son téléphone n'indiquât aucun nouveau message, il espérait quand même trouver sur son bureau les résultats des analyses de la scientifique, espoir alimenté peut-être par ce qu'il avait rêvé au cours de la nuit : Ilana Liss lui téléphonant pour lui annoncer que les empreintes laissées sur le plat retrouvé dans la cuisine avaient été identifiées… sauf que la communication avait été coupée avant qu'elle lui donne le nom de l'assassin.

Sans que quoi que ce soit l'y oblige, Marianka se leva en même temps que lui. Avraham profita du petit déjeuner pour jeter un coup d'œil sur les journaux, et les lignes défilèrent sous ses yeux, aussi tristes qu'il pouvait s'y attendre : *Une femme de soixante ans retrouvée morte à Holon* ; *Lea Jäguer assassinée à son domicile.* Et bien sûr : *La police n'a aucune piste pour l'instant.* Ce meurtre venait s'ajouter aux quatre homicides et règlements de comptes, tous liés au grand banditisme et non résolus depuis le début de l'hiver. Sans compter les poursuites pour harcèlement sexuel dont faisaient l'objet quelques hauts responsables de la police. La blague la plus populaire du moment, dans les couloirs du commissariat, était : « Qu'est-ce qui est encore plus désagréable que d'être une femme dans la police israélienne ? C'est d'être un homme dans la police israélienne. » Tous les quotidiens affichaient le visage de la victime tel qu'il apparaissait également sur la photo de passeport que leur avait communiquée la famille. Il était le seul à y voir un autre visage, tuméfié et sans vie.

Il prit deux petits pains, un pour elle, un pour lui, les tartina de fromage blanc, y déposa de fines rondelles de tomate et alla préparer du café turc. Marianka le questionna sur le contenu des journaux, il les tourna vers elle comme si elle pouvait les lire. Avec la première tasse de café, il ressentait encore violemment le besoin d'une cigarette et se rabattit sur un deuxième petit pain. Il avait grossi de quatre kilos en quelques semaines, non parce qu'il avait cessé de fumer mais parce que, depuis l'installation chez lui de sa compagne, il faisait deux repas par soir : celui qu'ils partageaient et celui qu'il se servait ensuite en cachette, enfermé tout seul dans la cuisine. Ils restèrent assis à table encore quelques minutes, dans un mutisme inhabituel, comme si le silence de l'appartement où avait été retrouvé le cadavre s'était insinué jusque chez eux.

Le briefing débuta à sept heures et demie précises, et ce fut la seule chose qui, en ce premier jour d'enquête, se déroula comme il l'avait prévu et espéré. Arrivé très tôt, il s'était préparé à ce que Maaloul soit en retard comme d'habitude, mais ce fut justement lui qui entra le premier dans la salle, sa calvitie hâlée ainsi que les cheveux qui l'entouraient mouillés comme s'il sortait de la douche. Les autres participants étaient l'inspecteur Eyal Sharpstein, la coordinatrice opérationnelle Lital Levy, et Esthy Wahaba, qui n'était que sergent-chef mais était provisoirement intégrée à l'équipe d'investigation parce qu'elle avait dirigé l'enquête sur le viol de Lea Jäguer. Le commissaire divisionnaire Benny Seban, censé les rejoindre en cours de réunion, annonça qu'il était retenu au Central de Tel-Aviv.

Une fois tout le monde installé autour de la table, Avraham tâcha d'oublier que c'était la première fois qu'il dirigeait un briefing dans une affaire d'homicide. Bien sûr, il avait participé à un certain nombre d'enquêtes qui avaient débuté par une mort suspecte, mais c'était presque toujours Ilana Liss qui menait les réunions. Comme elle, il était donc arrivé avant les autres et avait attendu, seul dans la grande salle. Comme elle, il s'était assis en bout de table. Il la revit, petites lunettes rectangulaires posées sur son nez, yeux baissés vers les feuilles étalées devant elle, qui patientait jusqu'à ce que tous se soient préparé un café et aient pris place. Eliyahou Maaloul occupait à présent la chaise qui était généralement la sienne, lorsque, stylo bleu à la main et carnet ouvert, il guettait les premières paroles de la divisionnaire. Mais celle-ci était pour l'instant en congé maladie, elle entrait et sortait de l'hôpital Ichilov, où elle était traitée pour un cancer, et il se retrouvait seul, lui, le chef frais émoulu de la section des homicides du commissariat, avec l'intégralité de la responsabilité sur ses épaules.

– Comme vous le savez, commença-t-il, hier à seize heures le corps sans vie de Lea Jäguer, une femme de soixante ans, domiciliée au 38 rue Krauze à Holon, a été découvert dans son appartement. Par sa fille. Pour l'instant, nous ne savons pas grand-chose de ce qui s'est passé, mais j'espère que ça changera dès que nous aurons les résultats du labo. Les clés de l'appartement et le sac de la victime n'ont pas été retrouvés sur place. Apparemment il ne manquerait rien d'autre, mais je veux retourner sur les lieux avec un ou plusieurs membres de la famille. Il n'y a aucun signe d'effraction et sa voiture, dont les clés étaient en évidence dans le salon, n'a pas été volée. Nous n'avons aucun témoin visuel, mais peut-être un témoin auditif, le voisin du dessous. Cet homme, qui habite au deuxième, affirme avoir entendu vers quatorze heures des bruits de lutte provenant de l'appartement du dessus. Son témoignage concorde avec l'heure du décès, comme l'a indiqué le secouriste arrivé en premier sur place. Ce témoignage concorde aussi avec le rapport d'autopsie, selon lequel Lea Jäguer a reçu des coups sur la tête et a été assassinée par strangulation après s'être débattue. Comme je viens de le dire, il y a de fortes chances pour que nous ayons des traces exploitables et j'attends des réponses pour aujourd'hui. D'après la conversation que j'ai eue ce matin avec le labo, ils ont pu recueillir suffisamment de matière sous les ongles et entre les doigts de la victime pour pouvoir en extraire l'ADN de la personne contre laquelle elle a lutté. De toute façon, l'état des lieux et les circonstances de la mort indiquent qu'il s'agit d'un meurtre non prémédité, peut-être une discussion qui aurait dégénéré. Un détail supplémentaire, que je vous demande de garder secret même au commissariat, pour éviter tout risque de fuite involontaire : cette femme a été violée il y a quelques années. Nous avons traité le dossier ici. Le secret de l'instruction s'applique aussi à cette information. Cela dit, hier, elle n'a pas été agressée sexuellement.

Il lança un coup d'œil en direction d'Esthy Wahaba, qui s'était occupée du viol, dans le but de justifier sa présence dans la pièce. Au moment où la jeune policière s'était assise à côté de Maaloul, il leur avait trouvé un air de famille et s'était même dit qu'elle aurait pu être sa fille. Peut-être cela expliquait-il pourquoi il s'était tout de suite senti en confiance avec elle. Comme si une sorte de lien fraternel les unissait. Et puis, ils avaient tous les trois en commun une petite taille, des yeux bruns et un grand sérieux. D'ailleurs, rien dans son visage ne changea lorsqu'il s'adressa directement à elle, et si elle était impressionnée de se retrouver dans la cour des grands, elle réussit parfaitement à le cacher. Avraham ne savait pas beaucoup de choses à son sujet, sinon qu'elle n'était pas mariée, habitait chez ses parents – qui tous deux souffraient de surdité – dans le quartier de Shaarayim à Rehovot. C'était elle qui subvenait à leurs besoins.

Il leva la tête de ses feuilles et prit le temps d'examiner un à un les visages des policiers assis autour de la table, comme le faisait Ilana. Sharpstein ne l'écoutait pas, c'est du moins ce que semblaient indiquer ses yeux braqués sur son téléphone. La veille aussi, lorsqu'il était arrivé directement de Jérusalem en fin de journée, le jeune inspecteur avait évité toute discussion avec lui et s'était adressé à Maaloul la plupart du temps. Avant de s'en aller, Avraham l'avait vu se balader sur la scène de crime les mains dans les poches, il examinait les charnières des fenêtres et des portes, on aurait dit un client qui hésite à acheter le bien qu'on lui propose. Tout le monde savait que ce jeune loup n'avait pas encore avalé la décision de Benny Seban de nommer Avraham à la tête du service – un poste qu'il convoitait. Peu de temps après cette nomination, il avait d'ailleurs demandé sa mutation au pôle financier ou dans n'importe quelle brigade nationale, mais pour l'instant il n'avait d'autre choix que de continuer à collaborer. Son mécontentement, en revanche, personne ne pouvait l'obliger à le dissimuler.

– En attendant de recevoir les résultats du labo qui, si nous avons de la chance, nous révéleront l'identité de l'agresseur, voilà les deux hypothèses intéressantes à creuser dans un premier temps, me semble-t-il. Tout d'abord celle d'un cambriolage qui aurait mal tourné, ou plus généralement d'un acte non prémédité. La seconde, c'est qu'il pourrait y avoir une relation entre ce meurtre et le viol antérieur…

– Excuse-moi, l'interrompit Maaloul, je voudrais soulever un point à ce sujet. Je peux le faire maintenant ?

De la main, Avraham l'y engagea. Sharpstein, quant à lui, continuait à fixer son portable.

– Hier soir, après ton départ et celui d'Eyal, le fils Jäguer, qui habite à Kyriat-Bialik, près de Haïfa, est arrivé. Je l'ai aussitôt interrogé et il m'a donné une information qui me paraît importante. À ses dires, et Esthy pourra peut-être développer, la famille de l'homme condamné pour ce viol n'a jamais accepté le verdict. Ils ont harcelé Lea Jäguer avant le procès pour qu'elle retire sa plainte, et après la condamnation la situation est allée jusqu'à des menaces précises. Le jour du procès, il y a même eu une rixe entre les deux familles sur le parking du tribunal.

Avraham le regarda, ahuri. Comprenant sa question muette, l'inspecteur sourit avant de reprendre :

– Attends, attends, je n'ai pas terminé, et si je ne t'ai pas prévenu, c'est uniquement parce qu'il était tard et que je me suis dit que tu dormais. L'homme qui a été accusé de ce viol s'appelle David Danon. Son fils, celui qui aurait fait pression sur la victime, s'appelle Sami, il dirige une entreprise de bâtiment et vit à Rishon. Je l'ai immédiatement contacté, il nie avoir menacé Lea Jäguer, mais il y a entre eux un contentieux gros comme une maison, aucun doute là-dessus : le fils dément le viol et affirme qu'il s'agissait de relations sexuelles consenties. Selon lui, son père n'aurait pas dû passer la moindre journée en prison. Cela dit, ce Sami a un alibi pour hier, vérifié et certifié. Il était en rendez-vous professionnel avec des clients. Il est prêt à passer au détecteur de mensonges et se présentera au poste cet après-midi.

Pour les avoir lus dans le dossier qu'il avait photocopié et rapporté chez lui la veille, Avraham connaissait la plupart des renseignements que leur fournit ensuite Esthy Wahaba sur le viol. S'il s'efforça d'écouter son rapport, ce fut surtout pour ne pas penser au coup bas que venait de lui porter Maaloul : comment avait-il pu, pendant tout ce temps, lui cacher la piste Danon ?

Le violeur n'était autre que l'associé du mari de Lea Jäguer : ils avaient acquis ensemble une licence de taxis qu'ils conduisaient eux-mêmes tout en employant aussi des chauffeurs salariés. Après la crise cardiaque qui avait terrassé M. Jäguer, son associé avait voulu racheter l'autre moitié des parts, mais la veuve avait refusé parce que c'était sa principale source de revenus. Quelques mois plus tard, ils avaient rendez-vous chez elle pour parler de l'affaire, et c'était alors qu'il l'avait agressée. Elle avait porté plainte la nuit même, l'examen médical qu'elle avait subi à l'hôpital Wolfson constituait une preuve irréfutable. Malgré cela, Danon avait continué à soutenir que la relation sexuelle était consentie, que ce n'était pas la première fois qu'ils couchaient ensemble et que leur liaison datait du vivant du mari. Il avait rapidement été arrêté à son domicile, présenté à la juge le lendemain, le dossier étant relativement simple : l'examen médical et la déposition de Lea Jäguer avaient suffi à le faire condamner à quatre ans et demi de prison ferme. Sa famille, comme l'avait souligné Maaloul, n'avait pas accepté ce verdict. Esthy Wahaba raconta qu'ils s'étaient même adressés à une agence de détectives privés dans le but de rassembler des éléments à charge contre la plaignante.

Les yeux d'Avraham passèrent du visage de Maaloul à celui de Lea Jäguer tel qu'il apparaissait sur la photo que Lital Levy avait à sa demande accrochée au grand tableau à côté des clichés de la scène de crime. Une image prise du vivant de la victime. S'il n'avait pas enquêté sur le viol, il avait croisé cette femme au commissariat et connaissait l'affaire à travers les discussions qu'elle avait suscitées en réunion de secteur. Il se demanda si la photo avait été réalisée avant ou après l'agression. Lea Jäguer fixait l'objectif avec un grand sérieux, sans l'esquisse du moindre sourire. Elle avait l'expression de ceux qui ont grandi à l'époque où on se préparait pour se faire photographier, songea-t-il. Son mari était-il alors encore en vie ? Était-ce quand il était mort que les choses avaient commencé à dérailler pour elle ? D'abord cette perte subite puis, peu de temps après, l'agression perpétrée par leur associé. Sans compter l'accusation d'adultère. Et maintenant, cette mort violente. D'après les premières constatations, elle avait ouvert la porte elle-même, sans doute à quelqu'un qu'elle connaissait, quelqu'un qui ensuite l'avait tabassée puis étranglée. Si son mari avait été encore en vie, rien de tout cela ne serait arrivé. David Danon n'aurait pas osé la violer et l'homme qui, la veille, était entré dans son appartement ne l'aurait sans doute pas trouvée seule. Était-il vraisemblable qu'elle ait fixé rendez-vous ou ouvert sa porte à un membre de la famille de Danon ?

Esthy Wahaba exposait les faits avec calme et efficacité. Avraham attendit qu'elle ait terminé son rapport pour reprendre la parole :

– Merci, Esthy, dit-il. Tu travailleras sur cette piste en binôme avec Eliyahou. Convoquez les proches de l'agresseur pour interrogatoire ainsi que les détectives privés qu'ils ont embauchés. Si on reçoit aujourd'hui l'analyse de l'ADN retrouvé sur la scène de crime, on saura facilement s'il appartient à quelqu'un de chez eux. On n'aura même pas besoin de leur faire un prélèvement puisqu'on a l'ADN du père dans nos fichiers. De plus, procurez-vous le listing de toutes les conversations téléphoniques de la victime au cours du mois écoulé et vérifiez s'ils l'ont appelée, okay ?

Il demanda à Sharpstein de convoquer les deux enfants Jäguer pour complément d'information et, en parallèle, de creuser la piste d'un cambriolage qui aurait mal tourné. Puis, s'adressant à tout le monde mais plus particulièrement au jeune inspecteur, il ajouta :

– Je ne sais pas si vous l'avez remarqué, mais deux immeubles dans la rue sont en travaux. Ce qui veut dire qu'il y a des ouvriers dans le coin. Encore une chose à vérifier. Je veux savoir qui travaille sur les chantiers des environs, si ces gens ont des antécédents criminels ou terroristes, et si quelqu'un a disparu depuis hier. À part ça, nous devons retrouver le sac à main de Mme Jäguer. Avant de sortir, je vous demande à tous de passer en revue les clichés de la scène de crime, d'accord ? Peut-être y verrez-vous quelque chose qui nous aura échappé.

Cela relevait de la routine, de tout ce qu'il avait appris aux côtés d'Ilana Liss, et seul Sharpstein sembla l'avoir remarqué. Réexaminer un ou deux jours plus tard, avec un regard neuf, les clichés pris sur les lieux ; les montrer à des enquêteurs qui ne travaillaient pas sur le dossier et n'avaient pas vu la scène de crime. Un œil extérieur pouvait noter un détail que personne n'avait repéré avant lui. Sharpstein et Lital Levy se levaient déjà pour partir, mais il les arrêta.

– Juste un mot encore, dit-il, la coordonnatrice opérationnelle retournant aussitôt à sa place. Je veux vous parler d'un témoignage que nous n'avons pas encore réussi à valider : on nous a signalé la présence d'un policier dans l'immeuble peu de temps après le meurtre. Nous sommes en train de vérifier sa fiabilité qui, si elle se confirme, impliquera deux questions : qui est ce policier et a-t-il été envoyé rue Krauze à la suite d'un appel d'urgence ? Je vous demande de n'en parler à personne, en tout cas pas avant que nous ayons fait la lumière là-dessus.

Il pensait clore la réunion sur ces mots.

– Il a quel âge, ton témoin ? Tu as une idée ? demanda tout à coup Sharpstein.

Dans un premier temps, Avraham ne comprit pas. Il ne se souvenait ni de l'âge exact ni du nom du voisin du dessous, et les feuilles sur lesquelles il avait pris des notes la veille étaient restées sur son bureau.

– À moi aussi, il m'a raconté cette histoire, reprit alors le jeune inspecteur. Ton bonhomme m'a coincé dans les escaliers au moment où j'arrivais. Il a plus de soixante-dix ans. Et il venait de se réveiller de sa sieste.

– Et alors ? demanda Esthy, qui, elle non plus, ne comprenait pas où son collègue voulait en venir.

La question cinglante atteignit Avraham de plein fouet :

– As-tu pensé à lui demander s'il portait des lunettes ? Et s'il avait eu le temps de les mettre avant de regarder par l'œilleton et de voir ce policier pendant moins d'une demi-seconde ?

Esthy Wahaba et Lital Levy se tournèrent vers l'inspecteur-chef, qui ne répondit pas.

Il n'avait pas parlé lunettes avec le voisin. En portait-il lors de leur conversation de la veille ?

Seban était toujours coincé au Central de Tel-Aviv, et leur rendez-vous fut reporté à l'après-midi.

Après avoir regagné son bureau, Avraham demeura quelques minutes à contempler de sa fenêtre le chantier et les voitures qui circulaient en bas, rue Fichman. En attendant que son téléphone sonne, il réexamina les clichés du viol et détailla le visage de David Danon.

Comme on ne l'appelait toujours pas, il se décida à contacter lui-même le laboratoire national de la police scientifique, mais ils n'avaient pas encore de résultats concernant les prélèvements recueillis sur le cadavre, sur les objets et sur les autres surfaces de l'appartement. Quand il voulut savoir pourquoi cela prenait tant de temps, la secrétaire rétorqua :

– Vous parlez sérieusement ? Vous pensez être le seul dossier qu'on traite ici ?

Lui aussi avait d'autres dossiers à traiter, chacun à un stade différent d'avancement, mais ce jour-là, comme les jours qui suivirent, il fut incapable de s'intéresser à une autre affaire. Il s'efforça de se souvenir si le voisin du dessous portait des lunettes. Au labo de Jérusalem et dans les salles d'interrogatoire qui occupaient le premier et le deuxième étage du bâtiment, l'enquête se déroulait sans lui. Pour sa part, il ne fit rien de concret sauf se demander si tel était le comportement adéquat d'un chef de service chargé d'élucider un meurtre, ou plutôt si Ilana se serait comportée de la sorte, elle qui lui disait toujours que la première chose à faire était de bien choisir les membres de son équipe. L'envie de réinterroger lui-même la fille de la victime et de discuter avec le fils – qu'il n'avait toujours pas vu – le démangeait, tout comme celle de se retrouver face aux proches du violeur. Mais surtout, il voulait retourner sur la scène de crime, même si ce jour-là il ne savait pas encore quoi y chercher. Il aurait bien aimé appeler la divisionnaire, mais se retint. Au début de sa chimiothérapie, elle avait prévenu Avraham qu'elle ne voulait personne auprès d'elle à part sa famille – et ce tout au long du traitement.

– Pourquoi ? lui avait-il demandé.

– Parce que je ne veux pas être vue, ni entendue, dans l'état où je serai. Par personne, toi y compris.

Il sortit de son tiroir la pipe en bois que Marianka lui avait achetée à Bruxelles et la glissa entre ses dents, sans l'allumer. Après avoir pris la décision d'arrêter de fumer, il avait quelquefois essayé, seul dans son bureau, de l'utiliser comme pis-aller, mais comme elle s'éteignait tout le temps, il avait fini par y renoncer sauf, parfois, pour la mordiller dans l'espoir de se calmer. Ensuite, il descendit à la cafétéria chercher un toast au fromage et remonta le manger dans son bureau en lisant les brefs P-V des interrogatoires des enfants Jäguer que Sharpstein venait de lui envoyer par e-mail.

Le fils affirmait ne pas avoir été en contact avec sa mère depuis des mois, ne pas l'avoir vue, ne pas même lui avoir parlé au téléphone, et donc il n'était pas en mesure de leur apprendre grand-chose sur la vie qu'elle menait, ses relations ou d'éventuels conflits avec qui que ce soit. *Le témoin a prétendu*, écrivait l'inspecteur, *avoir été en bons termes et n'avoir eu aucun différend avec elle, ni à cause de l'héritage, ni à cause d'un autre motif financier*. Âgé de trente-six ans, il travaillait comme intendant dans un lycée de la banlieue de Haïfa. *Il avait passé l'après-midi de la veille à l'armée, dans une base au sud du pays, où il effectuait sa période de réserve annuelle, et c'est là qu'il avait appris le décès de sa mère.* Il avait été incapable de donner la date exacte de leur dernière conversation. Pour finir, Sharpstein lui avait demandé qui, à son avis, aurait pu lui vouloir du mal, et il avait aussitôt désigné *un membre de la famille du violeur.*

La fille, en revanche, était très proche de sa mère, les deux femmes se voyaient plusieurs fois par semaine et se parlaient au téléphone au moins une fois par jour. Malgré cela, elle non plus ne savait pas si la victime était en conflit avec quelqu'un et avait déclaré qu'à sa connaissance personne ne lui voulait du mal.

Avraham relut deux fois les retranscriptions puis il tenta de joindre Sharpstein au téléphone – en vain. Une chose le troublait : comment le fils, qui n'avait pas parlé avec sa mère depuis si longtemps, pouvait-il accuser catégoriquement les Danon ? Et autre chose encore, qu'il nota au stylo en bas de sa feuille pour ne pas oublier de poser la question à l'inspecteur : *Comment se fait-il que le fils n'ait pas été plus présent auprès de sa mère, surtout après le viol dont elle avait été victime ?*

Depuis le briefing, Maaloul avait cherché à le joindre deux fois par téléphone. Finalement, ils se croisèrent par hasard à la cafétéria. Vers quatorze heures, Avraham descendit déjeuner sans avoir vraiment faim, son collègue débarqua quelques minutes plus tard, vint s'asseoir à côté de lui, commanda un gros feuilleté au fromage avec un œuf et, avant de l'entamer, lui demanda s'il pouvait goûter le poulet bouilli et les pommes de terre peu ragoûtantes qu'il avait laissés dans son assiette.

– Alors, vous avez avancé ? Est-ce que Sharpstein a interrogé les enfants ?

Avraham confirma de la tête. Voyant qu'Eliyahou enchaînait comme si de rien n'était en le questionnant sur Seban et sur l'intérêt que portait le divisionnaire à leur dossier, il finit par lâcher ce qu'il avait sur cœur depuis la réunion :

– Tu aurais pu me prévenir, hier, au sujet du fils du violeur. Je regrette que tu aies attendu jusqu'à ce matin.

Maaloul reposa sa fourchette.

– Pourquoi ? s'étonna-t-il. Il était tard et je savais qu'on se verrait aujourd'hui à la première heure.

– Parce que j'aurais dû en être informé dès hier et ne pas l'apprendre avec les autres pendant le briefing !

L'inspecteur repoussa l'assiette avec les restes de poulet, s'essuya la bouche et lui répondit tout bas, non sans une nuance de vexation dans la voix :

– Avi, qu'est-ce qui t'arrive ? Je comprends que tu sois sous pression, mais ce n'est pas une raison pour croire que tu travailles tout seul. Tu ignores donc que tu peux compter sur nous ? Quant à moi, comment veux-tu que je te rapporte chaque chose en temps réel ? Pourquoi devrais-je t'embêter, toi, avec une tonne de détails ? Est-ce que j'ai voulu te cacher un élément quelconque ? Quoi, on se connaît d'hier ?

Il essaya, sans succès, de croiser le regard d'Avraham, qui, lui, se souvint soudain de son rêve : Ilana lui cachait le nom du coupable. Il se dit que c'était peut-être à cause de ça qu'il avait tellement envie de la contacter.

– Dirige cette enquête dans la sérénité et avec toute l'équipe, Avi, reprit alors Maaloul. Et s'il te plaît, laissons tomber les enfantillages, d'accord ? Personne n'en est à son premier dossier et ce n'est pas non plus la première fois qu'on travaille ensemble. Alors laisse-nous du champ pour faire le boulot comme on sait tous le faire.

Sauf que justement, pour lui, c'était le premier homicide dont il avait la totale responsabilité. Et s'il n'avait pas été le supérieur direct de Maaloul, peut-être lui aurait-il demandé s'il le croyait capable de le résoudre correctement. Y avait-il une différence entre un dossier de meurtre et un autre ? Oui, bien sûr : dans la plupart des autres dossiers, les victimes pouvaient parler, et même si elles ne savaient pas tout ou si elles dissimulaient des indices, il était capable de lire entre les lignes et de démêler le vrai du faux. Alors qu'il ne pouvait plus poser aucune question à Lea Jäguer, malgré son œil resté ouvert et sa bouche béante, comme figée au moment où elle tentait de respirer ou de dire quelque chose.

Maaloul attendait une réponse.

– Bon, alors, tu as travaillé jusqu'à quelle heure hier ? demanda Avraham, affichant ainsi une volonté d'apaisement.

Et il poussa de nouveau son assiette vers son interlocuteur.

Il fut surpris d'apprendre que l'inspecteur était resté sur la scène de crime jusqu'à deux heures du matin et que, au lieu de rentrer chez lui ensuite, il avait préféré dormir au commissariat – pour ne pas arriver en retard au briefing du matin, expliqua-t-il.

– Et c'était sympa. Tu sais depuis combien de temps je n'avais pas dormi ici ? Ça m'a rajeuni de trente ans.

Étrange de voir qu'ils réagissaient tous les deux si différemment face à ce dossier. Oui, son collègue et ami avait raison de le rappeler à l'ordre en lui demandant de cesser les enfantillages.

Le reste de la journée, il se prépara au coup de téléphone du labo qui ne vint pas et au rendez-vous avec Benny Seban, qui fut constamment repoussé. Il devrait attendre le lendemain, et l'interrogatoire de Diana

Goldin, pour sentir qu'il avait réellement commencé à enquêter sur cette affaire.

Il songeait encore à ce que lui avait dit Maaloul lorsqu'il finit, à seize heures passées, par avoir son incontournable entretien avec le chef.

– Vous comprenez que si ce dossier n'est pas résolu dans les plus brefs délais on court à la catastrophe ? le brusqua dès le début Seban qui, assis derrière sa large table de travail, clignait des yeux, comme à son habitude.

Avraham opina.

– Vous avez vu le *Yedioth* et le *haAretz* d'aujourd'hui ? reprit-il. Le chef de la police est sous pression d'une part à cause de tous les règlements de comptes non élucidés qu'on a sur les bras et, d'autre part, de toutes les instructions ouvertes en ce moment par la police des polices. Nous ne pouvons pas nous permettre maintenant un meurtre non résolu. J'espère que vous comprenez qu'il va prendre ce dossier très à cœur, n'est-ce pas ?

« Il » signifiait le chef de la police.

– Nous l'éluciderons, répondit calmement Avraham, et…

– Mais le pire, l'interrompit le divisionnaire, c'est ce viol de merde. Qu'une femme qui a été violée chez nous soit à présent assassinée, c'est le pompon ! Pensez-vous qu'il y ait un lien entre les deux affaires ?

Comme il n'avait pour le moment rien de spectaculaire à transmettre à Seban, Avraham se contenta de l'informer qu'ils avaient pu relever des indices conséquents sur la scène de crime, puis il mentionna les menaces proférées à l'encontre de la victime par les membres de la famille du violeur. Si cette piste se confirmait, il y avait des chances pour qu'ils puissent clore rapidement le dossier : l'ADN de David Danon se trouvait déjà dans le fichier de la police, si un de ses proches avait tué Lea Jäguer, ils le découvriraient dans les vingt-quatre heures. De même dans le cas où elle aurait été attaquée par un membre de sa propre famille. Seban voulut savoir s'il avait d'autres pistes.

– Non, pas pour le moment, mais je n'exclus pas la possibilité qu'elle ait surpris un cambrioleur et que ça ait mal tourné. Depuis cet après-midi, Sharpstein passe en revue toutes les plaintes reçues pour cambriolage dans ce quartier et il essaie d'obtenir la liste de tous les ouvriers qui travaillent sur les chantiers de construction autour de la rue Krauze. On a demandé aux coordinateurs des renseignements du secteur de chercher le contenu du sac à main de la victime parmi les drogués et les revendeurs d'objets volés, surtout ses cartes de crédit et son téléphone portable. Si c'est l'œuvre d'un récidiviste, on a une chance de le retrouver rapidement dans nos fichiers.

– Pensez-vous que ça puisse être son fils ?

– Je ne sais pas.

Les propos que Sharpstein avait recueillis continuaient à le tracasser, mais comme il n'avait toujours pas rencontré Erez Jäguer, il ne voulait pas se prononcer. Impossible d'oublier que cet homme les avait, avec beaucoup d'aplomb, orientés vers le violeur et sa famille.

Lea Jäguer n'aurait bien sûr pas hésité à ouvrir la porte à son fils.

Il n'en dit cependant rien à Seban et le laissa conclure.

– Bon, eh bien, on n'a plus qu'à suivre ces pistes puisqu'on n'a rien d'autre à se mettre sous la dent pour l'instant ! Vous vous souvenez du type qui a assassiné ses parents à Jérusalem ? On est peut-être dans le même cas de figure. Je compte sur vous pour faire respecter le secret de l'instruction à la lettre tant qu'on n'aura pas mis la main sur un suspect. Je ne veux aucune fuite dans cette enquête, surtout en ce qui concerne l'affaire du viol et des menaces qu'elle a reçues. Vous voyez de quoi nous aurions l'air ?

Avraham allait sortir, lorsque le divisionnaire souleva un autre point :

– Ne m'avez-vous pas parlé hier de la présence d'un policier sur les lieux ? Qu'est-ce que c'est que cette histoire ? Vous l'avez identifié ?

– Pas encore.

– Quoi ? Vous n'avez pas encore réussi à savoir qui c'était ?

– D'après le centre d'appel d'urgence, il n'y a pas eu de coup de téléphone hier à ce sujet et aucun policier n'a été envoyé dans cet immeuble avant que la fille ne les contacte, à seize heures trente. Notre témoin visuel s'est peut-être trompé.

– Et sinon ?

Sinon, cela pouvait signifier que l'assassin de Lea Jäguer n'était ni un proche de David Danon ni son fils, mais un policier. Et il y avait une autre possibilité : pendant le meurtre, ou très peu de temps après, on avait tout de même appelé Police secours, un îlotier avait été dépêché sur place, mais quelqu'un tentait de le protéger au point d'avoir effacé toute trace de cette intervention.

Ce qui laissa Seban sans voix.

Plus encore que de penser que Lea Jäguer avait peut-être été tuée par un policier.

– Pourquoi quelqu'un ferait-il ça ? demanda-t-il après s'être ressaisi.

– Si on a appelé Police secours et qu'un gars de chez nous s'est déplacé, a frappé à la porte puis a fait demi-tour pour repartir comme une fleur alors que l'assassin se trouvait à l'intérieur et que la victime était peut-être encore en vie… il a une bonne raison de vouloir le cacher.

Voilà bien une hypothèse que Seban ne voulait surtout pas envisager ! Il baissa les paupières un instant, puis se leva pour aller fermer la porte de son bureau.

– Espérons que ce n'est pas ça. Ou que votre témoin s'est trompé, chuchota-t-il en revenant s'asseoir à sa place.

Il demanda à l'inspecteur-chef de poser son portable devant lui avant de reprendre :

– Toute cette conversation est hors procédure, Avi. D'ailleurs, en ce qui me concerne, elle n'a pas eu lieu, du moins pas la dernière partie, est-ce clair ? Vous ne m'avez pas informé de la présence éventuelle d'un policier sur les lieux. Je ne suis au courant de rien, vous comprenez ce que je dis ?

Si Avraham mit un peu de temps à réagir, ce fut parce qu'il pensait à autre chose et ne l'avait pas écouté. Il se représentait l'îlotier qui montait jusqu'à l'appartement et frappait à la porte tandis que de l'autre côté une femme luttait pour sa vie et essayait d'appeler à l'aide. Luttait peut-être contre son propre fils.

– S'il y avait un agent sur les lieux pendant qu'elle se faisait assassiner, toute la police du secteur va passer un sale quart d'heure, continua Seban. D'ailleurs, même si c'est vrai, sommes-nous obligés de nous focaliser là-dessus ? Pour l'instant, ce n'est qu'un détail mineur de cette enquête. Notre rôle est de trouver le coupable et non de faire la chasse aux collègues incompétents. Vous me suivez, Avi ? On est bien sur la même longueur d'onde ?

Ce n'est que le soir, une fois chez lui, en rapportant cette conversation à Marianka, qu'il comprit ce que Seban lui suggérait : s'il y avait effectivement eu un appel d'urgence dont la notification avait été effacée, mieux valait ne pas chercher plus loin. On pouvait prétendre que le voisin s'était trompé, d'autant qu'aucun autre témoignage ne venait corroborer l'existence d'un policier qui serait descendu par les escaliers avant de disparaître dans la nature.

– Tu crois vraiment que c'est ce qu'il t'a demandé de faire ? s'étonna-t-elle.

– Oui.

– Et qu'est-ce que tu lui as répondu ?

– Que de toute façon, pour l'instant, nous avions d'autres pistes. Mais que j'enquêterais sur ce dossier selon mon propre entendement.

– Et il a dit quoi ?

– Rien. Qu'est-ce qu'il pouvait dire ?

Pendant le dîner, qu'ils prirent dans la cuisine, il aurait aimé parler d'autre chose, d'elle, de ce qu'elle avait fait à son travail, mais elle s'entêta à évoquer le dossier. Il tâcha d'être le plus exhaustif possible, pourtant il omit encore de mentionner le viol qu'avait subi la victime. Tout en mangeant des pâtes à la sauce tomate accompagnées de vin rouge, il s'attarda sur les résultats qui devaient arriver du labo de Jérusalem, sur les clés et le sac disparus, sur les interrogatoires systématiques des ouvriers qui travaillaient dans le quartier et sur la conversation de Sharpstein avec le fils de Lea Jäguer, mais il ne dit pas un mot de David Danon ni des menaces proférées par ses proches. Tandis qu'elle l'écoutait, il crut déceler dans ses yeux une lueur de mélancolie, des regrets d'avoir renoncé à ses fonctions dans la police de Bruxelles. Mais était-ce le cas ou juste une impression fausse ? Elle lui demanda à voir les photos de la scène de crime. Pour éviter de lui retourner le couteau dans la plaie, il prétendit ne pas les avoir en sa possession.

– Tu as l'air soucieux, mais il me semble que pour l'instant tu as très bien mené ta barque, non ? dit-elle en lui effleurant la main.

– Tu as peut-être raison.

– Et tu n'as pas recommencé à fumer ?

Quelle différence avec l'appartement dans lequel, avant l'arrivée de Marianka, il rentrait à la fin de sa journée de travail ! À présent, le radiateur du salon fonctionnait, il ouvrait la porte sur des pièces chauffées où la lumière était allumée et, pour la première fois depuis bien longtemps, il avait quelqu'un à qui parler. Alors pourquoi, chaque fois qu'il introduisait la clé dans la serrure, se persuadait-il qu'elle ne serait plus là ? Et pourquoi, en dépit de sa présence sans faille, continuait-il à se comporter comme s'il était seul ? Elle lui proposa de regarder la suite de la série *Bron*, mais s'il y avait bien une chose qui ne l'enthousiasmait pas, c'était de voir des enquêteurs infaillibles. Il fit la vaisselle et, dès qu'il l'entendit allumer la télévision, il ferma la porte de la cuisine et se prépara un sandwich totalement injustifié. Ensuite il regagna le salon, s'assit à côté d'elle et sentit qu'il s'endormait tout habillé sur le canapé ; alors, avant que la chaleur n'ait raison de lui, il la questionna sur sa journée de travail. Dès qu'elle commença à la lui raconter, il ne put garder les yeux ouverts.

Si bien qu'il ne répondit pas lorsqu'elle lui demanda :

– Tu n'as pas oublié que mes parents arrivent la semaine prochaine ?

5

L'après-midi, à la banque, elle réussit à dissimuler l'état de stress dans lequel elle se trouvait et travailla normalement.

Elle resta au bureau jusqu'à dix-huit heures trente, puis passa récupérer les filles chez ses parents. Comme les petites étaient en train de dîner, sa mère posa une assiette supplémentaire sur la table et, sans rien demander, lui servit de la soupe de haricots blancs avec du riz. C'était ce qu'ils mangeaient en hiver quand elle était gamine, que son père rentrait du travail vers cinq heures et demie ou six heures, et c'est peut-être ce qui lui souffla de rester. À moins que ce ne fût sa grossesse, qui lui donnait envie de se faire dorloter et d'arrêter un instant de s'occuper de tout le monde. Elle était sortie de chez elle en début d'après-midi, laissant un appartement en désordre et Koby qui tournait toujours dans le salon à la recherche de son parapluie. Sûr qu'elle devrait tout ranger à leur retour. Mais sa mère, comme d'habitude, ne se rendit compte de rien, parla de ses migraines hivernales et de la tache d'humidité que la forte pluie avait laissée sur le plafond. Seul son père ne cessa de l'observer pendant qu'elle mangeait. De temps en temps, il passait une main sur les cheveux clairs de Daniella. Lorsque la petite eut terminé son assiette, il l'aida à s'essuyer la bouche avec une serviette. Maly avait demandé à sa mère de faire les devoirs avec Noy, mais elle découvrit que les livres n'avaient pas été ouverts et que la grande n'avait pas révisé pour son contrôle de calcul. Étrangement, de tous les événements de la journée, ce fut ce détail qui lui donna l'impression de ne plus rien dominer. Comme si sa famille se disloquait et qu'elle n'arrivait pas à empêcher la catastrophe.

Koby ne l'avait pas appelée depuis qu'elle l'avait laissé seul dans l'appartement.

Et elle repensait sans cesse à sa conversation avec Harry. Se pouvait-il que son mari ait l'intention de les abandonner, elle et les filles, pour fuir en Australie ?

Est-ce que quelque chose aurait changé si elle avait osé, ce soir-là, partager ses inquiétudes avec son père ? Mais que pouvait-elle dire – devant les filles de surcroît ? Que Koby tombait et les entraînait dans sa chute ? Que cette fois elle n'avait pas la force de résister à l'effondrement annoncé ?

À leur retour, elle trouva le mot, posé sur la table de la salle à manger. Il l'avait griffonné au dos de l'enveloppe de la facture d'électricité. Et, bien qu'il n'ait inscrit que deux lignes laconiques, ces courtes phrases lui redonnèrent de l'espoir. Il disait enfin quelque chose. *Je rentre demain matin. Désolé pour tout. Demain, je t'expliquerai ce qui s'est passé.*

L'appartement n'était pas aussi en désordre qu'elle l'avait craint, on voyait que Koby avait tenté de ranger, surtout dans les chambres des filles, mais Daniella, à qui rien n'échappait, lui demanda :

– Pourquoi quelqu'un m'a tout mélangé ?

– Je voulais réorganiser un peu les armoires, prétexta Maly, et je n'ai pas eu le temps de terminer avant d'aller au bureau.

En revanche, dans leur chambre à coucher, des vêtements et des draps jonchaient le sol, mais ses vêtements à elle, que Koby avait sortis de l'armoire, étaient posés sur le lit, comme s'il avait tenté de les replier avant d'y renoncer. Quant au parapluie qu'elle lui avait acheté pour remplacer l'ancien, il ne traînait plus par terre dans le salon, mais était posé debout à côté du lit – pour qu'elle le voie ? Elle trouva les valises à leur place habituelle dans le local de service sur le toit, et de les voir ainsi la convainquit presque qu'en rentrant à l'improviste en fin de matinée elle n'avait pas surpris son mari en train d'emballer ses affaires pour partir en voyage.

Elle essaya d'endormir Daniella sans la doucher. Le sommeil mit du temps à venir et Maly s'assit sur son lit, lui caressa le bras – si fin, ce bras ! Elles parlèrent de Pourim. Cette conversation, elle ne l'oublierait jamais.

– C'est obligé, de se déguiser pour Pourim ?

– Non, répondit-elle.

Après un instant de réflexion, elle ajouta :

– Mais pourquoi tu ne veux pas ? C'est parce qu'on ne t'a pas acheté de déguisement neuf ? Toutes tes amies de l'école seront déguisées.

– C'est pas à cause de ça, expliqua la petite en se retournant dans son lit. C'est parce que j'ai peur.

Ultérieurement, lorsque Maly se souviendrait de ces mots, elle en frissonnerait.

Ce soir-là, comme par un fait exprès, elle ne capta aucun des bruits extérieurs qui la rassuraient habituellement, les discussions entre voisins ou le ronronnement lointain des autobus sur l'avenue Ben-Gourion.

– De quoi tu as peur, ma chérie ? demanda-t-elle en s'obligeant à sourire. D'un déguisement ?

Daniella ne répondit qu'au bout d'un certain temps :

– Des princesses.

De retour au salon, elle exigea de Noy, malgré l'heure tardive, qu'elle révise son contrôle et trouva un peu de répit en l'aidant à faire ses exercices de calcul. Diversion bénéfique. Peut-être ne se désintégraient-ils pas aussi vite que ça ? Peut-être n'était-ce qu'une crise passagère ? Depuis Eilat, ils avaient déjà vécu des périodes difficiles. Même avant Eilat. Ils n'avaient jamais envisagé de se séparer, mais deux ans auparavant, elle avait proposé à Koby d'entamer ensemble une thérapie. Proposition irréaliste : il y avait trop de choses qu'ils ne pouvaient pas révéler.

Elle dut renoncer à prolonger la soirée parce que Noy voulut aller se coucher et elle l'accompagna au lit.

– Où est papa ?

Maly lui assura qu'il ne tarderait pas à rentrer. À ce moment-là, elle était convaincue de dire la vérité, malgré le message qu'il avait laissé. Elle l'attendit d'ailleurs jusqu'aux alentours de minuit et en profita pour continuer à mettre de l'ordre. Elle essaya une fois de le joindre par téléphone et monta même sur le toit, comme s'il était possible qu'il s'y soit retranché rien que pour l'éviter. Harry gisait dans le local de service à côté d'une petite flaque de vomi. Elle remplit son écuelle d'eau et lui ouvrit la porte en l'incitant à prendre un peu l'air, mais le chien refusa de sortir.

Ce n'est qu'à minuit qu'elle ôta la clé de la serrure, juste avant d'entrer dans sa chambre et de se changer sans éteindre la lumière.

Il y avait une règle que Koby n'avait pas le droit d'enfreindre : peu importe ce qui se passait entre eux, il ne la laissait plus jamais dormir seule. Elle s'allongea dans son lit, s'évertua à penser à sa conversation avec Daniella et à la grossesse dont elle n'avait encore parlé à personne. Tout pour ne pas revoir la lourde main dont il ne fallait surtout pas qu'elle se souvienne, en tout cas pas quand Koby était absent. La peur, tangible, avait envahi la pièce, plus forte que la lampe allumée et le téléphone. Elle la sentait, prête à fondre sur elle, et ne ferma pas les yeux. Elle se releva, alla ouvrir la fenêtre malgré la fraîcheur du vent. La rue était toujours aussi tranquille et sa peur toujours aussi présente. Son erreur, ce fut de vouloir téléphoner à Guila parce que, en regardant sa montre, elle constata qu'il était presque une heure et demie du matin. La même heure.

Alors l'effroi devint incontrôlable et, de sa grosse main, lui enserra à nouveau la gorge.

C'était son premier voyage seule depuis la naissance des filles, et elle n'était même pas sûre de vouloir vraiment participer à ce séminaire mais Koby l'avait encouragée : tous les responsables étaient censés s'y retrouver, le jeudi et le vendredi matin étaient consacrés à la formation professionnelle pour les conseillers en crédits immobiliers. Suivrait une discussion informelle avec la direction générale de la banque. Une telle occasion ne se ratait pas, avait-il dit. D'ailleurs, il en profiterait pour faire la foire avec les enfants.

Le jeudi matin, les heureux élus avaient décollé de l'aéroport de Sde Dov et reçu la clé de leur chambre au Royal Club d'Eilat, un des hôtels de la plage, avant dix heures. Elle avait eu la chance de se voir attribuer la 723, avec un petit balcon et vue sur la mer.

La première journée avait été longue et s'était terminée par un dîner avec tous les participants dans le restaurant de l'hôtel. Ensuite, elle était allée avec Aviva et des amies d'autres succursales prendre un pot sur la plage, au Zorro. Quand on lui poserait ultérieurement la question, elle serait incapable de dire si, là-bas, un homme l'avait particulièrement regardée. Les conférences de la journée ainsi que celles du lendemain matin, elle les avait écoutées du fond de la salle, assise à côté d'un ancien collègue qui avait quitté Holon depuis deux ans et travaillait à présent à Modiin. Le vendredi, à la fin de la deuxième journée, elle avait assisté au dîner officiel organisé cette fois dans la salle de réception de l'hôtel. Au cours de la soirée, des bonus avaient été décernés aux collaborateurs les plus méritants, et deux discours avaient été prononcés, un au nom du conseil d'administration, un autre au nom du comité d'entreprise. Ceux qui respectaient le shabbat étaient montés dans leur chambre, les autres avaient poursuivi la fête à la discothèque de l'hôtel, ouverte à tous – résidant ou pas dans l'établissement. On leur avait distribué des coupons pour le bar et elle avait bu deux verres de vin blanc. Lorsque, le lendemain matin au poste de police, on lui avait demandé si elle s'était sentie observée pendant qu'elle dansait, elle n'avait pas su quoi répondre. La plupart des gens autour d'elle faisaient partie du stage, elle en connaissait certains très bien, d'autres moins. Il y avait aussi des personnes extérieures à la banque, peut-être des touristes, même si en ce week-end de début mars l'hôtel était loin de faire le plein. Sans compter les serveurs, le personnel de ménage, des hommes et des femmes dont elle ne se souvenait pas vraiment, et d'ailleurs tous avaient été interrogés. L'enquête révéla aussi la présence d'un client suisse, un homme de quarante-trois ans, qui était parti subitement très tôt le lendemain matin. La police avait demandé à Maly de bien regarder les photos de cet homme, récupérées sur les vidéos de surveillance, mais elle avait été incapable de dire si c'était lui, la vétusté des caméras rendant les clichés trop flous. Dans les étages, il n'y avait pas de caméras, par souci de protection de la vie privée des clients, mais le lobby et le parking étaient quadrillés. Elle avait passé des heures à visionner les bandes, sans résultat. L'hôtel était bien sûr sécurisé par un vigile qui gardait la porte, mais l'accès étant libre, impossible de savoir exactement qui entrait et qui sortait.

Elle était montée dans sa chambre avant une heure du matin, comme en témoignaient à la fois ses SMS et son amie Aviva.

L'attendait-il déjà dans sa chambre ? S'y était-il introduit pendant qu'elle s'amusait à la discothèque, puis caché dans la salle de bains ? Ou guettait-il sur le petit balcon, derrière l'épais double rideau ? Avant de se mettre au lit, elle n'avait pas vérifié si la porte-fenêtre était bien fermée, et la policière qui avait reçu sa plainte au poste d'Eilat avait mis cela sur le compte de l'abus d'alcool, mais à l'époque elle n'était simplement pas de celles qui vérifient si les portes sont bien fermées.

Peut-être avez-vous échangé avec quelqu'un des propos suggestifs sans vous en rendre compte ? Peut-être avez-vous rencontré quelqu'un que vous avez oublié ensuite ? Comment pouvez-vous être sûre d'être montée seule dans votre chambre ou de ne pas y avoir fixé rendez-vous à quelqu'un, puisque vous aviez bu ?

Mais elle n'était pas saoule, en tout cas pas au point de perdre la mémoire ni le contrôle de ses actes. Pour preuve le SMS qu'elle avait envoyé à Koby avant de se coucher : *Cette année, je ne fais pas partie des meilleurs. Pas de prime. Tu dors déjà ?* Il lui avait immédiatement répondu : *Impossible. Pour moi, tu seras toujours la meilleure. Tu nous manques. Je suis au lit, devant une série.* Elle avait aussitôt allumé la télévision pour voir ce qu'il était en train de regarder.

Avez-vous été aux toilettes ou vous êtes-vous lavée avant de vous coucher ? Êtes-vous allée dormir sans vous démaquiller ?

L'enquêtrice lui avait posé tellement de questions. Le lendemain, elle s'était effectivement levée avec des traces de maquillage sur le visage.

Cette nuit-là, la télévision diffusait un épisode de *Friends* qu'elle avait vu un nombre incalculable de fois et qu'elle regarda après s'être mise au lit non pas tout habillée mais avec un pantalon de pyjama chaud et un tee-shirt à manches longues. Elle s'était apparemment endormie rapidement, parce que la chose suivante dont elle se souvenait, c'était la main.

Une main jaillissant de l'obscurité et qui lui avait serré la gorge.

Avait-elle été réveillée par ce contact sur son cou ou juste avant ? Une autre main s'était plaquée sur sa bouche, soudain elle avait manqué d'air, ou était-ce l'odeur ? De l'odeur, elle se souvenait. Une odeur de bière, de corps étranger, de laine dans laquelle on a transpiré et de savon. Maly l'avait décrite tellement de fois que l'enquêtrice avait perdu patience en lui expliquant qu'une odeur ne pouvait pas les aider, qu'ils avaient besoin d'une description physique, des renseignements qu'elle ne pouvait pas fournir à cause de l'obscurité et du fait que son agresseur portait une cagoule. Et un jean, de cela elle était certaine. Elle avait aussi eu l'impression qu'il avait l'épaule gauche plus basse que la droite, comme s'il souffrait d'une malformation dorsale. Du poids qui pesait sur elle, elle avait déduit qu'il s'agissait d'un petit gabarit.

Sans compter toutes les autres questions, dont elle n'avait compris ni le sens ni la raison. Pourquoi l'interrogeait-on sur sa famille et ses relations avec Koby ? Pourquoi s'étonnait-on que son mari ne soit pas venu avec elle au séminaire ? Et pourquoi lui avait-on sans cesse demandé si l'homme avait été violent ? Ils avaient pourtant clairement vu, à l'hôpital, les traces que les liens avaient laissées sur ses poignets et ses chevilles, plus la petite entaille, causée par le couteau qu'il avait appuyé sur son cou – un couteau apparemment banal, de ceux qui servent à couper les légumes. Peut-être n'avait-il pas vraiment l'intention de la blesser, mais ça avait suffi à la persuader qu'elle était en danger de mort. Lorsque l'enquêtrice avait insisté pour savoir s'il avait été violent pendant tout le temps que l'acte avait duré, elle n'avait pas su quoi répondre. Le couteau ne s'était pas écarté de son cou une seule seconde, mais il y avait aussi eu des moments où il n'avait pas été violent, ou pas uniquement violent, surtout quand elle avait fermé les yeux. L'heure de l'agression n'avait pas été difficile à déterminer parce que, tout au début, son portable avait émis le son d'un nouveau SMS de Koby. Elle ne l'avait lu qu'après : *Le film est terminé. Alors quoi, déjà endormie ?*

Ce texto avait été envoyé à 1 h 44 et elle se souvenait que juste après avoir entendu le bip de son téléphone elle avait tenté de supplier à nouveau son agresseur, mais le bâillon qu'il lui avait plaqué sur la bouche l'en avait empêchée. Pourtant, ce n'était pas faute d'avoir essayé d'articuler :

– Arrêtez ! Arrêtez, je vous en supplie ! Je vous en supplie ! J'ai deux petites filles. J'ai deux petites filles. J'ai deux petites filles.

Aurait-il de toute façon pu la comprendre ? Étrangement, elle avait pensé à son père, à Guila, aux filles surtout, mais pas à Koby. Et la phrase « J'ai deux petites filles » fut sa bouée de sauvetage. Elle avait vu son père qui la regardait, s'était aussi imaginée en train de courir très vite dès que ce serait terminé, courir comme dans le temps, à l'époque du lycée, des kilomètres sans s'arrêter.

Si. Il y avait tout de même eu un moment où elle avait vu Koby dans la pièce, il lui souriait comme pour l'apaiser, mais lorsqu'elle avait voulu l'appeler à l'aide, il s'était évaporé.

À la fin, l'homme avait dénoué les liens autour de ses poignets et de ses chevilles ainsi que le foulard qui avait servi de bâillon, mais il avait de nouveau posé une main sur sa bouche.

– Je reviens. Et si tu essaies de crier, je te tue, lui avait-il dit en anglais à travers son masque de laine.

Elle l'avait entendu entrer dans la salle de bains et ouvrir le robinet. Du lit sur lequel elle était allongée, elle ne pouvait rien voir à cause de l'obscurité et de l'emplacement de cette salle de bains, dans le couloir à côté de la porte d'entrée. Alors elle n'avait pas bougé. La télévision marchait toujours, elle se souvenait d'avoir reconnu des publicités. L'enquêtrice n'avait pas compris pourquoi elle n'avait pas aussitôt crié ou n'était pas sortie de la chambre, et Maly avait tenté de lui expliquer qu'elle ignorait que l'homme était parti. Elle n'avait pas entendu la porte de la chambre se refermer, sans doute à cause de la télévision et du robinet ouvert, si bien qu'elle avait attendu un long moment, peut-être une heure, avant d'oser se lever.

La salle de bains était vide, mais l'eau coulait dans le lavabo.

Son premier réflexe avait été de vouloir appeler Koby. Son téléphone était toujours sur le lit, mais avant cela, elle avait ôté son pyjama et remis les vêtements de la veille pour aller dans le couloir, là où il y avait de la lumière. Elle n'avait pas couru comme prévu, au contraire, elle avait avancé très lentement et était descendue à l'étage du dessous en ascenseur, dans le miroir duquel elle avait vu pour la première fois son visage et la marque sanguinolente sur son cou.

Ce n'était plus elle.

Elle avait frappé à la porte de la chambre 606, celle d'Aviva, un peu avant trois heures du matin.

Koby était arrivé dès le lendemain, elle se souvenait de lui debout dans l'encadrement de la porte de la chambre à l'hôpital.

Elle n'avait pas pleuré une seule fois avant de le voir, mais au moment où il l'avait prise dans ses bras sans dire un mot, elle n'avait pas pu retenir ses sanglots, qui avaient éclaté, stridents et irréguliers. Il l'avait gardée serrée contre lui jusqu'à ce qu'une policière et une femme médecin viennent lui demander de sortir de la pièce. Il avait refusé, elles avaient insisté et Maly avait dû se joindre à elles pour qu'il accepte.

À l'évidence, elle n'arriverait pas à dormir. Elle se releva. Marcher avait quelque chose de rassurant, lui prouvait que ses bras et ses jambes n'étaient pas entravés. Elle pénétra dans le salon – où la lumière était bien sûr allumée –, regarda la rue entre les fentes du volet et, les doigts crispés autour de son téléphone, constata que rien ne bougeait, les voitures restaient sagement garées. Et soudain, elle pensa à la Toyota de Koby. Elle ne l'avait pas vue depuis la veille. Au fait, où avait-il pu aller sans sa voiture ? Elle lui en voulait, mais en même temps elle avait très envie qu'il revienne pour ne plus être seule. Elle s'assura que la porte était bien verrouillée avant de poursuivre sa ronde dans les chambres des filles. Là aussi, les fenêtres étaient bien fermées. De la cage d'escalier ne lui parvint qu'un épais silence.

Tout cela aurait-il été différent si on avait arrêté son agresseur ? Les premières semaines, elle n'avait rien voulu savoir de l'enquête. Elle n'arrivait plus à se reconnaître, comme au moment où elle s'était vue dans le miroir de l'ascenseur, ne comprenait pas qui était cette femme incapable de refouler ses larmes ni de surmonter des crises d'angoisse qui l'assaillaient aux moments les plus inattendus. Quand elle se calmait, elle ne pensait qu'aux filles et à l'image qu'elle leur renvoyait.

Koby avait été merveilleux, au-delà de ce qu'elle aurait pu imaginer.

Elle était encore en congé maladie le jour où il lui avait annoncé au cours d'un déjeuner qu'il avait démissionné. Non que ce fût un emploi idéal – jamais auparavant il n'aurait pensé devenir vigile de boîtes de nuit ni gardien de chantiers de construction –, mais le salaire était correct, et le fait de travailler en horaires décalés lui laissait deux, voire trois matinées libres pour continuer ses recherches d'emploi ou peut-être reprendre ses études. Elle s'était étonnée de cette décision précipitée, mais il lui avait expliqué : il avait demandé à ne plus être de service la nuit, son chef d'équipe n'avait rien voulu entendre, ils avaient failli en venir aux mains et finalement il avait présenté sa démission. Il n'avait, bien sûr, pas dit à son supérieur pourquoi il ne voulait plus travailler la nuit, et d'ailleurs il n'avait raconté à personne ce qui s'était passé à Eilat. Pas même à leurs amis. Ni aux filles. Elle avait justement cherché comment en parler aux petites, mais Koby avait soutenu qu'il ne fallait surtout rien leur révéler. Finalement, ils avaient prétexté une grippe qui justifiait qu'elle ait besoin de repos et qu'ils les aient laissées, toutes les deux, deux jours supplémentaires chez leurs grands-parents. Elle était loin d'être remise quand elles avaient réintégré l'appartement. Pendant plusieurs semaines, c'était lui qui les avait intégralement prises en charge tandis qu'elle, sujette à ses crises de panique et de larmes, se haïssait de ne pas réussir à se contrôler. Et ils avaient eu beau tout faire pour leur cacher la réalité,

Maly avait eu l'impression que justement Daniella, qui avait moins de trois ans à l'époque, s'était rendu compte de quelque chose : elle avait soudain cessé de pleurer comme si elle avait mûri d'un coup, réclamait de plus en plus les câlins de sa mère, et elle avait inventé ce jeu de caresses qu'elles reprenaient encore maintenant, généralement en fin d'après-midi : la mère s'allongeait sur le canapé du salon et faisait semblant de dormir, la fille lui caressait les cheveux, longtemps, longtemps, et chantonnait des berceuses comme si les rôles s'inversaient.

Tout le monde était au courant à la banque, à cause des circonstances et du long congé qu'on lui avait accordé, mais personne, à part Aviva, ne lui en avait jamais parlé. Avec ses parents non plus, elle n'en avait jamais parlé. Guila était la seule avec qui elle avait abordé le sujet. Le contact avec la police d'Eilat avait fini par se perdre, et chaque fois que Koby leur téléphonait pour savoir s'ils avaient du nouveau, on lui répondait que l'enquête suivait son cours.

Ce fut en mai, soit deux mois après le viol, qu'elle se dit pour la première fois que son agresseur était toujours en liberté. Elle en eut la chair de poule. C'est alors qu'ils décidèrent de dormir avec les lumières allumées et de verrouiller la porte à double tour, même quand ils étaient à l'intérieur. En juin, et bien qu'elle n'ait cessé de répéter qu'elle n'avait pas vu le visage de son violeur, on la convoqua d'urgence à Eilat pour un tapissage. Au poste, parmi les Noirs qui furent alignés devant elle, elle n'en vit aucun dont l'épaule gauche était anormalement basse. Le fait qu'il se soit exprimé en anglais avait convaincu les policiers de chercher soit un ouvrier étranger soit un clandestin.

Restait aussi, peut-être, la piste du Suisse. Elle avait tout de même attiré leur attention sur le fait que l'anglais avait pu n'être qu'un leurre, ce que l'enquêtrice ne réfuta pas. Ils avaient aussi essayé de la rassurer, de lui expliquer que sa chambre d'hôtel avait été choisie par hasard parce qu'on pouvait facilement accéder au balcon par les escaliers de secours – on y avait d'ailleurs retrouvé des empreintes et deux mégots de cigarette apparemment laissés par l'homme pendant qu'il attendait. Un an et demi après les faits, un enquêteur d'Eilat lui téléphona pour l'informer que l'enquête était au point mort et qu'il ne leur restait que la piste du touriste suisse. Ils avaient réussi à retrouver le chauffeur de taxi qui l'avait conduit d'Eilat à l'aéroport Ben-Gourion cette nuit-là et l'homme avait dit que son passager n'avait pas desserré les dents de tout le trajet. Cependant, interrogé par leurs homologues suisses, ce suspect avait nié toute implication dans le viol de Maly, justifiant son retour précipité par le fait que sa mère était malade. La police helvétique l'avait cru et avait refusé de poursuivre les investigations, d'autant que les photos qu'ils avaient envoyées par mail pour une identification n'avaient rien donné : certes leur concitoyen portait un jean comme l'individu (dont on voyait très mal le visage) repéré sur les bandes vidéo de l'hôtel, mais il n'était pas bossu. Le pire pour elle avait été de constater, au bout d'un an et demi, qu'elle-même n'était plus certaine de ses souvenirs, comme des vêtements qu'elle portait ce soir-là, ou de la fameuse odeur dont pourtant elle avait cru ne jamais pouvoir se débarrasser. Ne subsista que le visage de la femme qu'elle avait vue dans le miroir et dont le reflet, pendant cette période de sa vie, apparut en face d'elle presque tous les matins.

Durant quelques semaines, elle avait essayé de se raccrocher à la culpabilité de ce Suisse qui l'aurait suivie après la fête et peut-être même avant, mais rien n'y fit, elle n'arrivait pas à se libérer de l'emprise de l'individu qui lui avait fait tant de mal. Il lui avait certes détaché les bras et les jambes, lui avait ôté son bâillon, mais elle était restée là-bas, incapable de se détacher du lit. Lorsque, sur les conseils de la police, elle avait assisté à la réunion d'un groupe de parole de femmes victimes d'agressions sexuelles, elle avait tellement envié celles dont les violeurs avaient été identifiés qu'elle n'y était pas retournée. Personne n'avait douté de la véracité de ce qui lui était arrivé, mais le fait que cet homme soit toujours en liberté, qu'il ait pris avec lui les liens et le bâillon, rendait le viol un peu plus contestable (et pas seulement aux yeux des autres). Et aussi, cela prolongeait la torture éternellement.

Avec le temps, elle avait cessé de se focaliser sur le touriste suisse et avait commencé à voir son agresseur partout, parmi les employés de la banque, les clients qu'elle recevait en rendez-vous et, plus généralement, parmi les hommes qui s'asseyaient à côté d'elle dans les cafés ou la regardaient aux feux rouges. Et elle avait dû attendre cette dernière année pour enfin sentir que ses entraves se dénouaient un peu. Lorsqu'elle se regardait dans la glace, elle y discernait parfois quelque chose qui lui rappelait son visage d'avant.

Cette nuit-là, après être allée border Noy, elle ne réussit à s'endormir que dans la chambre de Daniella, sur le lit d'appoint qui servait à coucher ses poupées.

La petite se tourna vers elle et, en dormant, tendit la main et lui caressa les cheveux. Maly sombra apparemment très vite dans le sommeil puisqu'elle n'entendit ni la clé tourner dans la serrure, ni la porte s'ouvrir. Elle ne se réveilla qu'en sentant Koby à côté d'elle. Il la regardait, assis sur le lit.

– Qu'est-ce que tu fais là ? lui demanda-t-elle comme s'il n'était déjà plus chez lui.

– Je viens de rentrer.

– Tu étais où ?

Cette nuit-là, il ne donna aucune réponse. En fait, ultérieurement non plus. Ils sortirent de la chambre pour ne pas réveiller Noy et s'assirent l'un en face de l'autre dans le salon.

– Tu m'as laissée seule toute la nuit, lui reprocha-t-elle. Comment as-tu pu ?

Dehors montaient les premières lueurs du jour et un camion-poubelle passa dans la rue. Les vêtements de Koby dégageaient une forte odeur d'alcool et de cigarette. Il avait les yeux rouges.

– Qu'est-ce qui se passe ?

– Maly, j'ai besoin d'aide.

– De l'aide pour quoi ? répliqua-t-elle aussitôt. Pour partir en Australie ? Tu as besoin d'argent pour t'acheter un billet ?

Voyant qu'il ne comprenait pas ce qu'elle insinuait, elle précisa :

– J'ai parlé avec ton père.

Il ne réagit pas.

– Qu'est-ce qui t'est arrivé ? répéta-t-elle. Il est temps que tu me le dises, non ? Tu ne vois pas à quel point tu me tortures ? Je ne peux plus vivre comme ça.

Qu'est-ce que je t'ai fait pour mériter un tel supplice ? Rien ! Je ne t'ai rien fait.

Il avait l'air totalement désespéré. Perdu. Pourtant elle tomba des nues en entendant ce qu'il avait à lui révéler. Et plus tard, lorsqu'elle y repenserait, elle demeurerait persuadée qu'elle n'aurait pas pu deviner qu'il mentait.

– Maly, dit-il enfin, la police me cherche.

Elle le dévisagea intensément et vit qu'il avait les yeux injectés de sang.

C'était bien plus catastrophique que ce qu'elle avait imaginé.

6

Les résultats du labo tombèrent au matin du deuxième jour d'enquête, alors qu'Avraham se rendait à l'enterrement. Il ne pleuvait pas, la fenêtre de sa voiture était ouverte, si bien que lorsque son téléphone sonna il dut la fermer et baisser le volume de sa radio, allumée sur la Voix d'Israël.

– Vous voulez d'abord la bonne ou la mauvaise nouvelle ? lui demanda Lital Levy.

– Tu me connais depuis suffisamment longtemps, non ?

La bonne nouvelle était qu'ils avaient réussi, à partir du sang et de la peau retrouvés sous les ongles et entre les doigts de Lea Jäguer, à extraire l'ADN d'un homme. La mauvaise nouvelle était que cet ADN ne figurait pas dans le fichier et n'appartenait donc pas à un parent du violeur. Avraham lui demanda aussitôt ce qu'il en était du fils : depuis le début de la journée, il n'avait cessé de penser aux réponses insatisfaisantes qu'Erez Jäguer avait fournies la veille à Sharpstein.

– Ont-ils aussi vérifié si l'ADN pouvait correspondre à un membre de sa famille ?

– De la famille de qui ? De la victime, vous voulez dire ? Je ne pense pas qu'ils l'aient vérifié. Mais je suis sûre qu'ils peuvent le faire. Vous voulez que je le leur demande ?

C'était en général ainsi que ça se passait, Ilana l'avait souvent répété : le deuxième jour d'enquête était décisif.

Au premier jour, toutes les directions paraissent possibles, et quasiment chaque témoignage, chaque indice récolté ouvre une nouvelle piste. Au deuxième jour, certains suspects ayant rapidement été mis hors de cause et certaines directions intéressantes au début ayant été écartées, les hypothèses se réduisent. En parallèle, témoignages et nouveaux indices viennent étoffer des scénarios qui commencent à se tisser et y ajoutent des détails qui leur donnent de la pertinence.

Tandis que l'inspecteur-chef Avraham passait sa matinée au cimetière du Yarkon, l'inspecteur Eyal Sharpstein consacra la sienne à récolter les témoignages d'entrepreneurs en bâtiment qui avaient des chantiers en cours rue Krauze, ce qui lui permit de placer en garde à vue un dénommé Adnan Gon : l'homme, un ouvrier qui habitait dans les territoires, ne s'était présenté au travail ni le jour du meurtre ni le lendemain. De plus, il avait été, dans le passé, suspecté de vols de voitures et de complicité de cambriolages dans des maisons au centre d'Israël. De leur côté, Eliyahou Maaloul et Esthy Wahaba convoquèrent le détective privé qui avait été engagé par la famille Danon pour rassembler des charges contre Lea Jäguer.

Seul représentant officiel de la police à l'enterrement, Avraham avait prévu de se concentrer sur le fils.

Il arriva tôt et se mêla au cercle d'intimes qui se rassemblait sur l'esplanade devant la chambre funéraire, porte Gueoula. La matinée, presque printanière, était moins fraîche que les précédentes. Dès qu'il vit la fille de Lea Jäguer, il alla lui serrer la main et lui exprima ses sincères condoléances. En revanche, il ne s'approcha pas d'Erez, dont la forte corpulence l'étonna au moment où il réussit à l'identifier : comment Sharpstein avait-il pu omettre de signaler ce détail dans son rapport ? Il resta à l'observer de loin, suivit d'un œil attentif la façon dont, entouré de sa femme et de ses enfants déjà grands, il accueillait les amis et les connaissances venus le soutenir dans sa douleur.

La stature d'Erez Jäguer était incontestablement remarquable : il mesurait plus d'un mètre quatre-vingt-dix et avait des mains immenses.

À dix heures passées, les employés des pompes funèbres apparurent, poussant une civière sur laquelle reposait la dépouille, et s'immobilisèrent sur l'esplanade. La maigre foule se resserra tout autour en silence. Sous le linceul, la défunte lui parut à peine plus grande qu'un adolescent chétif. Il fut surpris en constatant que ni le fils ni la fille ne prenaient la parole pour dire quelques mots à la mémoire de leur mère. Seule une femme âgée, sans doute une amie, évoqua longuement les plus belles années de la vie de sa chère Lea, les années où elle avait élevé ses enfants. Elle parla aussi de voyages qu'elles avaient faits ensemble à l'étranger avant qu'une série de catastrophes ne s'abatte sur elle.

– Mais maintenant, tu vas retrouver ton Yossi, l'homme que tu aimais tant, conclut-elle. Au moins, tu n'auras plus à souffrir de son absence.

Dans ce discours, pas un mot ne fut dit sur l'assassinat, comme si Lea Jäguer était morte dans des circonstances naturelles. Quant au viol, il n'avait été que suggéré par la « série de catastrophes ». Pourtant, Avraham eut l'impression qu'autour de lui, en sourdine, on parlait beaucoup du meurtre et qu'il était, lui, la cible de bien des regards lourds de sens. Il regretta de ne pas pouvoir s'entretenir en privé, ne serait-ce qu'une minute, avec chacune des personnes présentes et constata, perplexe, que le photographe de la police, à qui il avait demandé de prendre des clichés de tout le monde, semblait se concentrer sur lui.

Ensuite, le petit cortège s'ébranla et suivit la civière le long des sentiers qui sinuaient entre les tombes, anciennes ou récentes. Plus loin, des ouvriers chinois qui travaillaient à la construction des enfeus destinés à loger les défunts à venir déambulaient lentement le long des murs. Il faisait de plus en plus chaud.

En raison du peu d'hommes de l'assistance, Avraham prit lui aussi une pelle et jeta de la terre dans le trou. Le rabbin commença à réciter le kaddish et, lorsque Avraham se surprit à marmonner en même temps que lui la première phrase, « *ytgadal veytadash sema raba*[1] », il se mordit les lèvres et se tut. Il n'était pas orphelin. Voyant le corps de sa mère totalement enseveli, le fils s'écroula sur la tombe fraîche. Il fut relevé par sa femme et quelques amis qui le guidèrent jusqu'au robinet, où ils lui passèrent de l'eau sur le visage. Avraham profita de ce que la voie était libre pour aller, lui aussi, poser selon la tradition un caillou sur l'étroit monticule de terre. De tous les gens venus accompagner Lea Jäguer dans sa dernière demeure, il

1. « Que le grand Nom soit glorifié et sanctifié », il s'agit des premiers mots du kaddish, la prière des morts chez les juifs. (*N.d.T.*)

était celui qui en savait le moins sur elle mais celui à qui incombait la tâche d'éclaircir les circonstances de sa mort. Il s'efforça de se remémorer le visage de cette femme tel que le montrait la photo qu'il avait accrochée en salle de réunion, et essaya d'effacer celui, tuméfié et bouche béante, qu'il avait vu sur la scène de crime. Autre chose le frappa : la différence entre la déposition du fils, qui affirmait ne pas avoir été en contact avec sa mère, et son désespoir affiché au cimetière. Un autre détail lui avait sauté aux yeux, lorsque l'homme s'était écroulé dans une position proche de celle dans laquelle avait été retrouvée la victime : mère et fils ne se ressemblaient absolument pas.

Peut-être avait-il hérité des gènes paternels ?

Lea Jäguer, fille de Hannah et de Yaakov Grinberg, fut inhumée à côté de son mari, Yossef Jäguer, né en 1951 à Ramat-Gan et mort dans la fleur de l'âge trois ans auparavant.

Avraham fut incapable de se rappeler s'il avait vu une photo de lui dans l'appartement.

À son retour au commissariat, il trouva sur son bureau la liste des conversations téléphoniques qu'il avait demandée, ainsi que le résultat de l'analyse ADN permettant d'affirmer qu'il n'y avait aucun lien de parenté entre l'agresseur et sa victime. La liste ne recensait aucun appel émanant de Sami Danon ni aucun numéro appartenant à la famille du violeur, mais deux détails l'intriguèrent : tout d'abord, la veille du meurtre, Lea Jäguer avait eu une longue conversation téléphonique avec son fils, ce qui contredisait totalement la déposition de ce dernier. D'après ce que lut Avraham, elle l'avait d'abord appelé dans la matinée, il ne lui avait pas répondu mais l'avait rappelée peu après et ils s'étaient entretenus dix-sept minutes. L'autre détail concernait le dernier numéro sortant et cela le secoua encore davantage : le jour du meurtre, et exactement à l'heure supposée où il était commis, à quatorze heures, quelqu'un avait appelé Police secours du téléphone fixe de l'appartement de Lea Jäguer. Apparemment, la conversation avait été coupée avant que le correspondant ait été pris en charge.

Avraham entoura au stylo bleu le numéro de téléphone d'Erez Jäguer, puis il contacta lui-même les urgences de la police pour vérifier quelle était la procédure en cas d'appels interrompus avant d'avoir été traités.

– Est-ce que vous rappelez les gens si la communication est interrompue ? demanda-t-il à l'opératrice, qui ne comprit pas sa question. Le numéro appelant apparaît sur votre écran, non ? Vous pouvez le voir, non ? répéta-t-il, la forçant à lui expliquer que, pour sa part, elle ne le faisait que si on réitérait la tentative plusieurs fois.

– Vous avez idée du nombre d'enfants qui téléphonent et nous raccrochent au nez ?

Pourtant, on avait bien dû rappeler Lea Jäguer (même si, en l'occurrence, d'après la liste, il n'y avait pas eu de tentative supplémentaire), puisqu'on avait dépêché un policier chez elle. Il demanda donc à Lital Levy de vérifier s'il n'y avait pas eu un deuxième appel qui par erreur n'aurait pas été consigné. Il voulut aussi qu'elle se procure les noms des opérateurs de permanence l'avant-veille dans l'après-midi. Il hésitait encore à convoquer Erez Jäguer pour un complément d'information. D'après les résultats de l'analyse ADN, il ne pouvait pas être l'assassin. Mais alors, pourquoi avoir menti à Sharpstein en prétendant dans sa déposition ne pas avoir parlé à sa mère depuis plusieurs mois ?

Lorsque Eliyahou Maaloul entra dans son bureau, il en était toujours à méditer sur ces deux points. Leur discussion de la veille avait été oubliée, du moins par Avraham, mais l'inspecteur resta debout tout le temps où il lui rapporta le témoignage du détective privé engagé par les Danon. Selon lui, ce type ne paraissait pas impliqué de quelque manière que ce soit : la famille ne l'avait embauché que pendant la durée du procès et il lui avait affirmé ne pas avoir mis le téléphone de Lea Jäguer sur écoute. Plus généralement, le privé jurait ses grands dieux qu'il n'avait rien obtenu en dehors du cadre légal.

– Alors qu'est-ce qu'il a fait ? Pourquoi exactement l'ont-ils payé ? demanda Avraham, sceptique.

– Surtout pour des filatures. Et aussi des photos. Mais ça n'a servi à rien. Les proches de Danon espéraient prouver que Lea Jäguer rencontrait des hommes et ainsi conforter leur ligne de défense, selon laquelle les rapports sexuels étaient consentis. Depuis le procès, le détective n'a plus eu de contact avec eux.

Ensuite, les deux policiers se penchèrent sur les dernières informations reçues : les résultats de l'analyse ADN et la conversation téléphonique qu'Erez Jäguer avait dissimulée à Sharpstein. L'inspecteur fut d'avis qu'il fallait immédiatement convoquer le fils, même si c'était le jour de l'enterrement de sa mère, et demanda si Sharpstein le considérait comme un suspect potentiel. Avraham n'en savait rien. Il entraîna Maaloul hors de son bureau et attendit qu'ils se soient tous les deux assis sur les marches du perron, à l'extérieur du bâtiment, pour lui révéler que quelqu'un avait appelé Police secours de l'appartement de la victime.

– Je pensais que tu avais arrêté, s'étonna l'inspecteur qui, étrangement, continuait à éviter le regard de son supérieur.

– J'ai arrêté.

– Alors qu'est-ce qu'on fait dehors ?

À cela, il y avait deux raisons, l'une étant Benny Seban et l'autre le policier qui s'était volatilisé après avoir été vu dans les escaliers.

Avraham répéta à Maaloul que le chef lui avait explicitement demandé de n'insister ni sur le témoignage du voisin ni sur la présence éventuelle d'un policier dans l'immeuble peu de temps après le meurtre. Mais maintenant que sur le listing téléphonique de Lea Jäguer apparaissait une tentative pour joindre Police secours, on ne pouvait plus l'ignorer.

Les grands yeux de Maaloul s'ouvrirent encore davantage.

– Oublie ça tout de suite, Avi, chuchota-t-il. Je ne te laisserai jamais faire une chose pareille, tu entends ? Quoi, tu es tombé sur la tête ? Bien sûr que nous allons vérifier ce témoignage, comme tous les autres. *A fortiori* maintenant. Si un opérateur de chez nous l'a rappelée et qu'on a envoyé sur place quelqu'un de la maison qui n'a pas fait son boulot, on va rédiger un rapport exactement comme on est censés le faire. Et au cas où tu aurais peur de Seban, laisse-moi m'en occuper, j'en prends la responsabilité, d'accord ? Que ça me retombe dessus, aucune importance. Qu'est-ce que tu crois ? En ce qui me concerne, le divisionnaire peut aller se faire voir !

Cette conversation réconforta Avraham, d'autant qu'elle lui indiquait qu'Eliyahou avait surmonté sa vexation et lui pardonnait son rappel à l'ordre de la veille. De retour dans son bureau, il souleva quand même le combiné pour téléphoner à Ilana Liss. Puis il se ravisa. Sharpstein l'appela et lui communiqua la teneur des témoignages des ouvriers des chantiers dans le quartier de la scène de crime. Avraham lui apprit en retour qu'Erez Jäguer lui avait menti pendant son interrogatoire et, tout en parlant, il comprit que si le fils était impliqué dans le meurtre, on pouvait expliquer la communication interrompue : il était facile d'imaginer qu'après avoir blessé sa mère au cours d'une discussion trop vive, Erez se soit affolé, ait lui-même composé le numéro d'urgence, puis ait changé d'avis et quitté précipitamment les lieux. À moins qu'elle n'ait senti la tournure dangereuse que prenait leur conversation et essayé d'obtenir de l'aide. En dernière minute, elle n'avait simplement pas voulu faire de tort à son fils. Cela dit, les résultats sans équivoque du labo mettaient Erez totalement hors de cause.

Avraham étala sur son bureau les photos de la scène de crime ainsi que la feuille sur laquelle, la veille, il avait pris des notes. Il relut la phrase qu'il avait écrite au stylo pendant qu'il interrogeait la fille de la victime : *A-t-il verrouillé la porte en sortant ?*

Et il essaya de se souvenir pourquoi il avait inscrit cette question. Peut-être avait-il pensé que si l'assassin avait refermé la porte à clé, cela signifiait qu'il ne s'était pas enfui dans la précipitation ?

Le fils s'attarde dans l'appartement. Peut-être même pendant plusieurs minutes après le meurtre. Peut-être essaie-t-il de réanimer sa mère ou de digérer ce qui s'est passé ? Appelle-t-il la police dans l'intention de se dénoncer ? Raccroche-t-il parce qu'il pense pouvoir simuler un cambriolage ? Il sait où trouver le sac à main, n'a pas besoin de le chercher, ce qui explique pourquoi la scène de crime n'était pas en désordre. Et il verrouille la porte derrière lui parce que chaque minute qui retarde la découverte du corps lui permet de s'éloigner davantage. Avraham lut et relut sa question, puis en ajouta d'autres auxquelles, pour une partie du moins, il eut l'impression de pouvoir répondre :

Pourquoi a-t-elle ouvert la porte à son agresseur ?

L'attendait-elle ? Savait-elle qu'il viendrait ?

Pourquoi n'a-t-il rien pris à part le sac à main ?

Quand et comment exactement est-il ressorti ?

Alors, à l'instar de ce qu'il avait fait aux toutes premières heures de l'enquête, il redonna vie à Lea Jäguer et l'imagina en train de boire un café dans sa cuisine. On frappe. Elle pose sa tasse et se lève, s'approche lentement de la porte, cinq ou six pas environ.

Avraham ouvrit le tiroir de son bureau et en tira la pipe que Marianka lui avait offerte, la porta à sa bouche et la mordilla tandis que, dans sa tête, il voyait la porte de l'appartement s'ouvrir. À cet instant, il eut la nette impression de discerner un homme de grande taille qui se tenait sur le seuil.

Il décida de contacter Erez Jäguer sans plus attendre, mais ce fut une femme qui répondit au téléphone en expliquant que son mari conduisait. Il se présenta comme étant l'inspecteur-chef chargé de l'enquête.

– Un instant, dit-elle aussitôt.

Quelques minutes plus tard, le fils prit l'appareil. Avraham lui demanda de venir immédiatement au poste.

– Pourquoi ?

– Pour un complément d'information, se contenta-t-il de dire.

– Le problème, c'est qu'on est déjà arrivés à Haïfa. C'est urgent ? Je suis censé rester chez moi et accueillir les gens qui vont venir me présenter leurs condoléances.

Malgré son envie de le voir tout de suite et de recueillir lui-même son témoignage, Avraham songea que ce n'était peut-être pas mauvais de repousser l'interrogatoire. Il ne savait presque rien de cet homme, sauf qu'il travaillait comme intendant dans un lycée. Un délai de quelques heures lui permettrait de rassembler d'autres renseignements, de vérifier son alibi et aussi de demander à la sœur quelle était la raison de la brouille entre mère et fils.

– Pouvez-vous venir demain matin ? lui demanda-t-il.

– Oui, mais qu'y a-t-il de tellement urgent ? Vous avez du nouveau ?

Il ne répondit pas.

La cafétéria était quasiment déserte lorsqu'il y déjeuna seul et avec beaucoup de retard. À part lui, il n'y avait là qu'Ephraïm Bakhar, un agent de la circulation, assis tout au fond, à mâchouiller des cure-dents tout en parlant très fort au téléphone avec sa fille. Les deux hommes se saluèrent de la tête.

Avraham commanda une salade et deux sandwiches qu'il avala rapidement tandis que sous son crâne s'entrechoquaient des hypothèses liant Erez Jäguer et l'appel à Police secours. Pour la première fois depuis le début de l'enquête, il se sentait déborder d'énergie parce que, enfin, il n'était plus coincé dans son bureau à attendre. Il pensa de nouveau à Benny Seban. Au cours de sa carrière, il avait vu plus d'une fois des policiers écarter un témoignage ou des indices qui leur compliquaient la vie, mais jamais auparavant on ne lui avait aussi clairement demandé d'ignorer une information. Or, pour l'instant, il trouvait que le témoignage du voisin racontait une histoire qu'il ne pouvait occulter : un policier essayant de cacher son identité s'était présenté chez Lea Jäguer à quatorze heures passées de quelques minutes. D'après le listing interne du service, aucun véhicule de police n'avait été envoyé rue Krauze avant seize heures trente. Il décida d'en parler à Ilana, même si la divisionnaire ne travaillait pas. De retour au troisième, il alla dans le bureau de Lital Levy avant de réintégrer le sien et lui demanda si elle avait du nouveau.

– Non…, répondit-elle, mais ensuite elle baissa les yeux vers sa table, se saisit d'une feuille et la lui tendit : J'ai oublié de vous donner ça tellement j'avais de boulot. Ce sont les gens qui vous ont appelé avant-hier, quand vous étiez de repos.

– J'étais de repos, moi ? Quand ça ?

Avraham ne se souvint de ses velléités de rester avec Marianka qu'après avoir posé la question.

Il jeta un coup d'œil à la liste tout en se dirigeant vers son bureau et s'apprêtait à poser la feuille sur la pile de dossiers qui encombrait sa table lorsqu'il vit le nom de Diana Goldin, suivi d'un numéro de téléphone. Il retourna voir Lital Levy pour s'assurer qu'il ne se trompait pas.

– Tu sais qui a pris cet appel ? demanda-t-il.

– Moi.

– Et elle t'a dit ce qu'elle voulait ?

– Elle a demandé à vous parler et quand j'ai répondu que vous étiez en congé, elle a dit que ce n'était pas important. Vous la connaissez ?

Il composa aussitôt le numéro indiqué sur la feuille mais dut laisser un message sur le répondeur.

Ilana, en revanche, décrocha.

– Salut, Ilana, c'est Avi. Comment vas-tu ? s'entendit-il lui demander d'un ton mal assuré.

Elle avait reconnu sa voix et il eut même l'impression qu'en dépit de ses consignes elle était contente de l'entendre. N'avaient-ils pas, pendant des années, même après qu'elle eut quitté leur commissariat pour le Central de Tel-Aviv, veillé à conserver un contact téléphonique quasi journalier, échangeant régulièrement des informations sur leurs enquêtes respectives ? D'ailleurs, il ne la croyait pas capable de tirer un trait radical sur son travail après vingt ans passés dans la police judiciaire. Il ignorait si elle se trouvait chez elle ou à l'hôpital, et était trop embarrassé pour lui poser la question. Avant qu'elle commence son traitement, il avait cherché des précisions sur Internet et avait compris, à son grand soulagement, qu'elle ne devrait pas rester hospitalisée pendant des semaines mais recevrait des chimios intensives entre lesquelles elle pourrait se rétablir à la maison.

Elle n'avait pas répondu à sa question, et il lui redemanda comment elle allait.

– On ne peut mieux, Avi, se contenta-t-elle de dire. Et toi ?

Il était tellement mal à l'aise qu'il décida d'aller droit au but :

– C'est que, voilà, j'ai tout de même besoin de ton aide pour quelque chose ; serait-il possible que je vienne te parler à un moment donné, quand tu seras chez toi et que tu te sentiras en forme ?

– Ça peut attendre ?

– Quelques jours, mais pas plus.

– À condition qu'on ne parle pas boulot, comme je te l'ai demandé. Si ça relève d'une enquête en cours, je préfère qu'on évite.

– Ce n'est pas directement lié à une enquête en cours, Ilana, c'est autre chose, la rassura-t-il, persuadé de ne pas mentir.

À ce moment-là, il avait l'intention de ne lui parler que de l'attitude de Seban.

Diana Goldin rappela pendant qu'il était en ligne avec la divisionnaire. Elle fit une troisième tentative, il avait terminé sa conversation et décrocha aussitôt, curieux de savoir pourquoi elle cherchait à le joindre. Pourtant, même après les explications qu'elle lui donna, il mit du temps à comprendre.

– Inspecteur-chef Avraham, police de Holon. Merci de m'avoir rappelé, Diana, commença-t-il. J'étais en congé, mais on m'a transmis que vous me cherchiez, c'est bien ça ?

La jeune femme lui dit qu'en fait il s'agissait d'une broutille, elle voulait juste rendre au policier qui était venu chez elle quelques jours auparavant le parapluie qu'il avait oublié. Comme elle ne se souvenait pas de son nom et qu'elle n'avait pas son numéro de téléphone, elle avait appelé le commissariat et demandé à lui parler, à lui, parce qu'ils se connaissaient.

– Un policier est venu chez vous ? Quand ?

– Il y a quelques jours. Jeudi dernier.

– Et pourquoi donc ? Vous l'aviez appelé ?

Il était loin d'imaginer à quel point cette question inquiéterait son interlocutrice.

– Comment ça, pourquoi ? chuchota-t-elle. Pour mon viol, bien sûr, pourquoi d'autre voudriez-vous qu'il vienne ?

Comme il ne voulait surtout pas l'affoler, il écourta la conversation et promit de la rappeler dans quelques minutes. Il alla aussitôt demander à Lital Levy de vérifier l'identité du policier qui avait été envoyé chez Diana. Le rapprochement entre les deux affaires, entre les deux policiers, il ne le ferait que lorsqu'on lui apporterait le dossier de Diana Goldin et qu'il prendrait le temps de le consulter. Pour l'instant, cette idée ne fit que lui traverser l'esprit et il la repoussa aussitôt. Il continuait à réfléchir sur la base de deux individus distincts : un assassin d'une part et de l'autre un policier dont la présence sur les lieux serait facilement expliquée.

Mais lorsque Diana Goldin se retrouva assise en face de lui et qu'il prit sa déposition, il se demanda s'il ne s'était pas trompé et n'avait pas repoussé cette hypothèse trop hâtivement.

Elle entra dans son bureau une heure après leur conversation téléphonique. Il se leva et l'accueillit très chaleureusement. Elle avait les cheveux attachés en une longue queue-de-cheval et son visage aux traits fins était aussi beau que dans le souvenir qu'il en avait gardé. Face à son regard chargé d'angoisse, il regretta d'avoir insisté pour qu'elle passe au commissariat, d'autant qu'à cause de son spectacle elle n'avait pu venir immédiatement. S'il l'avait convoquée dans l'urgence, c'était parce que, après vérifications, Lital Levy l'avait informé qu'aucun policier n'avait récemment été envoyé chez Diana Goldin. En parcourant le dossier de son viol avant qu'elle arrive, il n'avait pu s'empêcher de penser à Lea Jäguer.

Diana Goldin avait été agressée en septembre 2012.

Elle avait fondé un petit théâtre où elle donnait des spectacles jeune public et elle avait été violée par son partenaire et associé. Âgée de trente-deux ans, elle habitait à Bat-Yam. C'était Avraham qui, pendant des heures, avait interrogé le violeur ; lui aussi qui avait organisé une confrontation en salle d'interrogatoire au deuxième étage alors que l'homme continuait à nier la version de sa victime. Elle avait porté plainte plusieurs semaines après les faits, si bien qu'ils n'avaient aucune preuve matérielle pour étayer ce qu'elle avançait. Avraham l'avait crue – et le tribunal aussi.

– Comment allez-vous ? s'enquit-il lorsqu'elle fut installée.

Elle voulut qu'il lui explique tout de suite ce qui se passait mais il essaya tout d'abord de la rassurer en lui demandant si elle jouait toujours devant les enfants. Elle lui raconta qu'elle avait créé une nouvelle compagnie et montait des spectacles en hébreu et en russe, qu'elle se produisait seule avec ou sans marionnettes, principalement dans les écoles maternelles et les bibliothèques. Elle ne savait rien de Mickaël Lane, l'acteur condamné pour son viol, à part qu'il purgeait toujours sa peine. Avraham réfléchissait encore à la manière dont il allait lui présenter les choses, lorsqu'elle lui lança :

– Quoi, ce n'était pas un policier ?

– Pouvez-vous me dire précisément quand il est venu chez vous ?

– Ça fait presque une semaine. Mais ce n'est qu'avant-hier que j'ai remarqué le parapluie qu'il avait oublié chez moi. Je n'avais pas son numéro de téléphone, c'est pour ça que je vous ai appelé. Sa visite remonte à jeudi dernier.

– Pouvez-vous m'expliquer quel en était le motif ?

Le policier l'avait appelée quelques jours plus tôt, s'était présenté comme un enquêteur du secteur Ayalon et lui avait demandé un rendez-vous. Ils étaient convenus de se voir le jeudi en matinée parce qu'elle avait un spectacle en fin d'après-midi, il l'avait rappelée la veille pour confirmer qu'il n'avait pas d'empêchement de dernière minute lié à des affaires urgentes, lui avait proposé de venir au poste, mais avait ajouté qu'il pouvait se rendre chez elle, ce qui lui éviterait de se retrouver dans un endroit dont elle n'avait certainement pas gardé un bon souvenir. Elle avait accepté parce que c'était plus pratique pour elle.

– Il ne vous a pas expliqué la raison de ce rendez-vous ? demanda Avraham.

– Bien sûr que si. Sans quoi, jamais je ne l'aurais rencontré.

Le policier l'avait informée que Mickaël avait fait appel de sa condamnation et qu'en vue du nouveau procès, où elle serait fort probablement amenée à comparaître, il avait été mandaté pour recueillir d'elle une nouvelle déposition détaillée.

En regardant Diana de près, Avraham se souvint de ce qui l'avait le plus frappé lors de leur première entrevue : malgré l'agression qu'elle avait subie, elle gardait sur le visage une expression rieuse, quelque chose du sourire du clown, comme si, même quand elle n'était pas sur scène devant des enfants, elle demeurait une actrice. À présent, elle ne souriait plus : d'après les vérifications de Lital Levy auprès du parquet de Tel-Aviv, Mickaël Lane n'avait pas fait appel.

Avraham essaya en premier lieu de tirer au clair les informations que possédait le policier qu'elle avait rencontré, en particulier s'il connaissait le nom du violeur et les détails de son dossier.

– Est-ce que, dès le début, il l'a appelé Mickaël Lane ?

Diana ne s'en souvenait plus.

– Peut-être pas, finit-elle par dire. Je crois que non. Au début, il me semble qu'il l'a appelé « le violeur ».

– Et savait-il où vous habitiez ?

– Il m'a demandé si j'avais déménagé depuis le procès et je lui ai dit que non. C'était à son deuxième coup de fil, la veille du rendez-vous, le mercredi. Il m'a demandé si je vivais toujours au même endroit et je pense que c'est là que je lui ai donné mon adresse.

La dernière phrase, elle l'avait chuchotée. Avraham lui tendit un verre d'eau.

– Pourquoi vous ne me dites pas qu'il n'était pas de la police ? lui demanda-t-elle.

– Parce que je n'en sais rien. Il est fort probable qu'il fasse partie de nos services, c'est juste que je dois trouver qui l'a envoyé.

Elle enfouit son visage dans ses mains. Il attendit.

– Mais ça veut dire quoi ? reprit-elle en relevant la tête. Expliquez-moi.

– Comme je vous l'ai dit, je ne sais pas, répondit-il tout en cherchant comment la rassurer. La police est une grande maison qui comporte beaucoup de services et de départements, si bien que les uns ne savent pas toujours ce que font les autres. Ça arrive souvent. Il est tout à fait possible qu'on vous ait envoyé un policier pour complément d'information. C'est juste que nous n'avons pas réussi, pour l'instant, à trouver d'où il venait. Pouvez-vous me dire à quoi il ressemblait ? Ça pourrait nous aider.

Elle décrivit un homme de la taille d'Avraham à peu près, peut-être un peu plus grand, assez costaud et aux cheveux clairs. Il portait un uniforme que Diana qualifia de « normal » : un pantalon foncé et une chemise bleu ciel, avec un insigne de la police et un galon foncé sur l'épaulette. Elle ne se souvenait pas de son nom, peut-être ne le lui avait-il pas communiqué. Songeant tout à coup qu'elle n'avait même pas pensé à le lui demander, elle enfouit de nouveau le visage dans ses mains et se recroquevilla sur elle-même.

– Pourquoi quelqu'un ferait-il une chose pareille ? s'indigna-t-elle.

Avraham comprit qu'elle commençait à se sentir très mal, rongée non seulement parce qu'elle décryptait ce qui s'était passé, mais aussi parce qu'elle s'en voulait de ne pas avoir été plus vigilante.

– Diana, je vous le dis encore une fois, il se peut que cet homme soit un policier et qu'il se soit présenté chez vous dans le cadre de ses fonctions. Vous comprenez ? Et même si ce n'est pas le cas, vous n'aviez aucun moyen de savoir qu'il n'était pas en service commandé…

– Mais vous vous rendez compte que je ne lui ai même pas demandé comment il s'appelait ? l'interrompit-elle en insistant sur ses propres manquements.

Il attendit qu'elle relève la tête. Durant toute leur conversation, il lui avait caché qu'il savait que Mickaël n'avait pas fait appel. Et autre chose aussi : si la police avait envoyé quelqu'un chez elle pour un complément d'information, cela aurait été une enquêtrice et non un enquêteur.

– Pouvez-vous évaluer combien de temps il est resté chez vous ? reprit-il.

– Longtemps, peut-être deux heures.

– Pourquoi ?

– Parce qu'il voulait tout savoir. Vous comprenez ? Chaque détail. Depuis le début.

– Quoi, par exemple ? Qu'est-ce qu'il vous a demandé ? Pouvez-vous me dire exactement comment s'est déroulé l'entretien ?

Le policier lui avait demandé depuis combien de temps elle connaissait Mickaël et quelles étaient leurs relations avant l'agression. Si elle avait un ami à l'époque du viol. Ensuite, il lui avait posé des questions sur ce qui s'était passé le jour de l'agression, sur l'heure à laquelle ils étaient rentrés de la représentation qu'ils avaient donnée à la bibliothèque municipale de Givataïm. Elle avait invité Mickaël dans son appartement pour discuter avec lui de leur prochain projet, ils avaient forcé sur la Becherovka, qui leur était un peu montée à la tête, tout à coup il lui avait demandé de danser et elle ne savait pas pourquoi elle avait accepté, c'était bizarre ; ensuite, elle avait senti qu'il la serrait trop fort, avait voulu qu'il cesse, elle s'était d'ailleurs échappée et était allée arrêter la musique. Mickaël avait une petite amie, que Diana connaissait très bien et qu'elle appréciait, aussi, quand il s'était à nouveau plaqué contre elle pour continuer à danser sans musique, avait-elle saisi son téléphone et l'avait-elle menacé d'appeler cette fille s'il ne la laissait pas tranquille. Le policier lui avait aussi demandé quels vêtements elle portait ce soir-là, si Mickaël les lui avait arrachés ou si elle les avait enlevés elle-même, et il avait voulu savoir ce qui s'était passé ensuite sur le canapé du salon, ce qu'elle lui avait dit pendant qu'il la violait et ce qu'il lui avait dit ensuite, quand tout avait été terminé. Il avait enregistré chaque mot de leur conversation, depuis le début.

– Comment ça, « enregistré » ?

– Avec son portable. Il m'a montré qu'il avait enclenché l'application.

– Et pendant que vous parliez ?

– Quoi ?

– Que faisait-il ?

– Rien. Il me regardait. Parfois, il vérifiait si l'appareil marchait bien. Il prenait aussi des notes dans un cahier.

– Avez-vous eu l'impression qu'il connaissait les détails de votre dossier ?

– Il m'a demandé de tout lui raconter comme si c'était la première fois, alors je ne sais pas. Peut-être pas. Il a dit que c'était pour les besoins de l'enquête.

– Et vous a-t-il donné des informations sur lui-même dont vous vous souvenez ? Quelque chose sur son commissariat ? sur sa fonction précise dans la police ?

Elle n'arriva pas à se souvenir de quoi que ce soit.

– À aucun moment il n'a tenté de s'en prendre à vous ?

– De me sauter dessus ? Non.

– Vous ne vous êtes pas sentie en danger ?

– Non.

– Et tout le temps de la conversation, vous êtes restée seule avec lui ?

– Oui, je vis seule.

– Vous ne vous souvenez vraiment d'aucun détail qui puisse nous aider à l'identifier ?

– À part ce que je vous ai déjà dit, non. Peut-être… peut-être qu'il avait un accent.

– Un accent russe ?

– Justement non, pas russe. Plutôt anglais.

– Et avez-vous eu l'impression qu'il essayait de vous faire dire quelque chose de précis ? Qu'il essayait d'obtenir quelque chose de vous ?

Il n'avait pas d'autres questions, mais Diana ne semblait pas disposée à s'en aller, malgré la seconde représentation qu'elle devait bientôt assurer. Peut-être avait-elle peur tout à coup de se retrouver seule dans la rue ?

Avraham vit sur son bureau la feuille avec les questions qu'il avait rédigées en début de journée : *Pourquoi a-t-elle ouvert la porte à son agresseur ? L'attendait-elle ? Savait-elle qu'il viendrait ?* Soudain, il n'était plus du tout sûr d'en connaître les réponses. Et pourtant, au cours du rapide briefing qu'il organiserait avec son équipe plus tard dans la soirée, il ne serait pas encore suffisamment convaincu que les deux affaires étaient liées et ne ferait pas mention du témoignage de Diana Goldin.

Il accompagna la jeune femme jusqu'au bureau de Lital Levy, à qui il demanda de la conduire au service informatique afin de dresser un portrait-robot du policier, même s'il doutait d'en avoir vraiment besoin.

– Et le parapluie ? Vous ne voulez pas que je vous le laisse ? lui rappela-t-elle avant de s'en aller.

Il le prit et l'examina. Elle l'avait gardé sur ses genoux pendant toute leur conversation et il avait carrément oublié que c'était la raison pour laquelle elle l'avait contacté.

7

Pendant quelques jours, Maly crut qu'il lui avait tout dit ce matin-là, avant le réveil des filles, et, à sa manière, il avait certainement essayé de tout lui dire. Bien qu'il ait décrit une autre femme et d'autres circonstances, il y avait un brin de vérité dans ses paroles, comme si malgré tout il avait voulu qu'elle devine.

À huit heures moins le quart, elle appela la banque pour les prévenir qu'elle ne viendrait pas travailler. Elle lui donna les clés de sa voiture et attendit qu'il parte accompagner Noy et Daniella à l'école.

Lorsqu'elle héla un taxi sur l'avenue Ben-Gourion, elle se demandait encore si c'était une bonne idée, mais elle se rassura en se disant qu'une fois rentrée à la maison elle insisterait pour qu'il aille consulter quelqu'un, pourquoi pas un avocat. Dès qu'elle avait compris de quoi il s'agissait, elle avait proposé qu'ils y aillent ensemble, mais il n'avait rien voulu savoir.

– La seule chose qu'il va me conseiller, avait-il répliqué, c'est d'aller voir la police. Et ça, c'est exclu, je n'irai pas.

Pendant tout le trajet, le chauffeur de taxi, un homme âgé, écouta les informations à la radio tout en la bombardant de questions : Se rendait-elle au travail ? Dans quelle boîte travaillait-elle ? Elle s'embrouilla dans ses réponses et dut le guider jusqu'au centre-ville parce qu'il n'habitait pas Holon mais Petah-Tikva. Il lui expliqua que c'était sa course précédente qui l'avait mené jusque-là. Elle descendit rue Jabotinsky, tourna dans la rue Krauze et commença à marcher, mais lorsqu'elle constata que le taxi restait là où il l'avait déposée, elle bifurqua aussitôt dans une petite rue, espérant ainsi s'en débarrasser. Comme elle ne vit pas la Toyota de Koby à l'emplacement qu'il lui avait indiqué, elle traversa la rue, refit le chemin en sens inverse, et alors seulement elle la reconnut garée le long du trottoir d'en face. Elle retraversa. Avec le naturel d'une personne qui se rend au travail et sans prendre le temps d'inspecter la voiture, elle ouvrit la portière avant. Le moteur ne démarra pas tout de suite ; Maly posa son sac sur le siège passager, essaya à nouveau, se rappela que la voiture avait des problèmes d'allumage et qu'en plus elle était resté trois jours au repos, la plupart du temps sous la pluie. Elle devait juste prendre son mal en patience et réessayer sans se stresser. Il n'y avait personne dans la Jeep garée devant, la circulation dans cette rue était très clairsemée, elle put donc faire une tentative, puis une autre, sans attirer l'attention. Jusqu'à ce qu'elle entende le ronronnement salvateur.

Elle n'avait pas l'habitude de conduire un aussi grand véhicule, tourna à droite dans Sokolov puis à gauche dans Shenkar. En entrant dans la rue Fichman, elle comprit qu'elle allait passer devant le commissariat – ce même commissariat où elle se rendrait une semaine plus tard. À ce moment-là, elle ne savait quasiment rien de ce qui l'attendait, mais que savent les gens de ce que la vie leur réserve ? Quasiment rien. La nuit passée sans Koby et le souvenir d'Eilat avaient réveillé en elle une peur qui l'accompagna tout au long de cette journée. Le touriste suisse la guettait à nouveau dans le noir sans qu'elle sache où il se terrait. Pourtant, elle n'en voulait plus à son mari depuis qu'il lui avait demandé son aide et lui avait révélé que la police était à sa recherche. Non que la sensation d'une catastrophe imminente fût moins tangible, mais c'était à présent lié à une menace extérieure, un danger qu'il fallait repousser, et quelque chose en elle s'était mis en marche pour le protéger. Ou les protéger tous les deux.

Un véhicule de la sécurité routière sortit du parking, roula juste derrière elle, la rattrapa au feu rouge et s'arrêta à sa hauteur. Elle évita de regarder sur sa droite pour ne pas attirer l'attention des policiers assis à l'intérieur. Son téléphone sonna au fond de son sac, et ce ne serait qu'en arrivant chez elle qu'elle constaterait que Guila l'avait appelée, comme si sa sœur avait senti à quel point elle avait besoin d'aide. Quand le feu passa au vert, elle démarra trop vite, mais la voiture de police tourna à droite. De toutes les choses que Koby lui avait demandé de faire pour lui, la plus difficile fut assurément de ne rien dire à personne. Elle savait d'avance comment réagirait Guila, elle entendait sa voix sans même qu'elles aient à se parler, et pourtant elle brûlait de tout lui raconter. Elle se gara dans le box, entre les piliers de l'immeuble, et osa enfin examiner la carrosserie. Certes elle ne s'attarda pas et ne se pencha pas non plus sur le pare-chocs, mais elle ne vit aucune égratignure ni autre signe d'accident. Sous l'essuie-glace du pare-brise on avait glissé une contravention et quelques prospectus que la pluie avait transformés en papier mâché ; elle les jeta à la poubelle dans le hall en se dirigeant vers l'ascenseur. Son téléphone sonna à nouveau.

Si elle ne rappela pas sa sœur de toute cette journée, c'est parce qu'elle ne savait pas quoi lui dire, puisque Koby lui avait interdit de raconter que le lundi, en rentrant de son entretien d'embauche, il avait percuté une piétonne qui traversait la rue en courant et sans regarder. C'était le jour de leur anniversaire de mariage. Le jour de la tempête. Les routes étaient glissantes, la visibilité très mauvaise, il roulait vite en ruminant son nouvel échec et tout à coup cette femme avait surgi entre deux voitures en stationnement et s'était précipitée sur la chaussée. Il l'avait vue trop tard pour pouvoir freiner, avait juste tourné un peu le volant vers la gauche. Malgré ça, il avait senti le choc et entendu le bruit de l'impact contre sa voiture.

Ce matin-là, en écoutant le récit qu'il lui fit de très bonne heure, Maly s'était dit, le cœur battant, que toutes ses angoisses des derniers jours prenaient soudain une autre signification. Comment aurait-elle pu imaginer qu'il mentait, puisque cet accident expliquait tout : son repli sur lui-même au retour de l'entrevue, son entêtement à regarder les informations cette nuit-là et à lire les journaux du lendemain, le message au sujet d'un départ en Australie qu'il avait laissé à son père et dans lequel celui-ci avait discerné des sanglots retenus. Jusqu'au pistolet qu'elle avait vu pendant la nuit, posé sur le meuble du local de service – bien que cela, ils ne l'aient pas évoqué.

La presse n'avait signalé aucun chauffard impliqué dans un accident à Holon, ce qui les avait rassurés tous les deux. Et puis, Koby ne savait ni si la femme avait été touchée, ni quelle était la gravité de sa blessure. Il était parti à toute vitesse, sans même ralentir, et ne l'avait vue étendue sur la chaussée que dans son rétroviseur.

Ensuite, il était parti accompagner les filles et, avant de sortir récupérer la Toyota, Maly avait tapé sur Google : *victime d'un chauffard à Holon*, mais sa recherche, limitée au début de la semaine, n'avait rien donné. On ne parlait que de l'assassinat d'une femme d'un certain âge. Un instant, elle envisagea d'appeler l'hôpital Wolfson et de vérifier si, le lundi, une piétonne renversée par une voiture au centre-ville avait été admise aux urgences, et si oui dans quel état, mais ce jour-là, elle ne le fit pas. Pourtant, elle ne cessa d'y penser. Cette femme était-elle encore hospitalisée ? Étrangement, dès l'instant où Maly avait imaginé un corps gisant sur la chaussée, elle lui avait donné les traits de la jeune fille du centre commercial, celle qui avait des cheveux et des ongles noirs brillants et lui avait vendu le parapluie.

Ce lundi-là, lui avait raconté Koby, il avait continué à rouler sans savoir où aller, sauf qu'il ne devait surtout pas se diriger vers leur domicile, au cas où un conducteur, témoin de l'accident, l'aurait suivi. Au bout d'un certain temps, il avait décidé de se garer là où il se trouvait et de rentrer à pied ou en taxi.

– Mais pourquoi ne t'es-tu pas arrêté au moment même ?

– J'avais peur. Je me suis enfui sans réfléchir.

Il avait prévu de dire, si quelqu'un avait noté son numéro d'immatriculation et que la police remontait jusqu'à eux, que sa voiture avait été volée. Mais comme trois jours s'étaient écoulés depuis l'accident sans qu'aucun policier débarque, il estimait qu'on pouvait récupérer la Toyota et il lui avait demandé de le faire pour lui. Il ne se sentait pas capable de retourner là où, pris de panique, il l'avait abandonnée.

La deuxième chose que Koby lui avait demandé de faire ce matin-là, c'était de dire, si jamais on lui posait la question, qu'ils avaient passé l'après-midi du lundi ensemble. Il savait qu'elle aurait du mal à mentir parce qu'elle en avait toujours été incapable, mais il l'avait aussi rassurée en déclarant qu'il était peu probable qu'on lui demande quoi que ce soit. Le temps passant, la possibilité qu'on remonte jusqu'à lui ou que la femme ait été gravement blessée s'éloignait. Mais si, malgré tout, la police frappait à leur porte, elle devrait dire que la voiture avait été volée le dimanche, qu'il était venu l'attendre à son travail, qu'ensuite ils étaient tous les deux allés chercher les filles à l'école et qu'ils n'avaient pas signalé le vol parce qu'ils n'avaient simplement pas eu le temps.

Lorsqu'elle rentra de sa mission, Koby était moins nerveux. Peut-être parce qu'il lui avait tout raconté.

– Elle était à la place que je t'ai indiquée ? demanda-t-il. Tu as vu quelque chose d'anormal autour de la voiture ?

Maly secoua la tête.

– En plus, elle ne porte aucune trace de coup ni aucune égratignure, ajouta-t-elle.

Elle voyait bien, en le regardant dans les yeux ou à sa manière de tourner en rond dans l'appartement, qu'il n'était pas encore tout à fait apaisé et même, au fil des heures, il lui communiqua son stress. Pendant qu'il leur préparait un déjeuner en tête à tête, elle retourna devant l'ordinateur pour chercher discrètement des informations sur l'accident. Guila tentait de la joindre presque toutes les heures, lui laissait des messages en lui demandant de la rappeler, mais elle ne céda pas à la tentation. Lorsqu'ils se mirent à table, il essaya de parler d'autre chose :

– Les filles ont demandé pourquoi je n'étais pas à la maison ?

Ce fut elle qui ramena la conservation sur le sujet en s'étonnant de ce qu'il ait tout à coup décidé de lui révéler ce qui s'était passé. Il ne reprit qu'après un moment de silence :

– Je ne savais plus quoi faire. Et à qui d'autre puis-je me confier ? Tu aurais préféré que je ne te dise rien ?

Sauf qu'il avait appelé son père en premier. Et avait aussi projeté d'aller le rejoindre en Australie sans la prévenir.

– Tu avais sérieusement l'intention de t'enfuir en Australie ?

– Le premier jour, oui. J'étais affolé.

Ce qu'il ne lui dit pas, et ce qu'elle ne lui demanda pas, bien qu'elle s'en doutât, c'était si, depuis l'accident, il avait pensé au suicide. Elle frissonna en pensant que cette fameuse nuit, elle l'avait trouvé assis seul sur le toit et l'imagina en train de soupeser le pistolet, de le ranger dans le meuble du local de service, puis de le reprendre.

– Et maintenant ?

– Maintenant, j'ai laissé tomber l'idée. Je ne pense pas que ce soit utile.

Dire que ce qu'elle aurait dû faire, c'était l'encourager à partir, justement ! Ou bien profiter de ce qu'ils étaient seuls dans l'appartement pour lui annoncer qu'elle était enceinte. Avant Eilat, ils avaient envisagé d'avoir un troisième enfant, mais ce qui s'était passé là-bas avait rendu la chose impossible. Sans compter que financièrement ils auraient eu beaucoup de mal à assumer un nouveau bébé. Mais voilà, la peur qu'elle avait ressentie pendant la nuit et l'adrénaline de cette matinée s'étaient à présent muées en une tristesse profonde et épuisante. Si bien qu'elle ne dit rien à Koby, à part qu'elle voulait dormir un peu avant le retour des enfants. Elle éteignit son portable parce que sa sœur continuait à appeler. Avant de sombrer dans le sommeil, elle pensa qu'elle se comportait exactement comme lui ces derniers jours : elle aussi agissait en cachette, elle aussi dissimulait. À croire qu'il l'avait contaminée. Elle dormit longtemps et profondément. Par chance, Koby alla chercher les filles à sa place, elle se sentait vraiment trop stressée. Lorsqu'il rentra avec elles, elle continua à se dérober et le laissa s'en occuper, même s'il n'avait rien trouvé de mieux que de s'installer avec elles devant la télévision.

En fin d'après-midi, elle monta sur le toit pour étendre le linge, contempla la forêt de ballons d'eau chaude et d'antennes qui piquaient le ciel et se remémora une phrase qu'il lui avait dite un peu plus tôt : « À qui d'autre puis-je me confier ? »

Elle pensait toujours qu'ils devaient consulter un avocat, ou au moins en discuter avec un ami, mais elle se souvint qu'après Eilat elle aussi n'avait voulu parler qu'avec lui et que, certains matins, elle n'arrivait même pas à se lever, incapable de continuer. Si elle essayait de s'habiller ou de se maquiller, elle avait l'impression d'être une poupée ou une autre femme, et ce n'était qu'en contemplant Koby qu'elle parvenait à se retrouver, parfois : elle était toujours la Maly Bengtson qui avait deux petites filles, un appartement, un travail et une vie.

À l'époque, elle lui avait demandé comment il tenait et comment il s'y prenait pour ne pas désespérer d'elle, ne pas baisser les bras, et ce fut une des rares fois où il évoqua sa mère. Pendant toute sa maladie, Harry n'était quasiment pas rentré à la maison et avait laissé leur fils s'occuper d'elle tout seul.

– Mon père a fui parce qu'il ne pouvait pas supporter de la voir souffrir, lui avait-il expliqué, mais moi, je n'avais aucun endroit où fuir. Et puis, elle n'avait personne d'autre en Australie. Harry revenait une ou deux fois par semaine de l'université, empestant le parfum de ses jeunes étudiantes, il s'assurait qu'elle n'était pas encore morte et repartait.

La nuit tomba, le temps se rafraîchit sur le toit, mais comme il ne pleuvait pas, l'atmosphère avait quelque chose de printanier.

Elle se souvint du portrait de la mère de Koby qu'elle avait vu dans sa chambre en Australie, et ce visage se superposa à celui de la femme qui, dans sa tête, gisait sur la chaussée. Sans la tempête, l'accident se serait-il produit ? La pluie n'aurait pas poussé la femme à traverser en courant, et même en l'imaginant surgir soudain entre deux voitures stationnées, s'il n'avait pas plu, Koby l'aurait vue à temps.

Si seulement la tempête avait éclaté un jour plus tôt ou un jour plus tard ! Si seulement l'entretien d'embauche s'était bien déroulé !

Non qu'elle ait été plus chanceuse que lui. Mais elle ne s'était pas rêvé un autre destin, alors que lui n'aurait jamais cru que sa vie ressemblerait à ça. Elle avait un bon travail et après Eilat ils avaient été si patients avec elle à la banque qu'elle leur en était, encore aujourd'hui, reconnaissante. Quant à cet appartement de location, elle avait fini par s'y habituer, même si ce n'était pas le cocon chaleureux qu'elle aurait pu souhaiter. Ils avaient emménagé là, persuadés qu'ils allaient réussir à économiser rapidement pour acheter leur propre appartement, et donc avaient décidé de ne rien y investir, si bien que les murs étaient restés nus. Ils n'avaient pas davantage acheté de nouveaux meubles et se servaient de ce qu'ils avaient gardé de leur précédent logement, augmenté de ce que le fils du propriétaire leur avait laissé. Elle s'était habituée à se mouvoir là comme si elle habitait chez quelqu'un d'autre, mais Koby ne cessait de parler du futur appartement qu'ils achèteraient. Guila aussi ne cessait de lui demander quand ils emménageraient enfin dans un vrai « chez-eux ».

Daniella l'appela d'en bas, mais elle n'était pas encore prête à descendre. Et elle n'avait toujours pas rallumé son portable.

Son mari et sa sœur se ressemblaient beaucoup, peut-être était-ce la raison de leur si mauvaise entente, pensa-t-elle. Au début, il avait vécu, comme Guila, avec l'assurance qu'il pourrait tout obtenir. De retour d'Australie, ils s'étaient officiellement remis ensemble, il avait commencé sa formation dans le Mossad et en revenait la bouche pleine d'anecdotes. Elle ne l'avait jamais vu aussi heureux qu'à cette époque. Il lui racontait tous les exercices qu'on leur imposait, filatures, violations de domicile, assassinats fictifs de femmes et d'hommes pris au hasard. Il était certain de passer brillamment toutes les sélections, comptant aussi sur son anglais parfait et son passeport australien pour être rapidement engagé dans les services secrets. Et puis un jour il avait cessé, presque brutalement, de lui parler de ce qu'il faisait et elle avait cru que c'était parce qu'il n'en avait plus le droit. Elle avait appris son renvoi – à cause d'un officier qui l'avait pris en grippe – avec plusieurs semaines de retard. Il le lui avait caché pendant deux mois environ, avait fait semblant d'aller à l'entraînement tous les matins, et ce n'est qu'au moment où il avait été embauché comme vigile au centre commercial Le-Doré qu'il avait été obligé de lui révéler la vérité : elle risquait de l'apprendre par quelqu'un qui l'aurait vu en faction là-bas. Cet emploi n'était bien sûr que provisoire. Quand ils s'étaient mariés, environ un an plus tard, il l'avait préparée à ce qu'ils voyagent beaucoup parce qu'il avait l'intention d'intégrer le service de sécurité des ambassades – ce qui n'arriva jamais.

À cette époque Guila, qui n'avait pas encore vingt-cinq ans, était déjà divorcée, avait un fils de trois ans et jurait de ne plus jamais se remarier. Elle pensait que Koby enfermait Maly à la maison et la coupait de ses amis, mais étrangement, toutes ces critiques avaient eu pour effet de la rapprocher de lui, peut-être parce qu'elle avait l'impression que le principal défaut de Koby aux yeux de sa sœur était de ne pas gagner assez d'argent et de ne pas réussir aussi bien que les hommes qu'elle fréquentait depuis son divorce.

Mais après Eilat, même Guila avait été obligée d'admettre que son mari s'était occupé d'elle comme personne ne l'aurait fait.

Lorsque Maly redescendit du toit, elle les trouva tous les trois installés sur le canapé du salon, et ce fut la dernière fois qu'elle les vit ensemble : il était assis entre leurs filles, et la grande s'était allongée et avait posé la tête sur ses genoux. Il proposa de préparer le dîner, mais les filles voulurent d'abord boire un chocolat chaud. À leurs pieds, la tête sur les pattes de devant, Harry paraissait ne pas être totalement condamné, même s'il ne bougeait quasiment pas.

Quand Daniella et Noy furent au lit, elle alla s'assurer que la porte était bien verrouillée, que les lumières étaient allumées, et elle aussi se coucha – tôt, malgré sa sieste. Koby la rejoignit rapidement, ferma la porte de la chambre et éteignit la lampe de chevet. Lorsqu'il baissa les bretelles de sa chemise de nuit et lui caressa la nuque, elle ferma les yeux, mais ce contact ne réussit ni à l'éveiller ni à la réchauffer comme cela avait toujours été le cas. Ils firent l'amour, elle eut du mal à sentir vraiment les mains qu'il posa sur ses bras et les hanches qu'il plaqua contre elle mais, malgré l'obscurité, elle n'avait plus peur, c'était juste un terrible chagrin qui lui nouait la gorge. À cause de la femme allongée sur la chaussée et qui attendait des secours ? Ou bien pressentait-elle déjà ce qui allait se passer ? Elle ralluma la petite lampe pour tenter de s'endormir. Il lui demanda alors à quoi elle pensait.

– À elle.

– À qui ?

Elle envisagea de retourner au magasin où elle avait acheté le parapluie pour s'assurer que la jeune fille très brune n'était pas la femme allongée sur la chaussée. Des conducteurs avaient-ils arrêté leur voiture pour lui venir en aide après la fuite de Koby ? La femme avait-elle réussi à appeler une ambulance ? Un passant l'avait-il sauvée ?

Et il y avait encore deux choses qui laissaient Maly perplexe, mais dont elle ne lui parla pas. La première : pourquoi, quand elle lui avait demandé où s'était produit l'accident, avait-il hésité avant de répondre ? S'il lui avait donné le nom de la rue, elle aurait pu chercher plus facilement une information dans les journaux et savoir ce qu'était devenue sa victime. Et la seconde : pourquoi s'était-il entêté à retrouver son vieux parapluie ? L'accident expliquait ce qui s'était passé le jour de leur anniversaire de mariage, l'intérêt soudain de Koby pour les infos et le message laissé à son père. Pas le parapluie.

Comme elle ne lui répondait pas, il reprit :

– Si tu as peur que la police remonte jusqu'à nous, tu peux être rassurée.

– Comment tu le sais ? répliqua-t-elle, même si ce n'était pas à cela qu'elle pensait.

Elle ne le regarda pas quand il essaya de justifier ses propos :

– Ça fait trois jours. S'ils n'ont pas débarqué jusqu'à présent, ils ne débarqueront plus. Et j'ai tout arrangé.

Au moment où elle s'endormit, elle ignorait encore ce qu'elle allait faire le lendemain matin mais, arrivée à la banque, elle décrocha son téléphone fixe, appela l'hôpital Wolfson et leur demanda si, en début de semaine, une jeune femme, victime d'un chauffard à Holon, avait été admise aux urgences.

La personne qui avait répondu la transféra à l'accueil du service.

– Pardon, mais vous êtes qui ?

– J'ai été témoin de l'accident et je voulais savoir comment elle allait, répondit-elle sans réfléchir.

– Un instant, s'il vous plaît.

La standardiste reprit la ligne rapidement.

– Désolée, je ne trouve rien dans nos registres. Vous pouvez me laisser un nom et un numéro de téléphone ? Je vous rappellerai si j'apprends quelque chose.

Maly faillit raccrocher.

– Je m'appelle Mikhal Ben-Asher.

Elle fut la première étonnée de s'entendre donner un faux nom.

En revanche, elle communiqua son vrai numéro de portable et, pendant toute la journée, attendit qu'on la rappelle de l'hôpital. Finalement, l'appel qu'elle reçut vint d'ailleurs.

8

Ce n'est qu'à la fin du troisième jour que l'équipe d'investigation fut informée de la déposition de Diana Goldin et de la visite, chez elle, d'un policier. Jusque-là, Avraham avait gardé cette nouvelle piste pour lui, et ce ne fut pas la seule entorse qu'il fit à la procédure, mais il avait décidé de suivre une sorte d'intime conviction qui se renforçait au fil des heures. Le soir, après s'être rendu pour la deuxième fois sur la scène de crime, il convoqua une réunion urgente au cours de laquelle il révéla à ses enquêteurs qu'il pensait être en possession d'éléments pouvant les mener vers l'assassin.

La nuit précédente, il était resté éveillé jusqu'à deux heures du matin environ. Installé sur sa terrasse avec du café turc et des petits gâteaux secs, il ne s'était concentré que sur le policier entrevu dans les escaliers par le voisin et dont ils ne trouvaient aucune trace. Ce qu'il ne parvenait pas à comprendre et qui lui paraissait primordial, c'était pourquoi cet homme avait interrogé Diana Goldin, avait même enregistré leur conversation mais n'avait pas essayé de l'agresser. Pourtant, ils étaient seuls dans l'appartement. Selon Diana, il lui avait demandé de tout raconter en détail, *comme si je le racontais pour la première fois*. Là se trouvait la clé : Avraham était de plus en plus convaincu que cet enquêteur était venu l'interroger de sa propre initiative. La première chose qu'il fit le matin en arrivant au bureau, ce fut de demander à Lital Levy de vérifier une nouvelle fois auprès de tous les chefs de service si l'un d'eux n'avait pas envoyé un agent au domicile de Diana Goldin pour complément d'information.

Sharpstein accepta à contrecœur qu'Avraham assiste à l'interrogatoire d'Erez Jäguer, mais *a posteriori* cela se révéla une bonne décision. En ce jeudi, soit trois jours après le meurtre, l'inspecteur-chef estimait qu'il était temps pour lui de ne plus se contenter d'observer l'enquête de la fenêtre de son bureau du troisième étage. Le week-end approchait, c'est-à-dire l'arrivée des parents de Marianka. En cet honneur, il avait posé quelques jours de congé. C'est pourquoi il ne pouvait plus attendre pour informer son équipe du nouveau mobile qu'il avait découvert et leur demander de continuer à creuser cette piste en son absence. Les autres mobiles ne les avaient menés nulle part : Maaloul et Esthy avaient enquêté à fond sur la famille du violeur et étaient persuadés qu'aucun d'eux n'était impliqué dans le meurtre. L'ouvrier que Sharpstein avait placé en garde à vue pour vingt-quatre heures, Adnan Gon, avait un solide alibi : il n'était simplement pas venu travailler le jour du meurtre à cause de la tempête. Quant au fils de la victime, bien que le jour précédent Avraham l'ait imaginé debout sur le seuil de l'appartement de sa mère, il était à présent certain que ce n'était pas lui l'assassin, non seulement parce que l'analyse ADN démontrait formellement que l'agresseur de Lea

Jäguer ne pouvait pas être un membre de sa famille, mais aussi pour une autre raison.

Il vit le fils de près pour la première fois en entrant avec Sharpstein dans la salle d'interrogatoire du deuxième étage. Erez, très grand, marchait d'un pas lourd dans la pièce. Il portait un épais pull à carreaux – qui, à son insu, jouerait un rôle dans le déroulement de l'entretien – et les suivit du regard tandis qu'ils s'installaient. Alors seulement il prit place en face d'eux. Sharpstein posa sur la table le P-V de son interrogatoire de l'avant-veille, l'effleura de longs doigts qu'Avraham trouva nerveux, peut-être parce que le témoin lui avait menti la première fois, mais peut-être aussi à cause de sa présence à lui dans la pièce. Pour sa part, il s'était assis à l'extrémité de la table et, décidé à se concentrer sur les expressions qui se peindraient sur le visage d'Erez Jäguer, il laissa son collègue commencer :

– Savez-vous pourquoi je vous ai fait revenir au poste ?

– Vous avez dit que vous aviez du nouveau.

Sharpstein opina puis baissa les yeux vers ses feuilles.

– Effectivement, nous avons du nouveau. Des éléments très significatifs. Vous voulez savoir lesquels ?

Il sourit d'un air entendu et fit tourner l'alliance dorée autour de son annulaire.

Erez Jäguer fixait Avraham, qui n'avait rien dit depuis qu'il était entré dans la salle, n'avait donné ni son nom ni son grade. Le reconnaissait-il pour l'avoir vu à l'enterrement ?

– Je vais tout de suite vous les révéler, mais auparavant je voudrais clarifier un point avec vous, reprit

Sharpstein. Lors de notre précédent entretien, vous m'avez dit que vous n'aviez eu aucune relation avec votre mère au cours des derniers mois. Vous maintenez cette déclaration ?

– Oui.

– Vous continuez à affirmer que vous n'aviez aucun contact ?

Erez Jäguer rougit mais confirma de la tête. Pourquoi ne disait-il pas la vérité ? D'expérience, Avraham savait que la plupart des gens mentaient non pas parce qu'ils croyaient duper les enquêteurs, mais par honte de ce qu'ils cachaient.

– Alors expliquez-moi pourquoi vous n'aviez plus aucun contact. Le pouvez-vous ? le pressa l'inspecteur.

– Je vous l'ai déjà dit. Je ne voulais pas.

– C'est effectivement ce que vous avez déclaré. Et, dans un premier temps, ça m'a suffi. Mais à présent, à la suite d'importantes révélations, votre réponse me pose problème. Je voudrais, s'il vous plaît, que vous me précisiez les raisons de ce froid entre vous et votre mère.

Comme Jäguer ne répondait pas, il insista :

– Dois-je écrire que vous refusez de nous les indiquer ?

– Nous n'étions pas en froid, se défendit aussitôt le fils.

Comme il regardait toujours Avraham, celui-ci lui indiqua de la main qu'il devait s'adresser à la personne chargée de l'interrogatoire.

– C'était quoi ? L'argent ? L'héritage de votre père ?

– Je viens de vous dire qu'on n'était pas fâchés.

Le chauffage en salle d'interrogatoire ayant été monté au maximum, Erez transpirait dans le pull écossais qu'il portait sur un tee-shirt blanc. Il avait le visage et les mains moites. Lorsqu'il demanda à ce qu'on aère la pièce surchauffée, Sharpstein prétendit que la fenêtre ne s'ouvrait pas. Avraham savait que ce n'était pas lui qui s'était attablé dans la cuisine en face de sa mère, qu'il n'était pas l'homme qui l'avait étranglée puis avait abandonné son cadavre sur le tapis. Pourtant, il ne broncha pas. Et ce fut à cet instant qu'il comprit ce qui le confortait dans cette direction : si Erez avait commis le crime, la pièce n'aurait pas été aussi bien rangée. Lea Jäguer avait préparé son appartement en vue d'une visite officielle et non de la venue de son fils. Et si tel était le cas, elle avait obligatoirement parlé de ce rendez-vous à quelqu'un. Dans la matinée, Avraham avait téléphoné à la fille pour lui demander si sa mère n'avait pas évoqué un nouvel interrogatoire de police lié à son viol et celle-ci avait affirmé que non. Peut-être le fils en savait-il davantage ? Avraham aurait bien aimé lui poser tout de suite la question mais Sharpstein, avec qui il n'avait pas partagé ses déductions, voulait laisser le bonhomme s'empêtrer dans ses propres mensonges.

– J'entends bien que vous prétendez ne pas vous être disputé avec votre mère, continuait tranquillement l'inspecteur, et vous affirmez aussi que votre dernière conversation remonte à très longtemps, n'est-ce pas ?

Le fils posa une main sur la table puis la leva et la passa sur son front pour en essuyer la sueur.

– C'est ce que j'ai dit, oui, répondit-il tout en regardant de nouveau Avraham.

– Est-ce que vous vous moquez de moi, monsieur Jäguer ?

– Non.

– Qu'en penses-tu, Avi ? Il se moque de nous ou pas ?

Sharpstein se leva soudain, s'approcha du suspect qui, enfin, leva les yeux vers lui. Il attendit d'être bien positionné, la bouche carrément au-dessus de sa tête, pour exploser. Impossible de savoir si réellement il ne se contrôlait plus ou si cela faisait partie d'une stratégie de déstabilisation.

– Vous me prenez pour un imbécile, Erez ? À moins que mon collègue ici présent ne vous semble être un imbécile ? Vous me mentez comme si je n'avais pas en ma possession le listing des communications de votre mère, comme si je n'avais pas la date de votre dernière conversation téléphonique !

Erez regarda à nouveau l'inspecteur-chef pour essayer de lire sur son visage si c'était du bluff. Et juste à ce moment-là, au moment où il allait tomber dans le piège qui lui avait été préparé, Avraham intervint et lui tendit une perche :

– Nous vous demandons si vous avez parlé récemment avec votre mère non pas parce que nous vous suspectons d'être impliqué dans son assassinat, mais parce que nous voulons savoir si elle vous a dit quelque chose au sujet d'une nouvelle déposition.

– Je ne sais pas de quoi vous parlez.

Le regard que lui lança Sharpstein ne contenait encore que de l'incompréhension… Avraham, pour sa part, était bien conscient que son intervention entravait le bon déroulement de l'interrogatoire, qu'il aurait dû prévenir son collègue, mais voilà, il venait tout juste de comprendre ce qu'il voulait obtenir du fils.

– Je parle d'une nouvelle déposition relative au viol dont elle a été victime. D'après la liste des appels téléphoniques, vous lui avez parlé dimanche, soit vingt-quatre heures avant le meurtre. Alors peu m'importe pourquoi vous mentez, je veux juste savoir si elle vous a révélé, au cours de cette conversation téléphonique, qu'un policier devait venir l'interroger chez elle le lendemain.

– Elle ne m'a rien dit au sujet d'un nouvel interrogatoire, se défendit Jäguer avant d'ajouter : Parce que je ne lui ai pas parlé.

Sharpstein, qui n'avait pas l'intention de renoncer, était resté immobile, toujours dressé au-dessus de son suspect.

– Revenons à cette conversation téléphonique ! aboya-t-il. Expliquez-moi pourquoi vous nous la cachez ! Et je vous conseille de faire un effort et de nous dire la vérité.

Mais Avraham continua sur sa lancée, comme s'il était le seul enquêteur dans la pièce :

– Dites-moi autre chose, Erez. Lorsque votre mère prenait rendez-vous avec un médecin, où le notait-elle pour ne pas l'oublier ?

– Je ne sais pas. Qu'est-ce que vous me voulez ? Je vous ai dit dès le début qu'on n'était pas en contact.

– Nous avons vérifié dans son ordinateur et avons vu qu'elle n'utilisait pas d'agenda électronique. Elle en avait donc certainement un autre, non ? De plus, les gens d'un certain âge inscrivent toujours leurs rendez-vous au même endroit, parce qu'ils ont tendance à oublier.

Et ce fut l'instant qu'il attendait.

– Elle avait un calendrier, déclara le fils après un court instant de réflexion. Dans sa cuisine. Elle y inscrivait les dates des anniversaires et un tas d'autres choses, mais je ne sais pas si elle a continué à le faire.

Avraham essaya de se remémorer s'il avait vu un tel calendrier dans l'appartement.

– Vous êtes sûr qu'il était dans la cuisine ?

– Je pense.

À ce moment, Sharpstein sortit de la salle d'interrogatoire en claquant la porte mais l'inspecteur-chef continua à poser ses questions.

– À part ce calendrier, notait-elle ses rendez-vous sur d'autres supports ? Dans un agenda peut-être ?

Si Lea Jäguer possédait un agenda, il y avait de fortes chances pour qu'il soit dans le sac à main volé, mais il pouvait aussi se trouver ailleurs.

– Je ne sais pas si elle avait un agenda. Je pense que oui. Ma sœur pourra peut-être vous le dire.

– Avez-vous une idée de l'endroit où elle aurait pu ranger cet agenda ? Dans son sac ?

– Je ne sais pas.

– Faites un effort.

– Mais je vous l'ai dit, je ne sais pas. Vous n'avez pas posé la question à Orith ?

Une heure plus tard, alors qu'il roulait en direction de l'appartement de la victime, Avraham appela Orith Jäguer. Celle-ci confirma que sa mère avait un calendrier accroché dans la cuisine, et qu'elle y inscrivait ses rendez-vous ainsi que les événements à venir, un calendrier qu'elle était certaine d'avoir vu deux semaines auparavant parce qu'elle y avait elle-même noté la date de la fête de Pourim à l'école de sa fille. Elle avait aussi un agenda, avec un répertoire de numéros de téléphone et d'adresses, mais elle ne savait pas s'il se trouvait dans le sac à main.

Avraham enfila des gants avant d'ouvrir la porte. La lumière à peine allumée, il vit tout de suite qu'il n'y avait pas de calendrier accroché au mur de la cuisine. L'appartement n'avait pas été ouvert depuis deux jours et l'air y était étouffant. Comme rien n'avait été déplacé dans les pièces, ses premières visions lui revinrent : les oiseaux sur le tapis, le lampadaire renversé, le tableau avec les femmes dans un champ, la table préparée en vue d'un rendez-vous. Lea Jäguer attendait qu'on frappe à la porte et l'homme qui devait venir n'était pas son fils mais un policier. Tout à coup, il comprit qu'à la différence de ce qu'il avait cru précédemment, il ne devait pas examiner le cadavre de Lea Jäguer pour comprendre sa mort, mais plutôt penser à la vie qu'elle avait menée dans ce lieu avant que des coups n'aient été frappés à sa porte.

Si elle n'avait pas informé son fils qu'un policier l'avait contactée sous prétexte d'une nouvelle déposition, c'était parce qu'ils n'étaient plus en contact, soit. Mais elle n'en avait rien dit à sa fille non plus. Racontait-elle ses histoires à quelqu'un d'autre ? Sur le réfrigérateur de la cuisine, il vit une photo d'elle avec Orith et sa petite fille. À côté, il y avait un vieux cliché d'Erez Jäguer à côté d'un homme de grande taille, sans doute le défunt mari.

Le fils et la mère ne se voyaient plus pour des raisons gardées secrètes. Et les enfants du fils, qui étaient donc les petits-enfants de la victime, ne venaient pas davantage voir leur grand-mère. Un jour par semaine, elle allait chercher sa petite-fille à la maternelle et l'emmenait chez elle. Le vendredi soir, elle dînait chez sa fille, mais le reste du temps, elle était obligée d'assumer sa solitude dans l'appartement où elle avait été violée par David Danon, l'appartement où son mari avait été terrassé par une crise cardiaque. Avait-elle accepté de rencontrer le policier à cause de ça ? Et parce que, à part lui, personne ne voulait l'écouter ?

Avraham s'assit sur la chaise de la cuisine. Combien de temps s'était-il écoulé avant qu'elle ne comprenne que quelque chose clochait ? Dans le salon, à gauche du téléviseur, il y avait un téléphone sans fil mais Lea Jäguer ne l'avait sans doute pas utilisé, de crainte que le policier ne la surprenne. Il suivit le couloir, jeta un coup d'œil dans la chambre à coucher, puis continua jusqu'au bureau et c'est là qu'il le vit : sur la table, il y avait un vieil appareil qui n'était pas branché à la prise murale. Il appela aussitôt Orith Jäguer et lui demanda si le téléphone du bureau marchait.

– Quel téléphone ? demanda celle-ci avant de confirmer.

– Savez-vous si votre mère s'en servait ? S'il était branché en permanence ?

À la différence de sa première visite sur les lieux, il savait exactement ce qu'il cherchait cette fois, et il n'était pas seul : la victime elle-même guidait ses gestes. À côté de ce vieux téléphone, sous une pile de documents, il trouva l'agenda qu'elle y avait caché. Et dans la case du jour où le meurtre avait été commis – le lundi 23 février –, elle avait noté des chiffres, d'une petite écriture et au stylo rouge : *14 h 00.*

Ce n'était pas grand-chose, mais il n'en demandait pas davantage.

Il rentra au commissariat en moins de cinq minutes et pria Lital Levy de convoquer une réunion d'urgence.

Seban fut le premier à pénétrer dans la salle.

– Où est le fils ? Vous l'avez écroué, ça y est ? lança-t-il aussitôt.

Avraham en déduisit que Sharpstein l'avait informé des événements de la matinée. Il secoua la tête et lui dit juste d'attendre un instant que Maaloul et Esthy, qui le suivait de près, s'installent autour de la table. Eliyahou remarqua tout de suite le portrait-robot dessiné grâce à Diana Goldin et posé sur la table, à côté du parapluie.

– On a attrapé l'assassin ?

Le commissaire regarda lui aussi le croquis informatisé et une expression perplexe se peignit sur son visage. Il pressa Avraham de démarrer la réunion car il n'avait pas beaucoup de temps.

– Nous avons une nouvelle piste, commença celui-ci en se concentrant surtout sur son chef.

Certes, il ne possédait que très peu d'éléments avérés et il n'avait pas de réponse à la plupart des questions que lui posèrent ses collègues, cependant l'intuition qui l'accompagnait depuis la veille et qui, dès le matin, avait guidé ses investigations s'était muée en certitude.

– Ce n'est pas le fils ? s'étonna Seban.

– Non. Lea Jäguer a été assassinée par un policier qui lui a fixé rendez-vous pour prendre sa déposition.

Le commissaire se tendit et posa son téléphone sur la table.

– Hier soir, continua Avraham, j'ai recueilli un nouveau témoignage dont je n'ai pas eu le temps de vous parler parce que ce matin on était en salle d'interrogatoire avec Erez Jäguer. Une autre femme violée, Diana Goldin, m'a révélé qu'un homme se présentant comme un policier de notre secteur est venu lui rendre visite la semaine dernière et l'a interrogée sur son agression. Forts de cette information, nous avons fait des vérifications dans tous nos services. Aucun policier n'a été officiellement envoyé chez Diana. Je pense que la même chose s'est produite avec Lea Jäguer.

– Mais qu'est-ce qui vous permet d'affirmer ça ? s'écria Seban, alarmé par ce qu'il venait d'entendre. Juste le témoignage d'un voisin qui…

Il s'interrompit net et Avraham en profita pour poursuivre :

– Effectivement, nous avons le témoignage du voisin qui a vu un policier dans l'immeuble après le meurtre. Et sur l'agenda de la victime, que j'ai trouvé aujourd'hui dans son appartement, un rendez-vous est inscrit exactement à l'heure du crime. J'ajoute à cela le fait qu'elle aussi a été violée. Bref, deux policiers que nous n'arrivons pas à identifier ont été signalés sur deux lieux liés à des femmes violées, situés à quelques kilomètres de distance l'un de l'autre et cela à quelques jours d'intervalle. Si Diana Goldin n'a pas eu de problème avec ce policier, c'est qu'il a réussi à la duper jusqu'au bout, mais je crois que Lea Jäguer a compris qu'il n'était pas celui qu'il prétendait être et que c'est pour ça qu'elle a essayé d'appeler Police secours. Il s'en est rendu compte, d'où une lutte qui s'est terminée par un assassinat.

– C'est notre homme ? demanda Maaloul qui pointa du doigt le portrait-robot.

Avraham confirma. Esthy Wahaba prit la feuille et examina elle aussi le portrait-robot avec un regard grave.

– À mon avis, reprit alors l'inspecteur-chef, le mode opératoire de cet homme est particulièrement ingénieux. Il contacte les victimes de viol par téléphone puis les appelle une deuxième fois pour s'assurer qu'elles ne se méfient pas. C'est du moins ce qu'il a fait dans le cas de Diana Goldin. Il propose un rendez-vous au commissariat pour les mettre en confiance. J'imagine que si elles se montrent trop suspicieuses ou posent trop de questions par téléphone sur son identité et les raisons de cette nouvelle audition, il annule le rendez-vous ou leur pose un lapin. Sinon, il se présente en tenue à leur domicile et leur demande de lui décrire le viol, prétendument pour des raisons policières ou judicaires. Pendant sa conversation avec Diana Goldin, il a pris des notes et a enregistré avec son portable tout ce qu'elle lui racontait.

À ce moment, Seban se saisit de son téléphone.

– Cette piste me semble un peu oiseuse, Avi, déclara-t-il. Et même en supposant que les deux cas soient liés, comment comptez-vous démasquer votre suspect ?

Le portrait-robot qui avait été élaboré avec l'aide de Diana Goldin était toujours posé sur la table. Avraham expliqua que, le policier ayant oublié un parapluie chez elle, ils auraient des empreintes à comparer avec celles retrouvées sur la scène de crime. On pouvait aussi comparer la liste des appels téléphoniques de Lea Jäguer avec celle des appels reçus au cours des dernières semaines par Diana Goldin. De plus, il était prévu que celle-ci vienne le week-end pour passer en revue les photos des policiers du secteur. S'il le fallait, on lui montrerait les photos de tous les policiers du pays.

– Pourquoi des policiers ? Tu penses qu'il est vraiment de la maison ? intervint Maaloul.

– Oui. Ou qu'il l'a été et qu'on l'a licencié. Comment aurait-il pu obtenir les coordonnées des victimes d'agressions sexuelles ? Et j'ai aussi l'intention de chercher sur les bandes des caméras de surveillance autour de la rue Krauze. Je vais les visionner une à une et chercher un policier en train de marcher puisque, d'après le témoignage du voisin, notre homme n'est pas reparti en voiture. Jusqu'à ce que je le trouve.

– Et après ? s'enquit Seban.

Bien qu'il n'y ait pas pensé plus tôt, Avraham répondit sans hésiter qu'il pourrait alors publier le portrait-robot ou la photo du policier dans les médias, une option qui fit sourire Eliyahou Maaloul mais pas du tout le chef.

– Vous proposez qu'on mette dans les journaux une photo en spécifiant qu'il s'agit d'un homme qui serait policier, harcèlerait des victimes d'agressions sexuelles et aurait même assassiné une femme, tout cela au conditionnel bien sûr, sans avoir aucune preuve de ce que vous avancez ? Vous êtes tombé sur la tête ou quoi ? Vous croyez que la police a besoin de ce genre de publicité, avec tout ce qui se passe en ce moment ? Vous voulez rendre chaque agent de ce pays suspect de harcèlement de femmes violées et de meurtre ?

Après la réunion, lorsque Avraham se retrouverait seul dans son bureau avec Maaloul, il se demanderait si cela n'avait pas été une erreur. N'ayant pas encore de stratégie clairement définie, il n'avait exposé que des ébauches de réflexion. Il n'en savait pas assez sur le policier, mais c'était lui que Lea Jäguer attendait, il en était certain. Et il espérait vraiment que cet homme ne fût pas un vrai policier, mais comment expliquer autrement qu'il ait pu disposer d'informations sur des dossiers confidentiels ? Des dossiers dont l'accès, même au sein des services, avait été limité aux seuls enquêteurs qui s'en occupaient directement.

Seban s'éclipsa sans mot dire, puis revint après avoir passé un coup de fil.

– Avi, nous n'allons rien publier du tout, annonça-t-il. Ni portrait-robot ni photo. Nous allons continuer sur cette piste, mais avec une très grande prudence, est-ce clair ? Et je vous rappelle que nous avons un autre suspect, même si je ne comprends pas pourquoi vous venez de le libérer. Quel est votre plan en ce qui le concerne ? Parce que, pour ma part, je continue à penser qu'il est notre piste principale.

Avraham s'apprêtait à lui répondre lorsque Esthy Wahaba le devança :

– Il y a peut-être un moyen de l'identifier sans avoir à publier sa photo. Il faudrait retrouver d'autres victimes d'agressions sexuelles et leur demander si elles ont eu affaire à ce policier ou s'il les a contactées. Il a peut-être agi ainsi plus de deux fois.

Seban rejeta également cette proposition, sous prétexte que cela risquait de créer un mouvement de panique parmi les femmes visées. De plus, s'ils interrogeaient trop de monde, cela risquait de fuiter dans les médias. Persuadé qu'il n'y avait pas d'autre moyen, Avraham s'entêta. Assis en bout de table, à la place qu'occupait auparavant Ilana Liss, il regarda son chef en répondant à Esthy :

– C'est une bonne idée, sergent. On va chercher une photo et si on n'en trouve pas, on présentera le portrait-robot aux victimes. Quant à Erez Jäguer, il ne s'enfuira nulle part. Nous y veillerons. De toute façon, on va le réinterroger en début de semaine prochaine. Mais l'ADN indique clairement que l'agresseur n'est pas de la famille de la victime. Je vous garantis que ce n'est pas lui l'assassin et que, à partir de maintenant, nous devons privilégier la piste du policier.

Cette nuit-là, il resta au commissariat jusqu'après minuit, à lire et relire les conclusions qu'il avait tirées de la déposition de Diana Goldin, à examiner et réexaminer les photos de la scène de crime sous sa puissante lampe de bureau. La fenêtre était ouverte, mais il n'éprouva pas le besoin de fumer, pas même celui de glisser la pipe éteinte entre ses dents. La photo de Lea Jäguer était posée devant lui sur la table.

Marianka lui avait téléphoné plusieurs fois au cours de la journée, mais il ne lui avait répondu qu'à vingt-deux heures. Elle pensait qu'il rentrerait tôt, et comme il s'attardait, elle s'était débrouillée seule pour préparer l'appartement en vue de la visite de ses parents. Elle lui avait rappelé qu'ils étaient censés les accueillir à l'aéroport à quatre heures et demie du matin, dans ce même hall d'arrivée où quelques mois auparavant il l'avait attendue, caché derrière un pilier. Après avoir raccroché, il avait passé un long moment à sa fenêtre, contemplant les voitures qui empruntaient la rue.

Malgré ses frictions avec Sharpstein et Seban, il sentait qu'il orientait sa première enquête d'homicide dans la bonne direction et, s'il voulait encore appeler

Ilana Liss à cette heure tardive, ce n'était plus pour chercher des encouragements mais pour évoquer avec elle d'éventuels mobiles.

Quelques heures plus tôt, Maaloul avait attendu qu'ils ne soient que tous les deux pour le féliciter de la réunion.

– Tu as eu raison, Eliyahou, de me dire ce que tu m'as dit, tu te souviens ? Que je perdais du temps en enfantillages et que je n'étais pas seul.

Cette fois, l'inspecteur ne détourna pas le regard. Le sourire qui envahit son visage monta jusqu'à ses yeux et chassa la surprise qu'ils exprimaient.

– Laisse tomber, j'ai déjà oublié.

Peut-être parce qu'il se sentait à nouveau proche de lui, et aussi sans doute parce qu'il ne pouvait parler ni avec Ilana ni avec Marianka, Avraham poursuivit :

– Ce qui me stressait, ce n'était pas Seban, mais l'impression que je ne savais vraiment pas comment aborder un homicide. Jusqu'à aujourd'hui.

– C'est comme n'importe quelle enquête, non ?

– Non, pas exactement.

Certes il s'appuyait, comme dans les autres enquêtes, sur les indices relevés, les résultats du labo et les diverses dépositions des témoins. Mais ce qui importait vraiment, c'était d'arriver à faire revivre la victime. Ce jour-là, la dernière scène qu'il avait reconstituée, c'était Lea Jäguer assise à la table de sa cuisine au moment où des coups étaient frappés à sa porte. Bien sûr, si elle avait dit à l'un de ses enfants qu'un policier devait venir l'interroger, il aurait été certain de ne pas se tromper, mais elle n'avait plus de relations avec son fils et n'était apparemment pas assez proche de sa fille pour partager ça avec elle. Il l'imaginait en train de se préparer pour le recevoir, de ranger son appartement, elle qui ne devait pas avoir beaucoup de visites. Elle ne s'était pas méfiée, avait été disposée à lui raconter son agression, peut-être même ravie de cette opportunité parce qu'elle voulait en parler. Jusqu'à ce que l'homme commette une erreur. Oui, elle entend frapper, se lève, se dirige rapidement vers la porte derrière laquelle l'imposteur, en attendant qu'elle lui ouvre, regarde de tous côtés pour s'assurer que personne ne le voit. Que cherchait-il chez Diana Goldin et chez Lea Jäguer ? Voilà bien une chose qu'il ne parvenait pas à comprendre. Il n'avait pas la moindre hypothèse et se dit qu'il devait se concentrer davantage sur l'assassin, pas seulement sur la victime. Avait-il été surpris lorsqu'elle lui avait ouvert la porte et qu'il avait découvert son visage ? Ou savait-il déjà à quoi elle ressemblait pour avoir vu des photos dans le dossier ?

Il voulait tout savoir, vous comprenez ? Chaque détail. Depuis le début.

Lea, pourquoi n'en avez-vous parlé à personne ? chuchota-t-il comme pour lui-même avant de se forcer à se focaliser de nouveau sur le policier debout derrière la porte.

Quelques heures plus tard, alors qu'il attendrait à l'aéroport en compagnie de Marianka, cette phrase continuerait à résonner en lui.

DEUXIÈME PARTIE

L'ASSASSIN

9

Le vendredi matin, lorsqu'ils revinrent de l'aéroport avec Bojan et Annika Milanič, Avraham ne reconnut pas son appartement. Un peu partout, il découvrit des nappes ou des napperons dont il ignorait l'existence, sur lesquels avaient été posés des vases qu'il n'avait jamais vus, d'où jaillissaient d'énormes bouquets de fleurs. Dans le bureau, transformé pendant trois jours en chambre pour le couple, Marianka avait déposé une corbeille remplie de pamplemousses.

Les yeux rougis par le manque de sommeil, il remarqua quand même à quel point elle était émue pendant le petit déjeuner qu'ils prirent sur la terrasse. Il avait posé son téléphone par terre sous sa chaise et s'efforça de ne pas vérifier trop souvent si on lui avait envoyé de nouveaux messages. Elle expliqua à ses parents qu'il enquêtait en ce moment sur un homicide, sa mère fit semblant de s'y intéresser, mais il ne put pas leur dire grand-chose puisqu'il ne pouvait partager avec personne la plupart des éléments du dossier. Chaque fois qu'il détournait la tête ou allait aider sa compagne dans la cuisine, les deux invités se mettaient à chuchoter en slovène.

Très rapidement, ils furent incapables de lui cacher la raison de leur venue.

Bojan et Annika Milanič le détestaient – ce qui n'était pas une surprise pour lui.

Tant qu'ils s'étaient vus à Bruxelles au cours de l'été qu'Avraham avait passé avec Marianka, ils étaient restés avenants, mais dès qu'ils avaient appris que leur fille projetait de le rejoindre en Israël, toute trace de sympathie avait disparu. Marianka ne lui avait pas rapporté l'intégralité de ce qu'ils disaient sur son compte, mais il avait senti leur rejet à chaque regard et à chaque rencontre. Depuis qu'elle vivait avec lui, elle leur parlait par téléphone une fois par semaine, en général le dimanche, et assurait qu'ils s'étaient fait une raison. Il n'en croyait pas un mot et n'avait pas été convaincu par la réponse qu'elle avait donnée lorsqu'il s'était étonné de leur venue subite en Israël.

– C'est pour être avec nous, quelle question ? Et aussi pour faire plus ample connaissance avec toi, avait-elle prétendu.

Dans ce cas pourquoi étaient-ils assis sur la terrasse de son appartement, à tirer des têtes d'enterrement et à ne presque pas ouvrir la bouche ?

Annika Milanič ne toucha pas à l'omelette qu'ils lui servirent et se contenta de boire un café au lait. Elle avait cinquante et un ans mais n'en paraissait pas plus de quarante. En Slovénie, elle avait enseigné la musique à l'académie et donnait à présent des cours privés de piano à Bruxelles. Chopin était son compositeur favori, les morceaux qu'elle aimait le plus jouer étaient ses mazurkas, et lors de sa première visite chez eux, elle avait demandé à Avraham quelle mazurka il préférait. Quand personne ne la regardait, cette femme élancée et pimpante laissait ses sourires se muer en grimaces dégoûtées. Marianka avait raconté à Avraham qu'un de ses élèves à l'académie était devenu célèbre dans le monde entier et que, du coup, elle avait fait des pieds et des mains pour le présenter à sa fille alors que tout le monde savait qu'il était gay. Assis à côté de sa femme, Bojan Milanič, ceinture noire de karaté et formateur dans un séminaire de théologie, contemplait le ciel de Holon. Tout en muscles, avec des abdominaux d'acier et de larges épaules, il était à l'évidence prêt à tuer d'un yoko geri n'importe qui s'approcherait de Marianka, fût-ce Glenn Gould. Il avait cinquante-trois ans, la famille affirmait que sa fille lui ressemblait, mais Avraham s'entêtait à ne pas le voir.

Après le petit déjeuner, il fit la vaisselle pour les laisser seuls tous les trois. Il espérait qu'ensuite la tension se dissiperait. Puis il les emmena en voiture faire un tour à Tel-Aviv. Là, ils parcoururent à pied sous un ciel bleu toute l'avenue Rothschild, du théâtre Habima jusqu'au quartier de Nevé-Tzedek, puis entrèrent dans l'ancienne gare ferroviaire, réaménagée depuis peu. Marianka leur montrait la ville comme si elle l'avait totalement adoptée, elle leur indiqua les immeubles qu'elle aimait, leur parla des restaurants, des cafés et de la mer, mais Bojan s'obstina à marcher vite, devant tout le monde, le regard rivé au sol. Avraham vit l'enthousiasme déserter petit à petit le visage de sa compagne. Ils rentrèrent tôt à Holon pour avoir le temps de se reposer avant le repas du soir : toute la bande était invitée chez les parents d'Avraham. Sur le chemin, Marianka expliqua aux siens qu'ils traversaient le quartier où son ami avait grandi.

– Donc vous aimez cet endroit, puisque vous êtes revenu y habiter ? lui demanda Annika.

Il répondit d'abord oui, puis non, puis il essaya d'ajouter quelque chose, mais renonça à cause de l'anglais. Holon n'était pas aussi élégante que Bruxelles, ni aussi pittoresque que Koper, la ville portuaire d'où ils étaient originaires et qu'il n'avait pour l'instant vue que sur les albums de photos, mais c'était là qu'il se sentait chez lui.

Que d'efforts avait investis sa mère pour rendre ce dîner exceptionnel ! Elle avait revêtu la tenue achetée l'automne précédent à l'occasion de la cérémonie où il avait été promu inspecteur-chef, avait obligé son père à enfiler une chemise blanche sur son éternel tricot de corps, l'appartement avait été briqué, la télévision éteinte, toutes les lumières allumées, et même la couverture en laine sur laquelle ils s'asseyaient pour ne pas salir le canapé avait disparu. Elle commença par convier tout le monde au salon mais, incapable de gérer son excitation, les pressa de passer dans la cuisine et de s'installer parce que le poulet était prêt. Assis en tête de table, son père gardait les yeux fixés sur l'assiette vide devant lui, un bavoir autour du cou. En le regardant, Avraham vit l'homme qu'il avait été et dont rien ne subsistait. Il lui effleura l'épaule, comme il avait commencé à le faire depuis quelques mois, puis se pencha et lui murmura à l'oreille :

– Papa, on a des invités. Le père et la mère de mon amie.

Un sourire illumina les yeux du vieil homme, qui hocha la tête.

Marianka avait expliqué à ses parents qu'à la suite d'un AVC l'état de santé de leur hôte se dégradait de plus en plus, pourtant Avraham eut l'impression que Bojan et Annika regardaient son père comme ils avaient regardé les rues et les immeubles du quartier de son enfance : avec une sorte de commisération méprisante. Sa mère prétendait qu'elle vivait aux côtés d'un homme qui ne comprenait ni ne sentait plus rien, mais il savait, lui, qu'elle se trompait. Son père ne voyait-il pas combien sa compagne était belle dans sa robe noire ? Ne voyait-il pas, dans les yeux de la jeune femme, l'angoisse que ce dîner, tout comme le petit déjeuner sur la terrasse et la promenade à Tel-Aviv, ne soit un fiasco ? Ne se demandait-il pas pourquoi on essayait à ce point de satisfaire ces étrangers ? N'entendait-il pas comment Marianka s'escrimait pour relancer la conversation chaque fois que le silence s'instaurait autour de la table ?

Mais l'expression de dégoût qui se peignit sur le visage du couple pendant qu'ils mangeaient, Avraham espéra que son père ne l'avait pas remarquée. Aux questions que leur posa sa mère dans un très mauvais anglais – sur la Slovénie, leur intégration en Belgique, la musique classique et les principes de la foi chrétienne –, ils répondirent comme s'ils s'adressaient à des enfants. Chez eux, les dîners avaient une autre allure, avec beaucoup de bruit et de nombreux convives : à la fin des repas, Annika s'asseyait au piano tandis que Bojan obligeait sa fille à danser au moins une mazurka avec lui. Avraham songea que la rancœur qu'il éprouvait à leur égard venait aussi de ce qu'ils étaient pleins de vie et bien plus jeunes que ses propres parents.

Chez eux, à Bruxelles, on débouchait et on buvait bouteille de vin sur bouteille de vin au cours du repas, alors que là, sa mère avait posé sur la table une seule bouteille de blanc insipide, ouverte des mois auparavant à l'occasion de son anniversaire à lui, et qui depuis dormait dans le réfrigérateur.

– Ils n'aiment pas ma cuisine, lui chuchota-t-elle au moment où il la retrouva près de l'évier avec les assiettes du plat principal qu'il débarrassa pour l'aider.

– Pourquoi ? Ils ont dit que c'était très bon.

Bojan et Annika avaient apporté en cadeau une nappe verte et deux bougeoirs.

– Tu penses qu'ils s'attendaient à ce que je les mette sur la table ? lui demanda-t-elle ensuite, toujours à voix basse.

Ce vendredi-là, avant de quitter le bureau, il avait eu le pressentiment que s'il ne débusquait pas l'étrange policier dans les prochains jours, il n'y arriverait jamais. Que bientôt personne à part lui ne se soucierait de savoir qui avait tué Lea Jäguer.

Dans les journaux du week-end, on n'avait publié aucun article consacré au meurtre commis à peine quatre jours auparavant, pas plus qu'à la tempête, oubliée elle aussi comme si elle n'avait jamais éclaté. À présent, la presse s'intéressait principalement aux élections toutes proches. Comme presque tous les vendredis depuis le début de l'hiver, on jetait des pierres dans les quartiers arabes de Jérusalem, si bien que des policiers du secteur Ayalon étaient envoyés là-bas en renfort pour éviter les débordements à la sortie des mosquées. Sur le registre de l'accueil, aucun événement particulier n'avait été signalé dans la nuit du jeudi au vendredi, à part une agression à l'arme blanche dans une boîte de nuit de Bat-Yam. C'est quasiment seuls dans le bâtiment qu'Eliyahou Maaloul et Esthy Wahaba s'attaquèrent aux vidéos des caméras de surveillance et à celles de la sécurité routière qui couvraient la zone du crime. Avraham les appelait dès qu'il trouvait un instant de libre, impatient de savoir s'ils avaient du nouveau. Même au cours du repas chez ses parents, il s'éclipsa dans son ancienne chambre d'enfant pour le faire, mais ses collègues n'avaient rien à lui apprendre et Maaloul finit par lui demander de cesser.

L'inspecteur chevronné avait apporté des sandwiches et une thermos remplie de café noir. Secondé par Esthy, il regarda les enregistrements jusque tard dans la nuit, mais nulle part ils ne virent d'homme en uniforme. Tout aussi décevant, Diana Goldin avait passé l'après-midi au commissariat à examiner les photos de tous les policiers du secteur et elle n'avait reconnu personne.

Jusqu'au samedi après-midi, il ne se passa rien. Avraham avait compté sur le début de la matinée pour relire ses notes en sirotant un premier café, il voulait continuer à réfléchir sur le policier qui s'était volatilisé dans la nature, mais à son réveil il trouva Bojan et Annika déjà debout. Comme Marianka dormait encore, il prépara du café pour trois et ils le burent ensemble sur la terrasse, sans un mot. Malgré le climat de tension à Jérusalem, le couple insista pour se rendre sur les lieux saints. Maaloul ayant prévenu qu'il resterait chez lui le samedi, Esthy Wahaba arriva seule au poste vers dix heures pour continuer le visionnage. Avraham l'appela deux fois et ils convinrent que si elle ne trouvait rien, elle attendrait la fin du shabbat et commencerait à rencontrer les femmes victimes d'agressions sexuelles du secteur en se contentant du portrait-robot. Mais à midi, elle lui téléphona.

Il entendit la sonnerie dans la poche de son manteau alors qu'ils traversaient l'esplanade de l'église du Saint-Sépulcre. Voyant le numéro appelant, il demanda à Marianka et à ses parents d'y entrer sans lui. À ce moment-là, il ne s'agissait pas encore d'une identification formelle – il fallait envoyer la photo à Diana Goldin et la montrer au voisin de Lea Jäguer –, pourtant l'enquêtrice était sûre d'elle. À 14 h 28, donc peu après le meurtre, on voyait un homme en uniforme passer devant une des caméras de surveillance de la banque haPoalim rue Sokolov, non loin de la scène de crime. Un guide touristique se mit à donner des explications à un groupe de pèlerins polonais et Avraham dut plaquer le téléphone contre son oreille. Trois policiers en faction à l'entrée assuraient la sécurité des lieux, mais aucun d'eux ne le reconnut.

L'homme, prudent, ne s'était arrêté ni à une buvette ni dans un supermarché pour acheter un paquet de cigarettes ou se protéger de la pluie, comme ils l'avaient secrètement espéré. Cependant, il avait été filmé par la caméra de surveillance placée à l'extérieur de la banque, celle qui couvrait le trottoir. Il était simplement passé devant et, malencontreusement pour lui, la succursale venait d'être rénovée, on y avait placé des caméras ultramodernes, si bien que son visage apparaissait de profil avec une grande netteté. Diana

Goldin confirma sans hésiter qu'il s'agissait bien de la personne qui l'avait interrogée.

Comme un blouson de cuir marron couvrait sa chemise bleu clair, on ne pouvait pas voir s'il avait des galons. Avraham demanda à Esthy d'envoyer immédiatement la photo à tous les chefs de service du secteur afin qu'ils tentent d'identifier le policier que l'on voyait avancer d'un pas rapide rue Sokolov, sans regarder ni à droite ni à gauche. Il lui demanda aussi de montrer la photo à Aharon Frandji, le voisin du deuxième étage, mais l'homme se révéla injoignable. Il appela ensuite Maaloul et lui annonça qu'ils étaient en possession d'une photo de très bonne qualité. L'inspecteur lui promit de rejoindre Esthy dans la soirée.

– Et toi, demanda-t-il, tu n'as pas l'intention de venir ?

– Si, si, répondit-il sans hésiter.

Avec des doigts tremblants, il essaya d'agrandir la photo qui venait de lui être envoyée par MMS puis examina le visage anguleux qui s'affichait.

Le policier était trapu, comme l'avait décrit Diana, et il tenait un sac de taille moyenne dans la main droite. Il chercha son regard, comme s'il allait y trouver une réponse, mais l'homme n'avait pas fixé l'objectif de la caméra. Lorsque Marianka et ses parents sortirent de l'église, il aurait été incapable de dire combien de temps s'était écoulé.

– Pourquoi est-ce que tu ne nous as pas rejoints ?

Elle s'interrompit quand elle comprit, à son expression, qu'il était arrivé quelque chose.

– On va devoir rentrer à Holon plus tôt que prévu, désolé.

– Tout de suite ? s'inquiéta-t-elle.

Il avait remis son téléphone dans la poche de son manteau et ne l'en ressortit pas. De toute façon, il ne pouvait rien faire de plus avec la photo. Si Seban le lui avait autorisé, il l'aurait publiée le jour même sur la page Facebook de la police. Ou bien il aurait lancé un appel à témoins au journal télévisé. Un instant, il envisagea de braver l'interdiction : tout ce dont ils avaient besoin, c'était d'une seule personne qui le reconnaisse.

Devant la déception qu'il lut dans les yeux de sa compagne, il proposa qu'ils aillent tous manger un houmous au Maroco, un restaurant de la vieille ville. Annika goûta un pois chiche tiède et ne toucha plus à son assiette. Sachant qu'il irait au commissariat dès leur retour à Holon, Avraham s'efforça de se montrer aussi enjoué et loquace que possible. Il ne leur restait plus qu'un jour à passer ensemble, alors, pour la femme qu'il aimait, il fit un maximum d'efforts. Il questionna le père sur son travail au séminaire de théologie, voulut savoir quand il avait commencé le karaté, comment il vivait son intégration à Bruxelles, mais Bojan ne lui répondait que par des mots comptés et visiblement à contrecœur. Ce qui ne l'empêcha pas de terminer goulûment tout son houmous puis celui que sa femme avait laissé. Tout ce temps, on aurait dit qu'il attendait de pouvoir enfin parler d'autre chose.

Marianka n'ouvrit pas la bouche pendant ce déjeuner, et Avraham fut étonné, au moment de commander les cafés turcs, qu'Annika se tourne vers lui.

– Vous avez avancé dans votre enquête pour meurtre ? lui demanda-t-elle.

– Il semble que oui.

– C’est à cause de ça que vous voulez rentrer, n’est-ce pas ? Je sens que vous n’êtes pas avec nous.

Bojan fit un signe au serveur pour qu’il leur apporte l’addition.

– Je n’ai pas le choix, lâcha Avraham en coulant un regard vers sa compagne.

– Les policiers ne sont jamais réellement en congé, continua la mère.

– Si, quand même…, protesta-t-il avec un sourire forcé.

– Je parlais d’un laps de temps où vous ne pensez plus du tout à votre travail. Vos dossiers vous suivent certainement partout où vous allez.

Il aurait bien aimé que le serveur leur apporte rapidement la note, mais il le vit passer avec cinq assiettes de houmous en direction d’une autre table.

– Pourquoi aimez-vous tellement ce métier ? reprit Annika.

– Qu’est-ce que vous entendez par là ?

– Pourquoi avez-vous choisi de devenir enquêteur de police ? Je suis sûre que vous auriez pu faire autre chose.

Il était encore en train de réfléchir à une réponse pertinente lorsque Marianka le devança :

– Avi a besoin d’être proche de la souffrance.

Il vit le père opiner, comme un médecin-chef qui confirmerait le diagnostic de sa jeune interne. Or, si c’était effectivement ce qu’elle pensait – il le savait parce qu’ils en parlaient de temps en temps –, elle se trompait. Et ce n’était pas faute de le lui avoir expliqué ! Il rêvait d’entrer dans la police depuis tout gamin parce qu’il était déjà accro aux romans policiers et qu’il avait la certitude de pouvoir prouver aux enquêteurs qu'ils se fourvoyaient et accusaient à tort des innocents. D'ailleurs, elle était la seule à qui il avait osé l'avouer. Personne d'autre ne le savait, ni Eliyahou Maaloul, ni Ilana Liss, ni ses propres parents bien sûr – bon, à eux, il avait même caché son choix et ne leur avait annoncé qu'il ne serait jamais avocat que le jour où il avait intégré la police judiciaire.

– Je pense que le plus important, c'est de sauver les gens en danger, déclara-t-il en cherchant les yeux de Marianka, qui regardait ostensiblement dans une autre direction.

Une expression indulgente se peignit sur le visage de Bojan. Mauvaise réponse.

Il n'avait pas grand-chose à faire au bureau. Le samedi soir, Esthy Wahaba commença à présenter la photo du policier à des femmes qui avaient été violées dans le secteur. Maaloul n'était pas encore arrivé. Avraham chercha à joindre le voisin du deuxième mais l'homme n'était toujours pas chez lui. Il se passa en boucle la vidéo où l'on voyait le policier marcher dans la rue. Peut-être parce qu'il était seul dans la pièce et qu'il examina l'image de nombreuses fois, il se rendit soudain compte que dans sa tête il avait entamé un dialogue avec cet homme, qu'il s'adressait directement à lui, comme si ce policier était assis là, sur la chaise. *Comment avez-vous obtenu les coordonnées des victimes ? Que leur voulez-vous ?* Il inscrivit ces questions au stylo sur une feuille blanche, puis envoya à Ilana Liss un SMS : *Et si on se voyait quand même ?* Elle lui proposa de passer chez elle le lundi. Quant à Benny Seban, il décrocha avec la voix de quelqu'un qui vient de se réveiller et ne comprit pas immédiatement de quelle photo il était question.

Avraham lui expliqua qu'ils avaient retrouvé la trace de leur mystérieux policier et étaient en possession d'une photo d'excellente qualité. Il proposa de la publier sur leur page Facebook ou dans les médias. Le chef lui dit d'attendre qu'il le rappelle, et lorsqu'il le fit, quelques minutes plus tard, ce fut pour lui annoncer, sur un ton encore plus ferme que pendant la réunion du jeudi, qu'il était exclu qu'une telle photo paraisse où que ce soit.

– D'ailleurs, n'êtes-vous pas en congé demain ? lança-t-il avant de clore la conversation.

– Je ne sais pas encore. Mes invités partent dans la nuit, mais quoi qu'il arrive, je serai joignable en permanence. Tout le monde sait ce qu'il a à faire, on me tiendra informé, et si besoin, je viendrai.

Esthy Wahaba et Eliyahou Maaloul devaient continuer à rencontrer les victimes d'agressions sexuelles du secteur Ayalon jusqu'à ce qu'ils tombent sur une femme qui aurait été approchée par leur suspect. Ils étaient aussi convenus de contacter Avraham après chaque entrevue – ce qu'ils firent, toutes les une ou deux heures. Jusqu'au dimanche soir, ils n'eurent rien de nouveau à lui apprendre. Aucune des femmes à qui la photo fut présentée n'avait rencontré l'homme et n'avait été interrogée ni même contactée par un policier qu'elles ne connaissaient pas. Avraham, qui ne voulait pas laisser Marianka seule, passa toute la journée à visiter des églises et des couvents avec Bojan et Annika Milanič. Ils commencèrent par Nazareth, puis ce fut le lac de Tibériade, où Jésus aurait marché sur les eaux. Son téléphone sonnait constamment, sa compagne avait renoncé à nouer une conversation à quatre, si bien qu'ils allèrent d'un site à l'autre sans rien dire, le visage fermé, procession triste et silencieuse, chacun comptant les heures qu'ils devraient encore passer ensemble. De retour à Tel-Aviv en fin de journée, lorsqu'ils s'attablèrent dans un restaurant du front de mer, il faillit pour une fois ignorer la sonnerie de son téléphone, mais finit par répondre.

– Tu es seul ? entendit-il Maaloul lui demander d'une voix vibrante. Tu peux parler ? C'est très urgent.

Il se leva aussitôt et gagna le parking du restaurant, sous le regard perplexe de Marianka.

– Qu'est-ce qui se passe ?

– Rien ne va plus ! Tu ne peux même pas t'imaginer ce qu'ils ont fait pendant qu'on n'était pas là !

À travers la vitre du restaurant, il vit Bojan parler à sa fille, qui l'écoutait et semblait aussi contrariée que Maaloul.

– Qu'est-ce qui se passe ?

– Sharpstein a convoqué Erez Jäguer pour complément d'information et l'a placé en garde à vue. En rentrant au poste, on est tombés, Esthy et moi, sur Seban qui nous a ordonné d'arrêter de montrer la photo parce que l'enquête se concentrait sur le fils.

Avraham n'en crut pas ses oreilles. Il se rappela aussi que la veille le chef s'était assuré de son absence et ne lui avait pas suggéré d'annuler son congé.

– Sous quel prétexte a-t-il arrêté Erez Jäguer ? Nous savons que l'assassin n'est pas de la famille de la victime.

Il mit machinalement la main dans la poche de son manteau pour en sortir un paquet de cigarettes.

– C'est là que le bât blesse, Avi. Il n'est pas son fils. C'est apparemment un enfant adopté. Ce matin, Sharpstein a réinterrogé Orith Jäguer et elle le lui a révélé. Du coup, il s'est empressé de mettre le coco en garde à vue. Son alibi non plus ne tient pas la route, parce qu'il a été démobilisé quelques heures avant le meurtre et avait largement le temps d'arriver à Holon. Tu savais que ce n'était pas son fils ? Et pour couronner le tout, il refuse de passer au détecteur de mensonges et de donner son ADN. Il a pris un avocat et se retranche derrière son droit à garder le silence.

Avraham écarta l'appareil de sa bouche. Lui revint en mémoire la remarque qu'il s'était faite le jour de l'enterrement, en voyant Erez Jäguer s'écrouler sur la tombe encore fraîche de sa mère : aucune ressemblance entre les deux.

– Je peux te demander quelque chose ? reprit Maaloul.

Avraham répondit que oui. Il savait quelle question allait lui être posée avant même qu'elle ne soit formulée.

– Tu sais que je te suis sur la piste du mystérieux policier... mais tu ne penses pas qu'on se trompe ?

Il ne répondit pas tout de suite, d'autant qu'avant le témoignage de Diana Goldin il réussissait parfaitement à imaginer Erez Jäguer debout sur le pas de la porte.

– Je ne te suggère pas de cesser nos vérifications, continua l'inspecteur, mais le fils revient dans le collimateur, non ?

Lea Jäguer n'aurait pas inscrit une visite de son fils dans son agenda ni sur le calendrier mystérieusement disparu, il en était certain. De plus, le témoignage du voisin était maintenant confirmé par la photo de l'homme en uniforme filmé dans les parages. D'ailleurs, ce voisin n'avait vu personne d'autre quitter les lieux. Après l'avoir écouté, Maaloul insista :

– Et s'il y avait une autre explication à ce qu'il a vu ?

Comme Avraham ne disait rien, il ajouta :

– Le fils revenait de sa période de réserve dans une base de l'armée de l'air. Peut-être que le témoin a confondu son uniforme militaire avec celui d'un policier. Quoi, ce serait impossible ?

– Tout est possible, Eliyahou, conclut-il avant de raccrocher. Il y a aussi certainement une raison pour que le fils mente. Mais je pense qu'ils ne veulent simplement pas que l'enquête s'oriente vers un policier, tu ne comprends pas ça ? Quoi qu'il en soit, je vous demande, à toi et à Esthy Wahaba, de continuer demain à présenter la photo aux femmes violées que vous n'avez pas encore rencontrées. Si ça ne donne rien, je trouverai un moyen de la publier, avec ou sans l'accord de Seban, tu verras.

Lorsqu'il réintégra le restaurant, Avraham trouva que sa compagne avait un drôle d'air et les yeux rouges, comme si elle avait pleuré et s'était ensuite passé le visage à l'eau.

Comment ne pas se laisser déstabiliser par toute cette pression ? S'il avait été seul, il aurait pris sa voiture pour foncer au commissariat, mais il était presque vingt-deux heures, il avait essayé de joindre Seban sans succès et avait préféré ne pas laisser de message sur son répondeur.

Personne ne lui demandant pourquoi il était resté dehors si longtemps, il comprit qu'il s'était passé quelque chose. La serveuse s'approcha de leur table, mais au lieu de commander, Marianka déclara :

– J'aimerais que vous répétiez ce que vous avez à dire devant Avi. Il mérite d'entendre ce que vous pensez.

Mère et fille se tournèrent alors vers le père, qui étendit sa serviette sur ses genoux et commença effectivement à parler.

Au début, Avraham ne l'écouta pas vraiment tant il réfléchissait à ce qu'il allait devoir faire en arrivant au poste le lendemain matin. Mais ensuite, les mots se précisèrent et il n'en crut pas ses oreilles. En parlant, Bojan regardait sa fille, bien que ce qu'il disait ne s'adressât qu'à lui :

– Comme vous vous l'imaginez sans doute et comme nous l'avons déjà expliqué à Marianka, nous ne sommes pas venus ici pour rien. Certes, elle nous manquait et nous sommes ravis d'être avec elle, d'avoir rencontré vos parents et d'avoir pu nous rendre sur des lieux que, jusqu'à ce jour, nous ne connaissions qu'à travers les textes. Mais si nous sommes là, c'est d'abord et avant tout pour la convaincre de rentrer à Bruxelles. Avant de venir, nous avions encore des hésitations, mais à présent, nous sommes persuadés que c'est ce qu'elle doit faire. Nous n'avons pas l'intention de vous cacher quoi que ce soit, nous en parlons ouvertement avec elle et avec vous aussi.

À côté de l'assiette d'Avraham, il y avait un verre de vin rouge qu'il n'avait pas commandé. Il en prit une gorgée et attendit. Marianka, assise à côté de lui, tripotait sa fourchette et ne le regardait pas.

– Pourquoi la convaincre de rentrer ? demanda-t-il.

– Parce qu'elle s'est trompée en venant ici. Nous lui avons dit ce que nous en pensions avant qu'elle parte, et nous le répétons à présent. Elle n'a rien à faire dans ce pays. Toute la famille a commencé à se construire une nouvelle vie à Bruxelles. Elle avait une bonne place dans la police, de belles opportunités de carrière, alors qu'ici elle est seule et loin des gens qui se soucient vraiment d'elle.

Bojan se tut un instant, puis se tourna vers l'intéressée, qui gardait les yeux braqués sur la table.

– Nous savons que tu ne l'admettras pas devant nous mais nous sentons combien tu es malheureuse. Tu es en train de gâcher ta vie et tu en as certainement conscience. Nous voudrions qu'Avi s'en rende compte aussi et t'aide à prendre la bonne décision. Il nous semble important d'insister sur le fait que nous n'avons rien contre votre relation, mais nous comprenons qu'il ne quittera pas son travail pour venir vivre avec nous à Bruxelles.

Avraham ne protesta pas. Marianka releva les yeux et regarda sa mère.

– Vous pensez vraiment que je suis malheureuse ici ? demanda-t-elle tout bas.

Bojan sourit.

– Vous trouvez que j'ai l'air malheureuse ? répéta-t-elle.

Annika ne répondit pas, ce fut son mari qui reprit la parole :

– Absolument. Tu es malheureuse parce que tu es seule, loin de ta famille et de la vie que tu t'es construite – avec notre aide d'ailleurs. Tu auras beau faire semblant, ça saute aux yeux. Tu gaspilles ton temps et ton talent dans un endroit où tu n'as personne. Avi travaille, il a une famille, comment veux-tu qu'en plus, il s'occupe de toi ? Et inutile de croire que tu trouveras une activité qui te convienne sans connaître la langue de ce pays. En plus, tu n'es pas juive.

Avraham aurait dû exiger qu'il se taise, mais père et fille se dévisageaient à présent comme si personne d'autre n'était assis à cette table.

– Mais si, je suis heureuse, répliqua-t-elle. Tu ne le vois pas ? J'aime Avi, j'habite dans un appartement où je me sens chez moi, d'ailleurs pour la première fois j'ai un appartement à moi. D'accord, je ne sais pas encore ce que je vais faire ici, mais ça va venir.

– Et si tu ne trouves pas ? intervint tout à coup Annika, qui n'alla pas plus loin car Bojan lui indiqua d'un signe de main qu'il n'avait pas terminé.

– Écoute bien ce que nous avons à te dire, parce que personne d'autre ne t'aime assez pour te dire ces choses-là. Tu nous expliques que tu aimes Avi, je ne sais pas ce que tu entends par là, mais tu as cru que tu aimais d'autres hommes avant lui, je me trompe ? Et puis, à un moment, ça s'est terminé. Quoi qu'il en soit, notre devoir en tant que parents, c'est de te prévenir que nous ne donnerons pas notre aval à ta vie ici. Nous ne pourrons pas revenir te voir si tu restes, parce que cela reviendrait à cautionner ton choix. Et de nouveau, nous insistons : nous n'avons rien contre Avi, au contraire, nous l'estimons beaucoup. Et c'est justement pour ça que nous comptons sur lui pour qu'il comprenne et t'aide à rentrer.

Il fallait qu'il intervienne, peut-être pas pour lui mais pour Marianka. À moins qu'il ne la prenne simplement par la main et s'en aille ?

– Que vous soyez inquiets pour votre fille est tout à fait justifié, finit-il par répondre en essayant de sourire, mais je vous garantis qu'elle est en de bonnes mains. Nous envisageons l'avenir ensemble et n'avons pour l'instant pris aucune décision. Si elle se sent mal ici, nous réfléchirons ensemble à la manière de continuer. Je peux vous promettre que je ne veux que son bien.

Personne ne réagit à ses paroles. Comme s'il n'avait rien dit.

Bojan fixait toujours sa fille. La serveuse apporta les entrées. La flamme de la petite bougie allumée sur la table vacilla.

– Je ne sais pas si vous êtes croyant, reprit alors le père. Nous oui. La veille de notre départ pour Israël, j'ai regardé par la fenêtre de mon bureau et ce que j'ai vu m'a convaincu du bien-fondé de notre démarche. Sur la chaussée, juste sous ma fenêtre, il y avait un pigeon écrasé. Soudain un autre pigeon s'est posé à côté et a commencé à picorer le cadavre. J'ai essayé de décrypter cette image, jusqu'à ce que je me rende compte qu'il était impossible de savoir si le second pigeon embrassait le premier, lui disait adieu ou peut-être même le mangeait. Vous comprenez ce que je veux dire ?

Marianka comprit. Pas Avraham, à qui cette image évoqua aussitôt les oiseaux sur lesquels reposait le corps sans vie de Lea Jäguer. Si la discussion s'était déroulée à un autre moment, et non quelques minutes après qu'il avait parlé à Maaloul et appris que Seban et Sharpstein tentaient de lui confisquer les rênes de l'enquête, il aurait peut-être réagi autrement, surtout qu'à cet instant Marianka reposa son verre de vin et lança à son père avec un grand sourire :

– Quel imbécile tu fais ! Je vois enfin à quel point tu es bête.

– Ce que j'essaie de vous dire, Avi, c'est que vos bonnes intentions ne changent rien à la situation, déclara Bojan, imperturbable. Je crois que vous voulez sincèrement son bien, comme vous dites. Mais c'est elle qui gît à présent sur la chaussée et vous qui plantez votre bec dans sa chair, même si vous êtes persuadé que vous l'embrassez.

Annika effleura le bras de son mari dans ce qui parut être une tentative pour le modérer. À moins que ce ne fût justement une marque de soutien ?

Marianka se leva la première et quitta le restaurant. Avraham se contenta de la suivre. Et il attendrait d'être de retour dans l'appartement pour lui demander ce que signifiait cette étrange allégorie aux pigeons morts.

Marianka lui fit signe d'ouvrir la voiture et, une fois assise sur le siège passager, elle éclata de rire.

– Partons, lança-t-elle après avoir retrouvé son sérieux, et quand il s'inquiéta pour ses parents, elle répliqua : Je m'en fiche. Ils n'ont qu'à rentrer à pied.

Ils s'arrêtèrent dans un parking non loin de là parce qu'elle avait envie de marcher sur la plage. Ensuite, ils s'assirent face à une mer noire et elle se contenta de dire :

– Je suis désolée.

– Pourquoi ?

– Je suis désolée que tu aies eu à entendre tout ça. J'aurais dû savoir que ça ne se passerait pas bien. Tu avais raison.

Alors pourquoi sentait-il que c'était lui qui devait s'excuser ? S'excuser parce qu'il lui avait demandé de venir à Holon, parce qu'il n'avait pas cloué le bec à

Bojan, et surtout parce que, lui ayant caché ce qu'il vivait depuis le début de l'enquête, il l'avait effectivement laissée dans sa solitude. Cette nuit-là, ils discutèrent peu des parents de Marianka, mais beaucoup d'eux-mêmes, d'elle et de lui, et il se libéra de tout ce qu'il retenait depuis quelques jours. Il lui parla de sa dernière conversation avec Maaloul, puis d'Erez Jäguer qui n'était pas le fils de sa mère, de Lea Jäguer qui avait été violée à son domicile par un homme qu'elle connaissait et du policier qui, il en avait la certitude, était venu lui poser des questions pour des raisons qu'il n'avait pas encore réussi à élucider.

– Pourquoi as-tu attendu si longtemps avant de m'en parler ? lui demanda-t-elle.

Il lui dit la vérité : il n'en savait rien.

– Peut-être pour te protéger, rectifia-t-il ensuite.

– Me protéger ? De quoi ? Et pourquoi penses-tu que je ne peux pas me protéger toute seule ?

Le lendemain, à quatre heures du matin, ils se séparèrent de Bojan et d'Annika sur le trottoir, en présence du chauffeur de taxi qui était venu les chercher pour les conduire à l'aéroport. Sans embrassades.

Avraham n'arriva pas à se rendormir. Malgré son envie de passer cette journée-là avec Marianka, il se rendit de bonne heure au commissariat. En fin de matinée, le coup de téléphone d'Esthy Wahaba l'attrapa dans sa voiture, alors qu'il se rendait chez Ilana Liss, à qui il avait décidé de demander comment il pourrait publier la photo du policier fantôme. L'enquêtrice lui annonça qu'elle avait l'impression d'avoir trouvé une femme qui savait peut-être quelque chose.

– Quoi ? lui demanda-t-il en ralentissant aussitôt.

– Elle ne m'a rien dit, mais s'est s'affolée quand je lui ai montré la photo, de ça, j'en suis quasiment sûre. J'ai l'impression qu'elle m'a caché des choses.

Et ce fut la première fois qu'il entendit le nom de Bengtson.

10

La policière l'appela le lundi matin.

Maly étant en rendez-vous avec un nouveau client lorsqu'un numéro non identifié s'afficha sur l'écran de son téléphone portable, elle décida de ne pas répondre. Mais à la deuxième tentative, elle s'excusa et mit son oreillette droite. Voilà, tout cela arrivait à cause d'elle. Dès qu'elle entendit la voix au bout du fil, elle ajusta aussi son oreillette gauche. Une femme demandait à parler à Mazal Bengtson.

– C'est moi.

Aucun doute : on était remonté jusqu'à elle à cause de son appel de la veille aux urgences de Wolfson. Elle se leva sans s'excuser auprès du client et parla en se couvrant la bouche de la main. L'enquêtrice au bout du fil voulait la rencontrer rapidement. Maly lui expliqua qu'elle était à son bureau et s'étonna de devoir en indiquer l'adresse : c'était de la banque qu'elle avait appelé l'hôpital, un numéro facilement traçable pour la police.

– Je travaille à Holon, répondit-elle. Rue Shenkar.

– Je vous y rejoins. Ça ne prendra pas plus de cinq ou dix minutes.

Maly demanda à Alina de poursuivre l'entretien avec le client et fonça aux toilettes. Une femme de ménage lessivait le sol, elle attendit de la voir sortir pour entrer dans une des cabines, s'y enfermer et appeler Koby.

Durant ces quelques jours, il y eut nombre de moments où ils auraient pu essayer de changer leur destin. Ils ne le firent pas.

Elle se demanderait un nombre incalculable de fois ce que Koby aurait fait s'il avait été éveillé, s'il avait répondu à son appel et si elle avait pu le prévenir que la police était en route pour lui poser des questions sur l'accident. Lui aurait-il alors dit la vérité ? Pendant tout le week-end, ils avaient cru que le problème était résolu ou, du moins, ils avaient voulu le croire. C'est peut-être ce qui explique pourquoi elle était si peu préparée à ce qui arriva. Koby s'était efforcé de paraître de bonne humeur, mais elle voyait bien qu'il continuait à prendre de grandes inspirations nerveuses, comme s'il s'asphyxiait. Le temps s'étant amélioré, il avait proposé, le samedi, une virée à quatre au Luna Park de Tel-Aviv, chose qu'ils promettaient aux filles depuis le début de l'hiver. Elle aurait préféré rester à la maison tant elle avait encore peur de sortir, mais une fois l'idée lancée, impossible d'en détourner Daniella et Noy. Il s'était réveillé tôt ce matin-là et était monté faire sa gymnastique sur le toit. Ensuite, pendant qu'elle préparait des pancakes dans la cuisine, il était venu se plaquer à elle par-derrière et lui avait passé les bras autour de la taille.

– Tu nous accompagnes ou tu restes ici ? avait-il chuchoté.

Elle ne voulut profiter d'aucune attraction, et même si elle ne pouvait lui en donner la raison, elle la suggéra en disant qu'elle avait la nausée, mal à la tête et peur de vomir. Comme il n'y avait quasiment pas d'attente devant les différents stands, Koby avait emmené les filles dans le train fantôme – d'où elles revinrent déçues –, ensuite sur le grand huit, puis faire un tour d'autos tamponneuses. Enfin il était monté avec elles dans l'immense pieuvre dont les tentacules en fer tournoyaient au-dessus des cimes des arbres. D'en bas, Maly avait suivi la frayeur et la joie qui se succédaient sur le visage des gamines. Elle avait vu la manière dont elles s'agrippaient à la main de leur père, lequel lui demanda de les photographier tous les trois avec son téléphone. Ce jour-là, elle n'avait cessé de penser à la passante qu'il avait renversée. D'un côté, elle regrettait son appel à l'hôpital et espérait qu'on ne la recontacterait pas, mais de l'autre elle aurait tellement voulu qu'on lui dise que la femme avait été renvoyée chez elle ! Pas un seul instant elle n'avait imaginé qu'il lui avait menti.

Les photos de cette journée, elle ne les regarderait que bien plus tard. Mais lorsqu'elle commencerait, elle ne pourrait plus s'arrêter. Surtout celle prise lorsqu'ils étaient tous les trois sur le grand huit : Daniella et Noy se blottissaient dans les bras de leur père, emportées dans un wagonnet vert vers le sommet des rails, juste avant la descente abrupte.

Elle rencontrerait l'enquêtrice à plusieurs reprises au cours des semaines à venir, mais ce matin-là Maly ignorait jusqu'à son nom. Très petite et plus jeune qu'elle, la femme fuma pendant presque toute leur première entrevue. Elle lui demanda sa carte d'identité, croisa ses cuisses épaisses sur lesquelles elle posa une écritoire en plastique, se pencha en avant et commença par remplir des formulaires. Elles s'étaient assises sur un banc un peu éloigné de la banque. Vadim, le vigile, les avait suivies du regard. La policière tenait à la main un gobelet de café et, lorsqu'elle en prit une gorgée, un peu de liquide se renversa sur le bout de ses doigts.

Maly examina toutes les voitures qui roulaient sur la chaussée, comme si Koby avait pu se trouver au volant de l'une d'elles. Soudain, elle se souvint de l'inspectrice qui l'avait interrogée à Eilat, une femme plus âgée et plus jolie que cette enquêtrice, qui avait passé son temps les yeux rivés sur son écran d'ordinateur à lui poser et reposer toujours les mêmes questions : quel vin elle avait bu à la soirée, quelles étaient ses relations avec son mari, était-elle sûre de ne pas avoir oublié qu'elle avait invité un homme à la rejoindre dans sa chambre ?

– Vous avez été agressée sexuellement il y a quelques années à Eilat, n'est-ce pas, madame Bengtson ? lui demanda la policière.

Incapable de comprendre quel rapport cette histoire pouvait avoir avec l'accident, Maly, perplexe, sentit juste que la fumée de la cigarette l'incommodait. Jusqu'à ce que son interlocutrice reprenne :

– Je vous demande de garder le plus grand secret sur les choses que je vais maintenant vous révéler. Il s'agit d'éléments d'une enquête qui n'en est qu'à ses débuts et, à ce stade, tout est encore très flou, d'accord ?

Elle attendit son acquiescement pour continuer :

– Des sources fiables nous ont alertés sur la présence, dans le district, d'un policier ou d'un individu se faisant passer pour un policier, qui aurait harcelé des femmes victimes d'agressions sexuelles. Ce que je voudrais savoir, c'est si vous avez été contactée par un tel individu et si vous l'avez reçu chez vous.

Maly répondit aussitôt que non. Dans un premier temps, elle ressentit même un grand soulagement. Comme si elle s'était rendu compte que la fumée la dérangeait, l'enquêtrice écrasa sa cigarette sur le bord du banc.

– Vous en êtes sûre ? lui demanda-t-elle.

– Oui.

– Vous souvenez-vous de la date de votre dernière déposition ?

Maly dut réfléchir parce qu'elle avait oublié. Pendant qu'elle fouillait dans sa mémoire, les mots qui venaient d'être prononcés résonnèrent à nouveau sous son crâne : « un individu se faisant passer pour un policier ».

– Je ne m'en souviens plus exactement. Ça fait longtemps, se justifia-t-elle. Un an peut-être.

– Et depuis, aucun policier ne vous a contactée ? Ces dernières semaines non plus ? Personne ne vous a téléphoné ?

– Non.

– Mais peut-être êtes-vous en contact avec d'autres femmes qui ont été violées ? L'une d'elles ne vous aurait pas parlé de quelqu'un qui l'aurait appelée récemment ?

Maly savait-elle déjà ? À la différence de l'inspectrice d'Eilat, pendant toute leur discussion cette policière la dévisagea attentivement avec ses grands yeux écarquillés de manière presque artificielle. Sa tempe gauche était barrée d'une cicatrice. Elle attendit un peu avant de se pencher à nouveau sur son écritoire, d'inscrire quelques lignes sur son formulaire puis de reprendre :

– Le secret de l'instruction est primordial, nous ne voudrions pas créer de panique parmi les femmes agressées, je vous prie donc à nouveau de ne parler à personne de ce que je viens de vous dire, d'accord ? Si un homme vous contacte en se présentant comme un policier et vous demande de faire une nouvelle déposition, ou si jamais vous vous souvenez que ça vous est arrivé, ou encore si vous entendez que c'est arrivé à une femme de votre entourage, prévenez-moi immédiatement. Nous soupçonnons cet individu d'avoir agi ainsi à plusieurs reprises et il risque de récidiver.

Maly glissa la carte de visite de la policière dans la poche de son manteau sans la lire. En se levant du banc, elle sentit quelque chose se retourner dans ses entrailles. Elle, personne ne l'avait contactée. L'enquêtrice avait insisté sur la panique des femmes violées et sur le fait que le policier avait agi plusieurs fois – et ça, ça ne trompait pas. Elle comprit.

– Avez-vous découvert qui était cet homme ?

Elle n'aurait pas dû poser la question, mais il fallait qu'elle sache.

Son interlocutrice était restée assise sur le banc, comme si elle avait du mal à se lever.

– Nous ne connaissons pas son nom, mais nous avons une bonne photo de lui et nous le retrouverons rapidement.

– Je peux la voir ?

Esthy Wahaba leva ses grands yeux vers elle, puis tira une photo du dossier gris posé sur ses genoux.

Maly n'y jeta qu'un rapide coup d'œil. Une seconde suffit pour que tout s'obscurcisse.

– Ça a été pris quand ? demanda-t-elle, s'accrochant à un dernier espoir.

– La semaine dernière.

Daniella et Noy étaient en classe et dans les premières minutes elle se demanda où elle les emmènerait à la sortie de l'école. Son rendez-vous suivant arriva à onze heures. Comme si de rien n'était, elle s'installa en face d'un homme à qui elle dut expliquer pourquoi la banque lui refusait le prêt demandé. Il haussa le ton. Combien de temps s'écoula jusqu'à ce qu'elle comprenne qu'il n'y avait jamais eu d'accident ? Elle se vit soudain seule en salle d'accouchement, sans Koby ni personne d'autre à côté d'elle. Les spasmes de son ventre se muèrent en nausée. Par chance, lorsqu'elle alla aux toilettes pour essayer de vomir, ses collègues mirent cela sur le compte de son altercation avec le client mécontent.

Pour la deuxième fois en quelques jours, elle se trouva dans l'obligation de tout reconsidérer : l'entretien d'embauche puis leur anniversaire de mariage loupé, la disparition de son mari les jours qui avaient suivi, le message téléphonique qu'il avait laissé à son père et la voiture abandonnée. Elle allait peut-être aussi trouver une explication au parapluie et à la manière désespérée dont il tenait à le retrouver. Peut-être aussi à son intérêt pour les journaux télévisés et la presse. Il n'avait pas menti en disant qu'il était recherché par la police, mais les raisons invoquées étaient fausses. Alors qu'elle, elle ne lui avait jamais menti. Jamais. Et bien qu'elle sût maintenant qu'il n'y avait pas eu d'accident de voiture, la jeune femme qu'elle avait imaginée sur la chaussée gisait toujours dans son sang sans que quiconque vienne lui porter secours.

Dès qu'il se réveilla, il vit qu'elle l'avait appelé à de nombreuses reprises et essaya de la joindre, mais elle ne lui répondit pas. Elle ne savait pas encore quoi lui dire. Il lui envoya un SMS : *Tout va bien ?*, auquel elle répondit par : *Oui, suis en réunion*. L'idée lui fut-elle soufflée par ce premier mensonge ? Elle avait la carte de visite de l'enquêtrice dans sa poche et envisagea de l'appeler, elle pouvait aussi appeler Guila et lui demander de venir la retrouver quelque part, mais finalement, quand elle alla chercher Daniella et Noy à l'école, elle avait déjà décidé de rentrer chez elle. Et de ne rien dire pour l'instant à son mari. Tout en conduisant, elle regarda dans le rétroviseur : ses filles étaient assises sur la banquette arrière et elle demanda à la petite pourquoi elle se taisait. La grande se répétait la chanson qu'ils préparaient en classe pour la fête de Pourim. En voyant la voiture de Koby dans le box, elle repensa au lundi précédent. Le jour où on l'avait apparemment démasqué. Ce jour-là, la voiture n'était pas à sa place quand elles étaient rentrées à la maison mais elle avait senti son aftershave dans l'ascenseur. Elle avait remarqué que la porte de l'appartement n'était pas verrouillée. Une fois à l'intérieur, elle avait entendu l'eau couler dans la douche, vu ses vêtements jetés sur le sol de la chambre à coucher, mais il n'y avait pas d'uniforme de policier.

Elles trouvèrent la table mise pour le déjeuner et des raviolis en train de cuire. En leur ouvrant la porte, il lui avait demandé pourquoi elle ne l'avait pas rappelé à la fin de sa réunion.

– Je t'ai téléphoné plusieurs fois, lui reprocha-t-il.

Maly répondit que ses rendez-vous s'étaient enchaînés et qu'elle l'avait cherché le matin parce qu'elle avait craint de ne pas arriver à temps à l'école des filles, puis qu'elle s'était arrangée. Elle n'osait plus le regarder en face mais, étrangement, cela n'avait rien à voir avec la peur qu'elle avait ressentie avant de rencontrer l'enquêtrice. À présent, elle était juste perdue. Elle ne toucha pas au repas. Noy décrivit à son père les préparatifs de la fête de Pourim à l'école, Daniella resta enfermée dans son mutisme et, comme elle, ne mangea rien. Maly sentit quelque chose se renforcer au fond d'elle-même, ou se durcir, peut-être à cause de sa colère. Après Eilat, elle avait eu l'impression d'avoir abandonné son propre corps. Quand elle l'avait réintégré, cela ne s'était fait que partiellement. Les heures qui suivirent sa rencontre avec Esthy Wahaba furent celles où elle comprit que les morceaux épars se ressoudaient.

– C'était comment, au travail ? lui demanda Koby.

– Bien.

Jamais, auparavant, elle n'avait été capable de lui mentir. Lorsqu'elle se rendit aux toilettes et s'accroupit devant la cuvette, elle réussit à vomir. Il l'avait suivie et attendit derrière la porte.

– Tu es malade ? s'inquiéta-t-il quand elle ressortit.

Elle prétexta un plat avarié qu'elle aurait mangé au travail et lui assura qu'elle se sentait mieux. Comme elle ne voulait pas se retrouver seule avec lui, elle n'entra pas dans leur chambre, fit les devoirs avec Noy, laissa Daniella regarder la télévision, et quand la gamine s'endormit sur le canapé, elle s'assit à côté d'elle et lui caressa les cheveux. À dix-sept heures, Koby lui demanda si elle se sentait mieux et s'il pouvait aller à l'entraînement. Elle le rassura. La seule chose qu'elle aurait peut-être dû faire, c'était lui demander : Pourquoi as-tu recommencé ? Peut-être qu'alors il lui aurait tout avoué ? Elle attendit de voir sa voiture s'éloigner pour se précipiter dans la chambre à coucher et commencer à fouiller. Elle chercha l'uniforme parmi les vêtements d'hiver sur les rayonnages inférieurs, puis entre les vêtements d'été remisés en haut de l'armoire, retourna même la malle à déguisements. Elle ne trouva rien, ni dans la chambre à coucher, ni sur le toit, ni dans le meuble du local de service dont elle ouvrait les tiroirs pour la première fois.

Elle n'avait plus la nausée et ne cessa pas de chercher. Pourtant, elle ne savait pas ce qu'elle ferait de l'uniforme de policier si elle tombait dessus.

Elle se souvint que la première fois qu'elle avait vu Koby le porter, elle s'était déjà mise au lit et essayait de s'endormir. Il était entré dans la chambre, avait allumé la grande lumière et elle avait remarqué ses yeux rougis et se dit qu'il avait pleuré.

– C'est quoi ? lui avait-elle demandé.

Il s'était assis à son chevet, et comme il ne disait rien, elle avait redemandé :

– Koby, pourquoi tu portes ça ? Tu me fais peur.

C'était quelques semaines après Eilat.

L'entaille que le couteau de son agresseur lui avait laissée sur le cou n'était pas totalement cicatrisée – du moins s'en lamentait-elle encore, même si personne d'autre ne la voyait – et elle avait de temps en temps mal aux poignets, comme au lendemain de cette terrible nuit. Le miroir lui renvoyait le reflet de l'autre femme. Ce n'était que grâce à son mari qu'elle se souvenait parfois de qui elle était. Ce jour-là, il ne lui avait pas expliqué pourquoi il portait un uniforme et avait attendu qu'elle cesse de pleurer pour commencer à parler. Sauf qu'en entendant ses explications elle avait de nouveau éclaté en sanglots. Il l'avait prise dans ses bras en silence.

À l'époque, tout était si douloureux ! Elle avait l'impression qu'on lui avait arraché la peau et qu'on l'avait abandonnée, le corps à vif. Elle essayait de se convaincre qu'il était lui aussi blessé et qu'il suffirait qu'elle passe la main sur sa blessure pour la cicatriser. Il lui avait demandé de le suivre dans la cuisine, de s'asseoir en face de lui. Elle avait accepté uniquement parce qu'il ne lui avait pas laissé le choix. Sur la table, il avait posé son téléphone, un bloc de feuilles jaunes et un stylo.

En fin de journée, elle recommença à chercher l'uniforme au fond du bac à linge, entre les vêtements sales et jusque dans les chambres des filles, mais elle avait déjà compris que ses recherches seraient vaines. En rentrant dans la chambre pour inspecter le tiroir sous le lit, celui où elle rangeait les draps et les couvertures, ses yeux s'arrêtèrent sur la grande photo accrochée au mur et elle eut envie de casser le verre et de la déchirer en mille morceaux. À ce moment-là, elle n'avait encore envisagé aucune des initiatives qu'elle prendrait ultérieurement mais elle ne cessait de se voir en salle d'accouchement non seulement sans Koby, mais sans même savoir où il se trouvait. Ensuite elle eut une autre vision, ils étaient tous les quatre ensemble dans sa voiture à elle : elle conduisait, Daniella, Noy et un bébé dans son siège auto occupaient la banquette arrière. Il n'y avait personne sur le siège passager à côté d'elle.

À dix-huit heures trente, alors qu'elle était sur le toit, elle entendit frapper à la porte. Elle crut que Koby rentrait plus tôt et avait oublié ses clés. Comme elle ne voulait pas le voir, elle ne descendit pas et ce fut Daniella qui dut l'appeler :

– Maman, c'est des gens pour toi.

Elle réintégra le salon, reconnut immédiatement l'enquêtrice du matin et sentit ses genoux flancher.

Derrière Esthy Wahaba se tenait un autre policier qu'elle ne connaissait pas encore.

11

Avraham dut attendre le tout dernier moment, la fin de l'interrogatoire de Mazal Bengtson, pour sentir qu'il reprenait l'enquête en main. Mais il passa tout d'abord par de longues heures d'hésitations, comme au premier jour de ses investigations.

Sharpstein conduisit Erez Jäguer en salle d'interrogatoire et Avraham le laissa mener le jeu. Il se contenta de l'observer et n'intervint pas, même lorsque l'inspecteur fit pression sur le suspect pour lui extorquer des aveux. Il écouta aussi sans broncher les paroles que lui asséna Ilana Liss. Ensuite, assis dans le salon presque vide des Bengtson, c'est à peine s'il se mêla de la conversation, tant il était agacé par cette visite qu'il jugea, jusqu'à la dernière minute, totalement inutile. Pire, en entendant Mazal Bengtson répéter qu'aucun policier ne l'avait contactée, il se persuada du ridicule de l'intuition d'Esthy Wahaba, qui avait insisté sur le fait que cette femme ne lui avait pas tout dit lors de leur première entrevue.

L'appartement était situé au 8 rue Uri-Zvi-Greenberg, au septième étage d'un vieil immeuble de

Kyriat-Ben-Gourion dont ils n'eurent qu'à pousser la porte pour se retrouver dans le hall d'entrée.

Il n'était pas encore dix-huit heures trente, la cage d'escalier resta sombre même après qu'ils eurent allumé la minuterie et Avraham, gêné, dut se presser contre Esthy Wahaba dans l'ascenseur exigu où stagnait une odeur de cigarette et d'animal, peut-être de chat. Sur le miroir, on avait collé deux stickers publicitaires, l'un pour un plombier, l'autre pour une entreprise de désinsectisation, sur lesquels il se concentra pour ne pas avoir à affronter son propre reflet et à découvrir ce qu'y avait discerné Ilana Liss.

Esthy Wahaba frappa deux fois à la porte avant d'appuyer sur la sonnette. Une gamine de quatre ou cinq ans, aux cheveux blonds et aux yeux bleus, leur ouvrit et appela tout de suite sa mère.

Grande, le teint mat et les cheveux noirs, Mazal Bengtson ne ressemblait pas du tout à sa fille. Elle devait avoir dans les trente-cinq ans, portait un polaire gris et avait des pantoufles aux pieds. Avraham eut l'impression qu'ils la dérangeaient en plein ménage. Elle ne leur demanda pas pourquoi ils étaient là, ce qui aurait dû lui mettre la puce à l'oreille, mais à cet instant il se trouvait encore en pensée chez Ilana.

La petite qui leur avait ouvert la porte s'était arrêtée sur le seuil de sa chambre. Elle se tint là, à les observer, pendant toute la durée de leur conversation, comme si elle surveillait sa mère. Mme Bengtson les fit asseoir dans le salon, leur proposa un café ou un thé et alla dans la cuisine faire chauffer de l'eau, attitude qu'adoptent certains témoins lorsque les policiers débarquent chez eux à l'improviste, et qui les aide à se donner de l'assurance.

La nuit venue, lorsqu'il se remémorerait cette conversation, Avraham trouverait de nouveau que Mazal ne ressemblait vraiment pas à ses filles. Comme Erez Jäguer ne ressemblait pas à celle qui n'était pas sa mère.

Pendant qu'ils attendaient au salon, il détailla l'appartement. Les volets de la fenêtre qui donnait sur la rue étaient baissés et, bien que la pièce fût presque vide, il ne put éviter d'être saisi par une sorte de claustrophobie. Deux canapés en cuir noir et une table basse en verre occupaient l'espace central, face à un écran plat accroché au mur. Les autres murs étaient nus, à l'exception d'une petite photographie qui rompait l'uniformité et semblait clouée par hasard sur une des cloisons. Il s'était assis à côté d'Esthy Wahaba sur l'un des canapés, Mazal Bengtson posa leurs tasses de café sur la table en verre et prit un tabouret pour s'installer face à eux. Pendant presque toute la conversation, il fixa la photo des yeux : on y voyait un cerf courir dans une épaisse forêt pour échapper aux fusils des chasseurs ou à l'objectif du photographe. Sous cet unique ornement, on avait placé une petite étagère avec deux rangées de livres, surtout en anglais. Ce détail aussi aurait dû l'interpeller, mais il ne se souvint pas, à ce moment-là, de l'accent anglais évoqué par Diana Goldin. De toute façon, même s'il s'en était souvenu, il n'aurait sans doute pas fait le rapprochement. Comme chez ses parents, une couverture piquée était étalée sur le canapé. Quelque chose dans cet appartement et ses murs nus lui suggéra que ses locataires n'y habitaient pas depuis longtemps ou que c'était une sorte de toit provisoire qu'ils avaient l'intention de quitter bientôt.

D'ailleurs, lui non plus n'avait aucune envie de s'éterniser dans cet endroit. S'il avait accepté d'accompagner son enquêtrice, c'était parce qu'il n'avait rien de mieux à se mettre sous la dent pour étayer la piste qu'il voulait privilégier… et aussi parce qu'il était sorti extrêmement déstabilisé de son horrible visite chez Ilana Liss.

Dès le matin, tout s'était ligué contre lui. Il avait espéré qu'Erez Jäguer accepterait le détecteur de mensonges et l'analyse ADN pour prouver qu'il n'était pas l'agresseur mais, en dépit des conseils de son avocat et bien que menotté, le fils avait refusé et était resté muré dans son silence. Il n'avait pas non plus expliqué pourquoi il avait caché aux enquêteurs qu'il était un enfant adopté ni qu'il avait eu sa mère au téléphone la veille du meurtre. À travers la vitre sans tain de la salle d'interrogatoire, Avraham avait entendu Sharpstein le menacer, lui dire que s'il refusait les analyses la police laisserait fuiter dans les médias l'implication et la garde à vue d'un membre de la famille de la victime. Il était allé déjeuner persuadé qu'il ne s'agissait que d'une tactique, mais pendant qu'il mangeait, Maaloul l'avait informé par téléphone que sur le site d'infos en continu de Ynet on annonçait que la police était sur le point d'élucider le dossier.

Internet marchait si mal au commissariat que la page mit un temps fou à s'afficher. Mais ce qu'y lut Avraham le laissa abasourdi.

Sous le gros titre : *La police à deux doigts de résoudre le meurtre de Holon*, on avait écrit qu'en moins d'une semaine l'équipe d'investigation avait réussi à arrêter un suspect, que c'était un membre de la famille de la victime et qu'il serait mis en examen les jours prochains, ce qui permettrait de lever le secret de l'instruction. Il appela aussitôt Benny Seban, n'obtint pas de réponse, se précipita dans le bureau du chef… mais ce fut pour découvrir que ce dernier n'était pas dans les locaux. Si bien que lorsque Esthy Wahaba vint lui parler des témoignages qu'elle avait recueillis auprès des femmes violées, toute la démarche lui parut ridicule : l'enquête n'allait-elle pas être bientôt bouclée ? Il apprit la nouvelle à l'enquêtrice et c'est ensemble, dans son bureau, qu'ils découvrirent ce qui figurait sur le site de Ynet. Esthy ne se découragea pas : elle ne pouvait pas assurer qu'un nouvel interrogatoire de Mazal Bengtson changerait la donne, mais de toutes les femmes qu'elle avait rencontrées, c'était la seule qui, elle en avait l'intuition, en savait peut-être plus que ce qu'elle disait. Son viol avait été traité par la police d'Eilat, mais elle avait décidé de son propre chef de s'adresser aussi aux femmes n'ayant pas été agressées dans leur district à condition qu'elles y habitent. Il l'avait complimentée pour son initiative et avait demandé à voir le dossier en question.

– Pourquoi nous cacherait-elle quelque chose ? avait-il repris.

– Je n'en ai aucune idée. Elle a voulu que je lui montre la photo du policier et je pense qu'elle s'est affolée en la voyant.

– Je suis l'inspecteur-chef Avraham, chef de la section des homicides du secteur Ayalon, se présenta-t-il à Mazal Bengtson.

Debout sur le seuil de sa chambre, la fillette blonde qui leur avait ouvert les regardait avec les mêmes yeux effrayés que sa mère.

– Ce matin, reprit-il, ma collègue vous a expliqué que nous enquêtions en ce moment dans la plus grande discrétion sur un policier, ou un homme se prétendant officier de police, qui interrogerait des femmes violées. Nous sommes venus vous communiquer de plus amples renseignements à ce sujet, peut-être que cela vous rafraîchira la mémoire, au cas où vous l'auriez rencontré récemment.

Les yeux de Mazal Bengtson passèrent d'Avraham à Esthy Wahaba. Pendant toute la durée de l'entretien, elle ne cessa aussi de lancer des regards furtifs vers la fillette, qui ne quitta pas le seuil de sa chambre. Il n'y accorda aucune importance.

– Puis-je vous poser quelques questions au préalable ? Si j'ai bien compris ce que m'a dit mon enquêtrice, vous avez été agressée il y a à peu près trois ans, c'est bien ça ?

– Oui.

– À Eilat ?

– Oui. Dans un hôtel.

Il ne se souvenait plus si, dans le dossier qu'il avait lu avant de venir, on indiquait que cette femme était mariée ou divorcée. Sur la porte, il n'avait pas vu de plaque avec le nom des locataires. Ce qu'il sentait, c'était qu'elle voulait qu'ils s'en aillent. Comme s'ils l'empêchaient de vaquer à des travaux ménagers. Peut-être aussi n'avait-elle pas envie de revenir sur une agression qu'elle s'efforçait d'oublier ? Avraham ouvrit son carnet, chercha dans sa poche un stylo qu'il ne trouva pas et en demanda un à Esthy.

– Vous avez dit ce matin que vous ne vous rappeliez plus à quand remontait votre dernière déposition. D'après notre dossier, vous avez été interrogée en 2013, est-ce que vous confirmez ?

– C'est possible, si c'est ce qui est écrit.

– Connaissez-vous le nom de la personne qui vous a interrogée ?

– Toujours la même femme.

– S'agit-il d'Yfath Assayag, du commissariat d'Eilat ?

– Oui.

Que pouvait-il lui demander de plus ? Et à quoi bon ? Espérait-il qu'elle se souvienne tout à coup que le suspect était venu la voir et que, avant de s'en aller, il lui avait laissé un nom et un numéro de téléphone ? À cause de la discussion qu'il venait d'avoir avec Ilana Liss, les doutes avaient recommencé à le ronger. Il avait beau s'efforcer à présent de les museler et de se concentrer sur cette femme assise en face de lui, il avait l'impression de ne pas la voir. Mazal Bengtson était jolie mais il ne le remarqua pas, peut-être à cause du polaire qu'elle portait ou de son salon trop sinistre. Il ne se rendrait compte de son charme que lors de leur deuxième entrevue. En revanche, il nota qu'elle portait une alliance à la main gauche et une bague à la main droite. Il se remémora aussi les événements de la nuit où elle avait été agressée : elle séjournait seule à Eilat dans le cadre d'un séminaire professionnel et son agresseur n'avait jamais été retrouvé.

À l'époque, l'équipe d'investigation avait pensé que le violeur était soit un touriste qui séjournait dans cet hôtel et avait brusquement quitté les lieux et le pays la nuit même, soit un réfugié entré clandestinement quelques jours auparavant via le Sinaï. La police s'était aussi demandé si Mazal Bengtson n'avait pas invité un homme dans sa chambre, quelqu'un qu'elle aurait rencontré lors de la soirée dansante à l'hôtel et dont elle refusait de dévoiler l'identité. Ce qui avait perturbé les enquêteurs, c'était que sur les vêtements qu'elle portait cette nuit-là à son arrivée au poste, ils n'avaient retrouvé aucune trace laissée par l'agresseur. Et c'est seulement lorsqu'ils lui en avaient fait la remarque qu'elle avait expliqué qu'après le viol elle s'était débarrassée de son pyjama pour remettre les vêtements qu'elle portait la veille au soir.

Quel âge avait alors la fillette qui les regardait du seuil de sa chambre ? Savait-elle quelque chose ? Malgré ses tentatives pour se concentrer, il ne cessait de repenser à sa discussion avec Ilana et s'entendit dire à Mazal Bengtson :

– Une des choses que nous avons découvertes, c'est que le policier établit d'abord un contact téléphonique avec ses victimes. Il les appelle plusieurs fois pour s'assurer qu'elles n'ont aucun soupçon et il ne leur fixe rendez-vous qu'après. Peut-être que ce *modus operandi* vous dit quelque chose ? Quelqu'un a-t-il essayé de vous fixer un rendez-vous ?

Elle réfléchit quelques secondes avant de dire non.

– Donc, si je comprends bien, vous êtes sûre que depuis 2013 aucun homme se présentant comme un officier de police ne vous a contactée, pas même par téléphone ? Vous voulez peut-être revoir sa photo ?

Tout cela était une parfaite perte de temps.

Avraham se tut, s'agrippa à sa tasse chaude et regarda Esthy assise à côté de lui. La fillette s'approcha d'eux sur la pointe des pieds, comme si elle espérait qu'ils ne la remarqueraient pas, et sa mère lui demanda de retourner dans sa chambre.

– Daniella, ma chérie, on a bientôt fini, n'est-ce pas ?

Il confirma de la tête.

Il avait dû attendre qu'Ilana lui ouvre la porte pour se rendre compte que ce n'était que la deuxième fois qu'il venait chez elle. Et qu'elle n'était jamais venue chez lui.

La fois précédente remontait à la semaine de deuil qui avait suivi la mort de son fils, tué dans un accident d'entraînement pendant son service militaire. À l'époque, il n'avait pas fait le déplacement seul mais avec une délégation de collègues du district, et ils étaient restés moins d'une heure tant l'appartement était envahi de monde. Mais il n'avait rien oublié, ni le salon lumineux, ni la bibliothèque surchargée de livres, ni, surtout, les masques en argile brun foncé, les tableaux colorés qui ne représentaient rien d'évident, les sculptures en bois, bref, tout un tas d'objets d'art très spéciaux qu'elle et son mari avaient rapportés de leurs voyages à travers le monde et dispersés un peu partout chez eux. Ilana aussi ne lui parut pas différente de celle qu'il avait gardée en mémoire, du moins au premier abord. Et même si elle portait une robe ample et avait noué un foulard autour de ses cheveux roux, le regard de ses yeux bleus était le même, un regard dans lequel, au moins au début de la conversation, il avait senti de l'affection.

Évitant les effusions, ils se contentèrent d'une poignée de main.

– Comment vas-tu ? lui demanda-t-il.

– Comme tu vois, ça va. Je suis toujours en vie.

Est-ce à ce moment-là qu'il comprit à quel point elle lui manquait ? À quel point il avait besoin de sa présence pendant les briefings ? Il avait eu envie de discuter avec elle dès l'instant où il avait quitté la scène de crime : quasiment depuis son premier jour dans la police, elle avait accompagné les dossiers sur lesquels il enquêtait. Et à chacune des réunions qu'il avait dirigées depuis le meurtre de Lea Jäguer, il se demandait ce qu'elle aurait fait si elle avait été assise à sa place. Une fois entré, il n'avait pas entendu le moindre bruit, non, pas un son ne filtrait de l'extérieur dans cette pièce. Il allait lui demander ce qu'elle faisait toute la journée pendant que son mari travaillait, lorsqu'elle le devança, comme si elle l'avait vraiment entendu lui poser la question :

– Je suis enfin en vacances. J'en profite pour me régaler avec tout ce que je n'ai pas eu le temps de lire.

Effectivement, il vit sur l'immense table en bois qui occupait un des coins de la salle à manger un livre ouvert et posé à l'envers à côté d'un plat de dattes : *L'Homme qui prenait sa femme pour un chapeau.* Il eut la désagréable sensation qu'elle l'avait placé là exprès pour lui et n'était pas du tout en train de le lire. Ne lui avait-elle pas déjà parlé de ce livre des années auparavant ? Il hésitait aussi à la questionner sur sa maladie et son traitement, ne savait pas comment s'y prendre, d'autant que lorsqu'ils s'assirent il eut l'impression d'en discerner les stigmates sur son visage très pâle. Elle ne lui disait sans doute pas tout. Elle était amaigrie et il avait remarqué qu'elle marchait difficilement lorsqu'elle l'avait précédé dans le salon.

– Comment te sens-tu ? finit-il par demander.

– Très bien. L'opération a réussi, j'ai encore deux rounds de chimio, et après je reprends le travail.

Malgré cette réponse, elle ne lui parut pas être en état de reprendre bientôt ses fonctions.

– Et toi ?

Il dut refouler une terrible envie de lui parler de Marianka et de la visite de ses parents. Et aussi de la santé de son père qui déclinait de plus en plus. En même temps, il se sentit soudain terrassé par toute la fatigue accumulée au cours de ces derniers jours, persuadé que s'il posait sa carcasse au milieu des épais coussins éparpillés sur le canapé il s'endormirait aussitôt.

– Je vais très bien.

– Et comment va ton amie ? Elle trouve ses marques ici ?

C'était ainsi depuis le premier jour où il lui avait parlé de Marianka. Ilana refusait de l'appeler par son nom.

– Oui, elle s'en sort plutôt bien.

– Qu'est-ce qu'elle fait ? Elle travaille ?

– Elle a trouvé une place de prof de karaté dans une salle de sport. Et elle continue à chercher.

– Elle ne travaillait pas dans la police, là-bas ?

– Si. Mais elle était aussi prof de karaté.

Ilana en profita pour le titiller en remarquant qu'on ne voyait pas à son physique qu'il vivait avec une prof de sport. Il rit, persuadé qu'elle avait changé d'avis et ne refuserait pas de l'aider dès qu'il lui ferait part de ses hésitations. Elle voulut savoir comment se passait la collaboration avec Seban, ce qui suffit à le conforter dans cette idée.

– À quel sujet voulais-tu me solliciter ? poursuivit-elle.

– En fait, depuis que je t'ai contactée, tout a changé. On a un dossier très particulier, tu en as sans doute entendu parler.

– Le meurtre de la rue Krauze ? demanda-t-elle après un instant de silence. Je viens d'entendre à la radio que l'enquête était bouclée.

– Sauf qu'ils n'ont pas arrêté la bonne personne.

– Qui ça, « ils » ?

– Seban. Et Sharpstein.

– Pourquoi n'est-ce pas la bonne personne ?

– Parce que ce n'est pas lui l'assassin. La victime n'a pas été assassinée par son fils.

S'était-il trompé en sentant qu'elle l'écoutait avec une attention soutenue ? Il lui donna tous les détails de l'enquête, y compris ceux qui devaient demeurer confidentiels, lui révéla que Lea Jäguer avait été violée quelques années auparavant. Il lui parla du témoignage du voisin, de celui de Diana Goldin et de la photo du policier. Elle ne l'interrompit pas une seule fois. Il était à présent chef de la section des homicides et elle commissaire divisionnaire en congé ; ils se rencontraient chez elle et non au poste, mais il retrouvait leurs conversations d'avant, surtout lorsqu'elle sortit de la pièce et revint avec un cendrier et un paquet de Marlboro Lights. Si bien qu'il hésita avant de refuser la cigarette qu'elle lui tendit, et de lui expliquer qu'il avait arrêté. Elle lui lança un regard surpris.

– Tu es sûr que tu n'en veux pas ? C'est à cause de ta copine ?

Il hocha la tête, soulagé d'avoir pu aller jusqu'au bout de son exposé.

– Bon, mais comment puis-je t'aider sur ce dossier ? lui demanda-t-elle.

– Je ne sais pas. C'est toi qui vas me le dire. Je dois convaincre Seban de me laisser publier cette photo et je ne sais pas comment m'y prendre. Il a peur du tort que ça risque de nous faire, tu imagines bien qu'en ce moment, c'est la dernière chose dont la police a besoin. Mais je n'ai aucun autre moyen pour retrouver mon suspect. Tu as une idée de ce que je pourrais avancer comme argument ? À moins que je n'aille parler directement à ses supérieurs ?

– Je pense que sur ce point il a raison, déclara Ilana après avoir soufflé la fumée trop près de lui. Lancer un avis de recherche alors que tu en sais si peu sur cet homme et sur son implication dans ton dossier serait irresponsable. Je pense comme lui qu'il faut prendre en compte les dégâts que ça occasionnerait. Comprends-moi bien, Avi. Toi, tu ne vois que ton enquête, mais ton chef est obligé de tenir compte d'un contexte plus large. Il y a tous les autres dossiers en cours, plus tout ce qui incombe à la police outre l'élucidation des crimes et des délits. Et cela relève précisément des prérogatives d'un responsable de secteur.

– Mais je n'ai aucun autre moyen de retrouver ce policier, Ilana. Et je ne pense pas me tromper en l'incriminant. Dès qu'on l'aura identifié, on pourra démontrer sa culpabilité grâce aux prélèvements effectués sur la scène de crime. Accorde-moi au moins que tout le désigne.

Il faillit prendre la cigarette qu'elle venait de poser dans le cendrier.

– Comment puis-je en être sûre ? Je n'ai pas vu les indices ni lu les dépositions. Je suis tout à fait incapable de t'aider. Comment veux-tu que je sache si les deux témoins qui parlent de lui sont crédibles ? Et surtout, je n'ai pas interrogé le fils. À t'entendre, il se peut, en effet, que tu aies raison, et dans ce cas, je suis certaine que tu arriveras à confondre ton suspect sans publier sa photo dans les journaux. Je te fais confiance.

Il mit sur la table la sacoche qu'il avait posée à ses pieds.

– J'ai tout ici, Ilana. Tout le dossier.

C'était illégal, mais il tenait à le lui montrer.

– Avi, qu'est-ce que tu veux ? lui asséna-t-elle abruptement après avoir écrasé sa cigarette.

Alors seulement il remarqua, perplexe, qu'elle le regardait avec colère.

– Tu sais comme moi que tu n'as pas le droit de me montrer ces documents, reprit-elle. Je n'ai pour l'instant aucun rôle officiel dans la police – ce qui me ravit. Je t'avais demandé de me laisser en dehors de tes enquêtes. Crois bien que ta démarche ne m'aide pas plus à me sentir mieux qu'à me consoler. Cette coupure m'est indispensable. Quant à toi, tu n'as pas besoin de moi.

– Pourquoi devrais-je te consoler, Ilana ? demanda-t-il, totalement pris de court par sa réaction. Crois-moi, j'ai vraiment besoin de ton aide. Seban n'est préoccupé que par son image et celle de la police, quant à la hiérarchie, elle n'aime apparemment pas davantage que je sois sur la piste d'un policier et…

– Je te connais depuis suffisamment d'années, le coupa- t-elle, pour savoir que si tu es venu ici, c'est parce que tu crois m'aider en m'associant ainsi à tes investigations. Alors je te prie de me laisser décider par moi-même ce qui me fait du bien. Je n'ai pas besoin de ce genre de dérivatifs.

Voilà une raison qui ne lui avait même pas effleuré l'esprit ! Il répéta une nouvelle fois qu'il venait lui demander son aide et pas le contraire.

– Je viens de te dire que je ne pouvais rien pour toi.

– Et moi, je pense que si.

– Comment ?

– Réfléchissons ensemble à un moyen de retrouver ce type. Pas obligatoirement grâce à sa photo. Et quel serait son mobile, à ton avis ? Pourquoi un policier ferait-il une chose pareille ?

Un instant, Ilana le dévisagea avec un semblant d'intérêt. Avraham retrouva l'éclat particulier qui brillait dans ses yeux chaque fois qu'un détail excitait son imagination. C'était exactement comme avant qu'elle ne tombe malade, dans son ancien bureau au commissariat du secteur Ayalon ou dans le nouveau qu'elle occupait au Central de Tel-Aviv, tous les deux installés face à face, avec entre eux une cigarette qui se consumait dans le cendrier et la fumée qu'ils soufflaient vers la fenêtre ouverte. L'intimité de deux enquêteurs confiants en leur collaboration qui avait déjà permis de résoudre un grand nombre d'affaires.

– Tu n'as pas de mobile ? s'étonna-t-elle.

– J'ai des hypothèses.

– Du genre ?

– Peut-être une vengeance. Quelqu'un qui voudrait régler ses comptes avec la police pour une raison ou pour une autre. S'il fait toujours partie de la maison, il se sent peut-être frustré. Ou alors, il s'agit de quelqu'un qu'on aurait renvoyé.

– Ce n'est pas impossible.

Elle alla vider le cendrier dans la poubelle de la cuisine, ce qui persuada Avraham qu'à son retour elle regarderait les documents, mais lorsqu'elle réapparut dans le salon, leur intimité s'était dissipée et elle refusa une nouvelle fois de discuter du dossier avec lui.

Il revint à la charge jusqu'à ce qu'elle l'interrompe soudain :

– Tu veux vraiment savoir ce que je pense ?

Le temps qu'elle allume une nouvelle cigarette, il crut encore qu'il voulait savoir.

– Eh bien, je pense que Seban a raison.

– Raison sur quoi ?

– Sur le fait que cette photo, comme je te l'ai dit, n'est pas publiable. Un point c'est tout. D'autant que rien ne vous empêche d'enquêter en parallèle dans les deux directions : le fils d'un côté, le mystérieux policier de l'autre, je me trompe ? Tu te souviens de ce qu'on disait toujours : il faut écouter en même temps toutes les histoires. La pire erreur, c'est de se focaliser sur un scénario uniquement parce qu'il nous convient et, du coup, de se fermer à tous les autres.

Il capta le sous-entendu de ses paroles, même si elle cherchait à le dissimuler.

– Tu crois que je m'accroche à ce scénario parce qu'il me convient ?

– Ce n'est pas ce que j'ai dit, Avi. J'ai dit que…

– Mais c'est ce que tu penses ?

– Non. Je pense que tu es sur la bonne voie. Mais tu as aussi intérêt à vérifier en parallèle d'autres pistes.

– Pourquoi ce scénario me conviendrait-il ?

Elle ne dit rien et éteignit la cigarette qu'elle venait d'allumer. Lorsqu'il lui reposa la question, elle lança soudain, non sans irritation :

– Et si c'était parce que tu ressembles un peu au type que tu cherches ?

Il crut qu'elle plaisantait, mais lorsqu'elle reprit la parole, il vit dans ses yeux une lueur qu'il ne leur connaissait pas.

– Ne te vexe pas, s'il te plaît. Ce que je veux dire, c'est que, d'une manière générale, les policiers œuvrent pour attraper et mettre en prison ceux qui enfreignent la loi. Tu m'accorderas que telle est notre mission. Sauf que toi, tu es guidé par autre chose, exactement comme ton mystérieux enquêteur, puisque ce n'est pas pour attraper leur agresseur qu'il interroge ces femmes, n'est-ce pas ? Il agit pour d'autres raisons. Des raisons qui lui sont propres. Eh bien, toi aussi. Je ne suis pas certaine de comprendre ce qui te motive, ce que tu cherches exactement, et pour être totalement honnête avec toi, j'ai toujours pensé que c'était ce qui t'empêchait de devenir aussi brillant que tu devrais l'être. Mais il n'est peut-être pas trop tard pour changer.

Lorsqu'il reprit ensuite sa voiture pour regagner le commissariat, avec dans la tête les mots d'Ilana qui tournaient en boucle, Avraham comprit qu'elle n'avait pas voulu le blesser mais avait simplement déversé sur lui la rage accumulée en elle depuis des semaines, depuis que cette maladie se développait dans son corps et l'avait obligée à quitter une fonction qu'elle aimait par-dessus tout, une fonction qu'elle ne reprendrait pas – même si pour l'instant elle n'osait ni l'avouer ni se l'avouer. Lui reviendrait aussi ce que Marianka avait dit à Bojan et à Annika : qu'il était policier parce qu'il avait besoin d'être proche de la souffrance. Ces paroles, lorsqu'il les avait entendues pour la première fois, l'avaient tellement glacé qu'il en était resté sans voix.

Ilana s'était tue et il avait remis les documents dans le dossier avant de se lever.

– Donc, tu es vexé, avait-elle conclu. Mais tu voulais que je te dise la vérité, n'est-ce pas ?

– Ce n'est pas pour ça que ce scénario me convient, Ilana, avait-il répliqué tout bas. Il me convient parce que, si on se base sur les pièces à conviction, c'est le seul qui tienne la route. Aucun autre ne fonctionne. Mais… merci de ton aide.

Il s'était dirigé vers la porte sans attendre qu'elle le raccompagne et il l'avait encore entendue lui lancer dans le dos :

– Tu es venu pour que je te donne ma bénédiction ? Que je cautionne tout ce que tu dis, Avi ?

Il s'était retourné vers elle et avait essayé de sourire.

– Non, je ne suis pas venu pour ça, Ilana. Je suis venu voir comment tu allais.

Il n'avait plus de questions à poser à Mazal Bengtson et attendait juste qu'Esthy Wahaba ait terminé avec les siennes pour lever le camp et rentrer chez lui.

– Je vais être totalement sincère avec vous, Mazal, disait l'enquêtrice qui, penchée au-dessus de la table en verre, chuchotait presque, sans doute pour que la fillette n'entende pas. Ce n'est pas par hasard que j'ai tenu à vous revoir. Après notre conversation de ce matin, j'ai eu l'impression que vous aviez quelque chose à me dire sur cet homme mais que, pour une raison ou pour une autre, vous ne pouviez pas le faire.

Alors, sachez que vous n'avez pas à avoir honte et que, si effectivement il vous a contactée, vous n'avez rien à craindre. Vous n'êtes pas la seule à être tombée dans le piège et à avoir accepté de témoigner devant lui. Comment pouviez-vous deviner qu'il n'était pas en service, s'il vous a affirmé le contraire ? Mais si vous savez quelque chose, vous pourrez nous aider à éviter qu'il piège d'autres femmes.

Après l'avoir écoutée, Mazal Bengtson continua à nier tout rapport avec ce policier et précisa que si elle l'avait rencontré, elle n'aurait pas hésité à le dire.

– Bon, soupira Esthy. Si quelque chose vous revenait, sachez que nous sommes là.

Ils allaient partir et, sans l'appel de Maaloul, Avraham n'aurait sans doute rien vu. Mais, à la dernière minute, son téléphone sonna et il s'éloigna vers la porte d'entrée pour écouter ce que l'inspecteur avait à lui dire :

– Avi, j'ai de bonnes nouvelles. Je suis passé chez le voisin, je lui ai montré la photo du policier et il est sûr à cent pour cent que c'est l'homme qu'il a vu. Il affirme que ce n'était pas Erez Jäguer mais bien ce type qui descendait les escaliers. Tu entends ?

Si Avraham ne répondit pas, ce fut à cause de ce qu'il venait de capter du coin de l'œil, par la porte à moitié ouverte de la chambre à coucher. La photo.

Il faillit tout d'abord entrer dans la pièce mais se ravisa. De sa place, il n'avait pu voir qu'une partie du corps nu et, à côté, très brièvement, le visage de Mazal.

– Parfait, Eliyahou, dit-il, mais je suis au milieu d'un truc, je te rappelle.

Il rejoignit les deux femmes qui s'étaient déjà levées et demanda où étaient les toilettes. Lorsque, ultérieurement, il essaierait de s'expliquer pourquoi il avait agi ainsi, il comprendrait que ce qui l'avait poussé, c'était le contraste entre celle qui apparaissait sur la photo et celle qui était restée assise avec eux dans le salon et qui, à présent, le guidait jusqu'à une porte blanche au bout du couloir. Il alluma la lumière à l'intérieur, attendit de l'entendre s'éloigner, rouvrit discrètement la porte et se glissa hors de la petite pièce.

Pour atteindre la chambre à coucher – totalement éclairée alors qu'il n'y avait personne –, il passa devant la salle de bains plongée dans l'obscurité : si elle l'avait surpris, il lui aurait expliqué qu'il cherchait un lavabo pour se laver les mains. La photo qu'il avait vue du couloir était accrochée au-dessus du grand lit. Au début, son regard ne fut attiré que par la femme qui, pendant tout le temps de leur conversation dans le salon, n'avait pas réussi à susciter en lui le moindre intérêt. Mais ensuite, ses yeux se fixèrent sur l'homme qui l'entourait de ses bras.

12

L'idée de le dénoncer lui vint à l'esprit dès le départ des policiers. Peut-être même y avait-elle songé dès le matin, au moment où, assise à côté d'Esthy Wahaba sur le banc près de la banque, elle avait compris que son mari lui avait menti au sujet de l'accident.

En fin d'après-midi, lorsqu'ils s'étaient présentés à leur domicile, elle n'avait rien pu révéler à cause de la présence des filles et surtout parce que Koby risquait de rentrer d'un instant à l'autre. Daniella n'avait pas bougé du seuil de sa chambre alors qu'elle lui avait demandé d'attendre à l'intérieur de la pièce. Tout ce temps, les yeux de Maly n'avaient cessé de passer de sa fille à la porte d'entrée, tant elle redoutait ce qui arriverait s'il faisait soudain irruption et tombait sur les enquêteurs. Mais surtout, elle redoutait que ceux-ci le voient et le reconnaissent. Oui, c'était de cela qu'elle avait eu le plus peur, plus encore que de leurs questions – des questions auxquelles elle s'était peut-être inconsciemment préparée à répondre. Elle ne les croyait pas lorsqu'ils affirmaient être venus simplement parce que Esthy Wahaba avait senti, lors de leur première conversation, qu'elle ne lui disait pas tout. Elle était au contraire persuadée qu'ils en savaient davantage que ce qu'ils prétendaient. Ce qui la laissait perplexe, c'était que pour l'instant elle s'enlisait dans ses mensonges. Elle avait commencé avec Koby, en lui cachant son entretien du matin avec l'enquêtrice, et elle continua le soir, en omettant de lui parler de la visite des policiers. Elle mentit aussi à Guila, à l'inspecteur-chef et à sa collègue sans se démonter au moment où on lui présenta de nouveau la photo de l'homme en uniforme. Elle qui, depuis l'enfance, avait toujours été une piètre menteuse, à qui sa sœur avait vainement tenté d'apprendre à baratiner sans rougir ni éclater en sanglots, voilà qu'elle y parvenait et ne s'effondrait pas. Malgré ce manque de transparence, elle était certaine, pour la première fois depuis des lustres, qu'elle faisait exactement ce qu'elle avait à faire. Comme si, en l'occurrence, mentir était le chemin incontournable pour qu'enfin la vérité puisse être dite.

Tenir bon face à l'enquêteur qui accompagnait Esthy Wahaba fut le plus facile : pendant qu'elle parlait, il ne la regarda pas et n'écouta pas ses réponses. Il avait les yeux braqués sur la photo prise par Koby au cours d'une partie de chasse organisée par son père, à croire qu'il y décelait quelque chose que personne n'y avait encore vu. Elle se dit aussi que son visage lui était familier et se demanda s'ils n'avaient pas étudié ensemble au lycée de Tel-Giborim ou servi dans la même unité à l'armée, mais elle n'arriva pas à déterminer où ils s'étaient déjà rencontrés.

L'inspecteur-chef ouvrit la conversation en lui redemandant quand elle avait fait sa dernière déposition et si on ne l'avait pas contactée depuis, mais il posait ses questions avec indifférence, comme s'il n'attendait rien, si bien qu'elle réussit à répondre sans que sa voix tremble. Elle imputa ce manque d'intérêt au fait qu'ils savaient déjà tout et s'étonna juste de ce qu'ils ne lui demandent pas directement : « Votre mari est-il l'homme qui se déguise en policier ? »

Qu'aurait-elle répondu dans ce cas ?

Se désintéressant rapidement d'elle, il laissa à Esthy Wahaba le soin de poursuivre l'interrogatoire. Maly trouva que justement cette femme, bien que la moins gradée des deux, dégageait quelque chose de rassurant, d'apaisant, et arrivait à instaurer une intimité surprenante. D'ailleurs, par la suite, ce sentiment ne cesserait de se renforcer. Sa dernière phrase, au moment de clore l'entretien, joua un rôle décisif dans la résolution de Maly. « Vous pourrez nous aider à éviter qu'il piège d'autres femmes », lui avait dit l'enquêtrice juste avant de partir. Ces mots restèrent gravés dans sa mémoire.

Ce soir-là, elle était convaincue d'avoir agi d'abord et avant tout pour le bien de Koby. Pour le sauver. Et aussi pour eux et les enfants, Daniella, Noy et le futur bébé qu'elle avait senti dans son ventre pendant tout l'entretien, comme s'il l'entendait et avait aussi peur qu'elle, ou comme s'il percevait son stress et tentait de la rassurer. Puis elle n'avait cessé de penser à toutes ces malheureuses femmes que son mari avait obligées à s'asseoir devant lui et à raconter de nouveau leur torture. Elle se souvint de l'accident et de la passante qu'elle avait vue gisant sur la chaussée, puis elle repensa à la fameuse nuit où il était entré dans leur chambre vêtu de son uniforme.

Elle avait alors dû lui demander plusieurs fois qu'il lui explique à quoi rimait ce déguisement. Il s'était assis sur le lit, dos à elle.

– Je ne peux plus le supporter, avait-il fini par lui avouer en enfouissant son visage dans ses mains.

– Mais tu viens d'où comme ça ? avait-elle insisté.

Il lui avait répondu.

Cette nuit-là, ils n'avaient pas fermé l'œil.

Et si elle lui avait raconté tout ce qu'il voulait, c'était uniquement pour qu'il cesse et n'aille plus importuner d'autres victimes. Il avait posé son téléphone sur leur grande table, à côté de son bloc, elle s'était assise en face de lui et avait parlé sans s'arrêter, même au moment où il le lui avait proposé tant elle pleurait. Daniella s'était réveillée une fois au cours de ces heures terribles, elle s'était précipitée dans la cuisine alertée par les sanglots et sa mère avait dû la raccompagner au lit. Tout en continuant à pleurer en silence, Maly était restée auprès d'elle jusqu'à ce qu'elle se rendorme. Koby avait alors promis, si elle lui racontait tout, de ne plus jamais recommencer.

Il rentra à la maison quelques minutes après le départ de l'inspecteur-chef et de sa collègue. Ne posa aucune question à leur sujet. Toute à son soulagement, elle ne songea pas un seul instant qu'il avait peut-être vu leur voiture garée devant l'immeuble et avait attendu leur départ pour monter. Les tasses du café qu'elle leur avait servi étaient encore sur la table basse du salon, oubliées, mais il ne les remarqua pas et elle pensa avoir réussi à les ramasser sans attirer son attention. Il avait le visage moite et ses poils de barbe la piquèrent au moment où il l'embrassa. Comme les filles n'avaient pas encore dîné, il déclara qu'il allait se doucher et qu'ensuite, il préparerait quelque chose à manger pour tout le monde. Il posa son sac de sport contenant ses vêtements imprégnés de sueur par terre, dans un coin de la chambre à coucher, où il resterait, orphelin, conservant l'odeur de sa transpiration, jusqu'à ce qu'il soit ouvert, trois jours plus tard. Maly profita de ce qu'il était sous la douche pour se rhabiller et lorsqu'il en émergea elle était déjà près de la porte. Elle lui promit d'essayer de ne pas rentrer trop tard ; il parut étonné, lui demanda où elle allait et elle marmonna une réponse en cherchant ses clés dans son sac afin que leurs regards ne se croisent pas. D'ailleurs toute cette soirée, elle évita son regard de peur de se trahir. Daniella et Noy attendaient leur dîner dans la cuisine, Maly les embrassa et, au moment de sortir, elle comprit que les filles risquaient de raconter à leur père que des policiers étaient venus à la maison. Trop tard pour les mettre en garde. Elle s'observa dans le miroir de l'ascenseur. Son reflet la poussa encore davantage à aller trouver la police sans plus tarder : le visage que lui renvoyait la glace était à nouveau le sien, comme resurgi d'un lointain passé. Elle détailla chacun de ses traits jusqu'au moment où elle sentit le sursaut de la cabine qui arrivait au rez-de-chaussée. Pourtant, en se rendant à son rendez-vous avec Guila, elle décida d'attendre encore, de ne pas tout avouer à sa sœur et d'évoquer le prétendu accident de voiture comme s'il avait réellement existé.

Sa jumelle n'hésitait jamais. Maly le savait et c'est sans doute la raison pour laquelle elle avait décidé de lui demander conseil.

Dans le SMS qu'elle lui avait envoyé, elle avait juste écrit : *Je dois te voir ce soir. Même si tu es occupée.*

Guila était déjà là lorsqu'elle entra dans le café.

– Qu'est-ce qui t'arrive ? lui demanda-t-elle aussitôt. Tu m'as flanqué une de ces trouilles !

Maly entreprit de lui raconter que, quelques jours auparavant, son mari avait renversé une passante et s'était enfui, puis qu'il lui avait demandé de l'aider à empêcher la police de découvrir que le chauffard, c'était lui. Seulement voilà, aujourd'hui, un inspecteur et sa collègue étaient venus chez eux parce qu'ils le soupçonnaient quand même. Sa sœur sut tout de suite quoi dire et elle mesura alors à quel point elles s'étaient éloignées l'une de l'autre ; à quel point, ces dernières années, le gouffre entre elles s'était creusé. Guila lui parut débordante de vie ce soir-là, plus que d'habitude peut-être. Peut-être aussi légèrement satisfaite de ses ennuis, comme ceux qui ont cette fâcheuse tendance à se réjouir du malheur des autres. Même physiquement, elles ne se ressemblaient plus à cause de la crispation dont Maly pensait ne plus jamais pouvoir débarrasser son visage, même si justement ça allait mieux ce jour-là. Après avoir commandé un deuxième café crème, Guila lui demanda de l'accompagner dehors pour fumer une cigarette et lança d'une voix forte, sans se préoccuper des gens dans la rue :

– Évidemment que tu dois le raconter aux flics, je ne comprends même pas que tu puisses te poser la question. D'ailleurs, si tu veux, je le ferai à ta place. Parce que, si tu continues à l'aider, tu pourras être condamnée pour entrave à la justice et alors, tu feras quoi avec tes filles ? Tu demanderas à maman de s'en occuper ?

Jusque-là, elle n'y avait pas réfléchi. Imaginer Daniella et Noy confiées aux bons soins de ses parents lui glaça le sang. À nouveau elle se vit, seule en salle d'accouchement, le bébé arrivait, elle hurlait mais personne n'était là à part son père et sa mère. Elle comprit alors que même si elle s'en sortait sans être inquiétée, elle se retrouverait seule, du moins pendant plusieurs mois, quasiment toute la durée de sa grossesse et des mois après avoir accouché. Ce fut le seul moment, ce soir-là, où elle n'arriva pas à contenir la vague de colère qui la submergea.

– Tu lui as dit d'aller se dénoncer et il a refusé ? la pressa Guila qui, devant son silence, enchaîna : Je ne te comprends pas, Maly, tu ne crois pas avoir assez souffert à cause de ce type ? Tu veux que papa aille lui parler ? Ou que moi, je lui parle ?

Elle ne répondit toujours pas.

Une violente douleur lui transperça le ventre, comme si quelqu'un la poignardait de l'intérieur. Un coup et encore un coup, et encore un. Elle essaya d'effacer la vision de son accouchement solitaire avec une autre vision, celle qui lui était venue le matin et où elle se voyait au volant de sa voiture, les filles assises avec le bébé à l'arrière et personne sur le siège passager à côté d'elle.

– Est-ce que tu sais ce qu'est devenue la femme qu'il a renversée ? reprit Guila, et Maly eut besoin d'un certain temps pour comprendre de qui elle parlait. Elle est morte ? Gravement blessée ?

Elle sursauta.

– Qu'est-ce que tu racontes ? s'exclama-t-elle, avant d'ajouter à voix basse : Je ne sais pas ce qui lui est arrivé. J'ai fait une recherche mais je ne l'ai pas retrouvée.

– Alors oblige-le à aller au poste de police, et dis-lui que s'il ne le fait pas, tu iras à sa place. Explique-lui que s'il se dénonce, ça plaidera en sa faveur. Quoi, vous ne comprenez pas ça ?

Elle ne se rendit cependant pas au commissariat ce soir-là.

Il était tard, elle ne voulait pas éveiller les soupçons de Koby. Mais, espérant le trouver endormi à son retour, elle traîna dans sa voiture au pied de l'immeuble jusqu'à ce qu'un voisin qui passait par là la repère. Qu'avait-elle pensé, cette nuit-là ? Que si elle se présentait et expliquait à Esthy Wahaba ce qui s'était passé, on le comprendrait et on lui accorderait des circonstances atténuantes ? Elle savait qu'il ne se dénoncerait jamais de son propre chef. Elle savait aussi que durant des semaines, voire des mois s'ils n'avaient pas de chance et que la punition était sévère, elle rentrerait le soir à la maison et il ne serait pas là. Elle pénétrerait dans un appartement sombre, tâtonnerait seule jusqu'à l'interrupteur pour allumer la lumière. Elle verrouillerait seule la porte d'entrée et devrait s'habituer à dormir seule la nuit, malgré la main qui pesait sur elle. Le lit dans lequel elle se glisserait serait vide, elle n'y frôlerait pas ce corps familier qui, même s'il s'était endurci, gardait encore la trace de la grâce qu'il dégageait au moment où elle avait rencontré celui qui deviendrait son mari.

Il ne dormait pas quand elle ouvrit la porte.

Il avait laissé toutes les lumières allumées et elle l'entendit sortir du lit. Qu'y avait-il dans son regard ?

Ses yeux étaient doux. Il lui fit la remarque qu'elle rentrait tard.

– C'est toujours comme ça avec Guila, prétexta-t-elle en essayant de sourire.

Tout était si pénible ! Plus encore que d'avouer la vérité et d'assumer la réalité, mais elle ne pouvait plus faire machine arrière.

– Tu veux que je te réchauffe quelque chose ? lui demanda-t-il.

Elle refusa, prétextant qu'elle avait déjà mangé. Quand il voulut la prendre dans ses bras, elle invoqua une migraine et s'esquiva.

– Tout va bien ? s'inquiéta-t-il. Il s'est passé quelque chose au travail ?

Elle secoua la tête. L'appartement était silencieux, Daniella et Noy dormaient, voilà, elle ratait une occasion de plus, presque la dernière, de lui parler du bébé à venir et des policiers. De le supplier d'aller se dénoncer. Au lit, ils parlèrent peu et uniquement de Harry. Elle se souviendrait qu'il avait dit que ça ne servait à rien d'attendre et que le lendemain, ils devraient tous lui faire leurs adieux.

Elle serra fort les paupières et sentit qu'il continuait à la regarder à la faible lumière de la lampe de chevet. Malgré ses efforts, et comme chaque fois qu'elle fermait ainsi les yeux, elle eut l'impression que la main sortait de l'obscurité pour lui écraser la gorge. Un instant, elle eut même du mal à respirer, mais réussit à se ressaisir. Est-ce que chaque nuit jusqu'à la sortie de prison de Koby se solderait par une angoisse identique ? Il posa une main sur ses cheveux et la caressa.

– Pas maintenant, dit-elle.

Elle lui tourna le dos, pourtant il continua à la toucher du regard, elle le sentit.

Le lendemain, dans la cuisine, pendant le petit déjeuner qu'elle prit avec les filles, Daniella lui demanda soudain :

– Maman, pourquoi ils sont venus chez nous hier, les gens ?

Par chance Koby dormait toujours et il n'entendit pas.

– Quels gens ? voulut savoir Noy.

– Le monsieur et la madame qui ont parlé hier avec maman.

Maly ne se souviendrait ni des explications qu'elle leur donna ce matin-là ni de la manière dont elles en vinrent à parler du déguisement qu'elle achèterait à la grande pour la fête de Pourim.

L'après-midi, en quittant la banque, elle se rendit directement au commissariat, se gara dans la rue Rakhel et éteignit son portable pour que Koby n'appelle pas pendant qu'elle y serait. Le matin, elle l'avait prévenu que sa mère irait chercher les filles à l'école.

– Pourquoi ta mère ? s'était-il étonné. Je peux y aller.

Une fois dans la rue Fichman, elle marcha d'un pas rapide, passa devant le bâtiment sans le regarder comme si elle avait un autre but et arriva au croisement de la rue Hoffien.

Elle les avait vus, trois hommes en uniforme assis sur les marches du perron. Mais elle avait eu beau, tout au long de la journée, entre ses rendez-vous et même pendant, se répéter les phrases avec lesquelles elle s'était réveillée le matin, elle ne savait toujours pas comment présenter les choses : « Je suis venue pour que vous aidiez mon mari. C'est lui qui s'est déguisé en policier, mais il n'avait pas l'intention de porter préjudice à qui que ce soit. » Elle avait prévu de demander à parler à Esthy Wahaba, qu'elle avait trouvée très compréhensive. « C'est de ma faute s'il l'a fait, et il n'a voulu nuire à personne. Il a besoin d'aide. Nous avons deux petites filles et attendons un troisième enfant. »

Elle tourna à droite, commença à avancer dans la rue Hoffien, s'éloigna du commissariat, mais la distance ne la réconforta pas. La chaussée tremblait chaque fois qu'un bus passait. Peut-être n'assumait-elle pas les phrases qu'elle avait préparées parce que, en réalité, elle n'était pas responsable ? S'imaginer accoucher seule continuait à la torturer, elle se voyait pleurer dans une pièce avec son bébé sans que quiconque les entende et ne cessait de penser à cette obscurité qui l'accueillerait quand elle ouvrirait la porte de chez elle.

Ce fut leur dernier soir.

Maly se souviendrait que la nuit était tombée après dix-huit heures, qu'elle avait continué à marcher lentement, n'accélérant le pas que si quelqu'un la serrait de trop près. Elle n'avait pas peur et lorsque, arrivée devant le jardin public au coin de la rue Weizmann, elle entendit à l'intérieur les voix d'un groupe de lycéens, elle entra et alla s'asseoir sur un banc. Là, les réverbères n'étaient pas encore allumés, et la seule source de lumière provenait de la rue.

Une jeune fille s'approcha d'elle et lui demanda une cigarette. Alors Maly se rendit compte que c'était dans ce jardin-là précisément que, des années auparavant, ils s'étaient embrassés pour la première fois. Elle avait volé une cigarette à sa sœur, avait très envie de la fumer et en même temps trop peur, alors elle avait laissé Koby la terminer et après – elle en fut la première surprise – elle s'était penchée vers lui et l'avait embrassé pour savoir quel goût ça avait. Et aussi parce qu'il n'aurait jamais osé faire le premier pas.

Elle revint à sa voiture et roula jusqu'au centre commercial pour acheter à Noy son déguisement de Pocahontas, comme si leur vie à quatre allait continuer normalement. De retour à la maison, elle dut à nouveau mentir et inventer un prétexte pour expliquer à son mari pourquoi elle avait éteint son téléphone. À son grand soulagement, les filles dormaient déjà, ce qui lui évita d'avoir à leur parler. Il lui décrivit par le menu la cérémonie d'adieux qu'ils avaient organisée en l'honneur de Harry : il l'avait porté dans l'ascenseur, ensuite tous les trois lui avaient offert un dernier tour dans le jardin de l'immeuble, puis ils lui avaient donné à manger du salami, étaient remontés sur le toit. Là, Noy avait fait une photo seule avec lui, Daniella ayant refusé. Les filles n'avaient pas pleuré parce qu'il leur avait expliqué qu'il allait emmener Harry à l'hôpital pour qu'on l'opère et les avait prévenues que le chien était vieux et ne reviendrait peut-être pas.

Mentir pour qu'enfin la vérité soit dite. Et le sauver.

Cette nuit-là, il ne la toucha pas et malgré la grande proximité qu'impliquait le fait de vivre sous un même toit, on aurait dit qu'ils se mouvaient déjà dans des sphères différentes, séparées, comme si chacun se préparait à ce qui allait arriver. Elle se glissa seule dans le lit – chose à laquelle elle allait devoir s'habituer – et, dans le silence de l'appartement, elle l'entendit parler en anglais à son père dans le salon.

– C'est moi, Jacob… Non, finalement, je ne viens pas. Je voulais juste te rassurer… Tout va bien, ne t'inquiète pas. Je suis désolé pour le message que je t'ai laissé… Tout s'est arrangé, ne te fais plus de souci, d'accord ? Et toi, comment tu te sens, papa ? Tu vas bien ?

Quelque chose dans son anglais coulait avec un tel naturel qu'elle put sentir à nouveau le goût de tabac sur les lèvres qu'elle avait embrassées, comme si parler cette langue avait rendu à Koby un peu de son parfum d'adolescent, ce parfum qui ramena les images de cette soirée passée dans le parc, puis de la matinée de janvier 1991 où il les avait attendus, elle et son père, en bas de chez lui.

– Maly à l'appareil. Maly, de ta classe. Koby, c'est la guerre.

Elle entendit aussi sa voix endormie qui s'étonnait, avec l'accent prononcé qu'il avait à l'époque :

– Quoi, au milieu de la nuit ?

Tout à coup, elle se demanda si, le lendemain matin, elle parviendrait à aller jusqu'au bout.

Elle y parvint.

Elle se réveilla un peu avant six heures. Koby était toujours au lit mais il ne la sentit pas se lever. En ouvrant le volet du salon, elle constata qu'il pleuvait et posa les manteaux des filles bien en évidence sur le canapé à côté du déguisement, pour ne pas oublier de les prendre. Daniella lui répéta qu'elle ne voulait pas se déguiser et Maly n'insista pas.

– Est-ce que vous arriverez à temps, toi et papa, pour ma fête de Pourim à l'école ? lui demanda Noy.

Elle répondit que oui, persuadée que son passage au commissariat ne prendrait pas plus de deux ou trois heures.

13

Les premières minutes, Avraham contint son excitation et ne dit rien de la photo qu'il avait vue sur le mur de la chambre à coucher. Ils s'installèrent dans la voiture de police qu'ils avaient garée au pied de l'immeuble et démarrèrent en silence. Absorbé par tout ce qu'il allait devoir enclencher dans les heures à venir, il oublia qu'il n'était pas seul et ne se souvint d'Esthy Wahaba que lorsqu'elle rompit le silence :

– Alors, qu'est-ce que vous en dites ?

– C'est son mari, répondit-il sans quitter la route des yeux.

– Le mari de qui ? demanda-t-elle en se tournant vers lui.

– Le mari de Mazal Bengtson. C'est lui, notre policier.

Lorsqu'ils s'arrêtèrent au feu, il vit la surprise qui s'était peinte sur le visage de sa jeune collègue. Il lui décrivit alors la photo accrochée au-dessus du lit et qu'il avait eu le temps de bien examiner avant de se secouer et de regagner les toilettes sur la pointe des pieds pour tirer la chasse, éteindre la lumière, sortir et refermer la porte derrière lui. Tout cela pendant qu'elle l'attendait dans le salon avec Mazal Bengtson. Quant à la fillette qui était restée debout sur le seuil de sa chambre pendant toute leur conversation, elle s'était volatilisée. Il avait soudain beaucoup de questions à poser à cette étrange femme mais avait finalement préféré ne pas éveiller d'inutiles soupçons et mettre de l'ordre dans ses idées avant de décider de la suite. Il avait donc simplement remercié Mme Bengtson pour son aide.

– Pas de quoi, avait-elle répondu, le regard fuyant. Désolée de ne pas avoir pu vous aider davantage.

Aucun nom ne figurait sur la boîte aux lettres de l'appartement 13, mais il en avait retiré une enveloppe provenant de l'assurance maladie et avait ainsi pu lire un nom complet pour la première fois : *Yaakov Bengtson.*

L'homme qu'il recherchait.

L'homme qui avait fixé rendez-vous à Lea Jäguer. Qui avait frappé à sa porte vêtu d'un uniforme. Qui l'avait étranglée et abandonnée sur le tapis du salon, celui qui avait été vu descendant les escaliers avant de disparaître dans la nature.

Et il n'était pas policier.

La nuit, après la réunion d'urgence où il convoqua toute l'équipe d'investigation, Avraham ne cessa de penser à ce Bengtson, même si, à ce moment-là, il ne savait pas grand-chose de lui. Marianka dormait, il entra dans l'appartement avec précaution et alluma la lumière de la cuisine. Une corbeille de fruits trônait sur la table, le réfrigérateur était plein de bonnes choses, certaines achetées chez un traiteur, d'autres qu'ils avaient cuisinées en prévision du séjour d'Annika et de Bojan, mais il préféra se réchauffer au micro-ondes un petit pain surgelé, comme à l'époque où son frigo était vide. Il se confectionna un sandwich au fromage, fit bouillir un café turc malgré l'heure tardive et alla s'asseoir sur la terrasse pour manger en réexaminant le dossier de viol de Mazal Bengtson. Elle avait été agressée à Eilat par un individu qui n'avait toujours pas été arrêté. Il relut tous les éléments avec attention.

Cela s'était passé un peu après une heure du matin, dans une chambre, au septième étage du Royal Club Hotel.

Ce qui le laissait perplexe, c'était qu'au cours du briefing personne à part lui ne s'était interrogé sur le mobile. Or lui ne cessait d'y penser. Auparavant, lorsqu'il supposait que l'assassin était un policier ou un ex-policier, il s'était dit que la frustration ou la vengeance pouvait être un mobile plausible. Mais Bengtson n'était pas policier. Et pourquoi donc sa femme avait-elle menti alors que – il en était sûr – son viol impuni et les crimes dont son mari s'était rendu coupable étaient liés.

Sans s'en rendre compte, il recommença à discuter avec son suspect comme s'ils étaient assis face à face en salle d'interrogatoire.

C'est ce que vous avez fait, essayer de mettre la main sur celui qui a agressé votre femme ? Avez-vous cru pouvoir le confondre tout seul ? À moins que vous ne vouliez juste prouver quelque chose aux enquêteurs qui n'ont pas réussi à l'attraper ?

Cette nuit-là, Mazal Bengtson n'occupa pas beaucoup ses pensées. *A posteriori*, il comprendrait qu'il aurait dû réfléchir au couple qu'ils formaient, elle et lui. À leur relation, qui resterait d'ailleurs pour lui un mystère, même après la clôture du dossier.

Maaloul était déjà dans le bus pour rentrer chez lui lorsque, ayant regagné la rue Fichman avec Esthy Wahaba, Avraham lui avait demandé de descendre à la prochaine station, de monter dans un taxi et de revenir au commissariat. Seban avait été extrait d'une réunion liée à un autre dossier. Et lui, il avait prévenu Marianka qu'il aurait du retard pour cause de révélations importantes dans son enquête.

– Tu rentres quand ?

Il ne savait pas et avait entendu la déception dans sa voix.

Il n'avait pas demandé à Lital Levy de convoquer Sharpstein, mais personne ne fit de remarque sur son absence. En les voyant tous installés dans la salle de réunion, Avraham se remémora son entrevue avec Ilana Liss. Assis en tête de table, il avait retrouvé toutes ses forces. Dire qu'en sortant de chez la divisionnaire il était sur le point de laisser les rênes de l'enquête à Seban et à Sharpstein ! Il attendit que le silence se fasse. Comme d'habitude, le chef avait posé son téléphone sur la table et il l'effleura en entendant les premiers mots de son inspecteur-chef.

– Voilà, nous avons identifié notre policier, déclara Avraham, qui fit une petite pause pour examiner l'expression qui se peignait sur le visage de Maaloul.

Au centre de la table, un plat avec des clémentines restait de la réunion précédente et l'inspecteur tendit la main pour en prendre une. Seban, lui, attendait la suite.

– Je pense aussi que nous avons découvert le lien entre cet homme et les femmes violées, reprit-il. Il se trouve que sa propre femme a été violée il y a quelques années, à Eilat. Elle s'appelle Mazal Bengtson et habite

Holon. Son agresseur n'a jamais été arrêté. Son mari, Yaakov Bengtson, est l'homme que nous recherchons et il ne fait pas partie de la maison.

La dernière phrase était surtout à l'intention de Seban.

– Comment le savez-vous ? demanda celui-ci, le regard soudain pétillant.

– On était chez eux. Tout cela, c'est grâce à Esthy. Ce matin, en parlant à Mazal Bengtson dans le cadre de ses entrevues systématiques avec les victimes d'agressions sexuelles du district, elle a senti que quelque chose clochait et m'a proposé de l'accompagner pour un nouvel interrogatoire, cette fois au domicile de cette personne. C'est là-bas que j'ai vu la photo de l'homme que nous recherchons. Nous avons ensuite procédé à une vérification auprès des ressources humaines de la maison. Il n'y a pas et n'y a jamais eu de policier du nom de Yaakov Bengtson.

Maaloul éplucha sa clémentine et posa deux quartiers devant Lital Levy, assise à côté de lui. La femme de ménage entra sans frapper, demanda si elle pouvait laver le sol, mais Avraham lui indiqua d'un signe de tête que ce n'était pas le moment. L'atmosphère n'avait pas ce côté joyeux qu'il aurait pu attendre d'une réunion où il présentait la résolution de son premier homicide, mais il ne s'y arrêta pas.

– Et vous êtes certain qu'il s'agit du même homme ? demanda Seban.

Avraham opina.

Sur la photo accrochée dans la chambre à coucher, Bengtson n'était certes pas vêtu, mais son visage – surtout ses yeux – ne laissait planer aucun doute. Les deux clichés étaient en noir et blanc, tous deux montraient l'homme de profil, et le même œil clair apparaissait sur les deux. Avraham regretta de ne pas avoir pensé à photographier le mur avec son portable, il aurait pu leur montrer ce qu'il avait vu.

– Mais vous avez bien présenté la photo à sa femme, non ? demanda Seban en glissant son téléphone dans la poche de son pantalon.

Esthy Wahaba confirma.

– Alors quoi, elle ne l'a pas reconnu ?

– Elle a prétendu ne pas le connaître. Mais n'oubliez pas que c'est elle qui, ce matin, m'a demandé à voir la photo que nous avions tirée des vidéos de surveillance. Au moment où elle la regardait, j'ai eu la nette impression qu'elle me cachait quelque chose, ce qui a éveillé mes soupçons.

– Il est donc probable qu'elle soit au courant et complice de ses agissements ? Ou qu'elle le protège ? demanda Maaloul.

Avraham ne répondit pas immédiatement parce que c'était un des points qu'il n'avait pas encore éclaircis.

Cette question continua à le tarauder tout au long de la nuit tandis que, sur sa terrasse, il poursuivait sa conversation fantomatique avec Bengtson. Et il n'arriva pas davantage à trancher.

Votre femme sait-elle que vous continuez à chercher l'homme qui l'a violée ? Que vous vous déguisez en policier pour aller interroger d'autres victimes et que vous en avez assassiné une parce que, apparemment, elle vous avait démasqué ?

Pendant la réunion, il avait juste dit :

– Je n'en ai aucune idée. Je suppose qu'elle a reconnu son mari et nous a menti. C'est du moins l'hypothèse sur laquelle je vous propose de travailler…

– Un instant, l'interrompit Maaloul. Vous lui avez révélé qu'il était suspecté de meurtre ?

Avraham se tourna vers Esthy Wahaba parce qu'il ne savait pas ce qu'elle avait dit le matin à Mazal.

– Certainement pas, je ne vois pas pourquoi j'aurais fait une chose pareille, répondit l'enquêtrice.

Il laissa échapper un soupir de soulagement.

Maaloul et Seban étaient d'avis de convoquer immédiatement Bengtson pour interrogatoire, mais Avraham préférait d'abord en savoir plus sur lui. Les questions qu'il voulait lui poser commençaient à peine à se formuler dans sa tête, or s'il espérait obtenir des réponses, il lui fallait trouver les mots précis et adéquats.

– Vous avez tous bien travaillé, Avi, déclara le chef. Et Esthy, chapeau ! Ce qui prouve qu'on a réussi à retrouver notre homme sans alerter les médias et embarrasser tous les policiers du pays, non ? Quoi qu'il en soit, je pense qu'il faut l'interroger rapidement sans pour autant abandonner la piste du fils. Ça vous va ? Bon, et qu'est-ce que vous avez l'intention de faire maintenant, Avi ? Vous le convoquez quand ?

Avraham secoua la tête.

Il supposait que Bengtson se savait recherché par la police. Le matin, Esthy Wahaba avait montré à sa femme la photographie tirée de la vidéo de surveillance et lui avait aussi révélé de nombreux détails de l'enquête. Bien sûr, elle n'avait rien dit au sujet du meurtre, mais si Mazal Bengtson avait raconté tout ça à son mari, le type avait compris qu'il était démasqué et s'attendait sûrement à être convoqué par la police.

Mieux valait donc, pour l'instant, le mettre, ou plutôt les mettre tous les deux sous surveillance et attendre.

– Attendre jusqu'à quand ? s'étonna le chef.

– Jusqu'à ce qu'on ait rassemblé plus d'informations et plus d'indices matériels. Je veux aussi mieux cerner sa personnalité et savoir pourquoi il agit ainsi, répliqua Avraham.

Tel était le plan d'action qu'il avait échafaudé dès qu'il avait découvert l'identité de l'homme qu'il cherchait. Ultérieurement, il se demanderait si cela n'avait pas été une erreur, mais d'un autre côté, il était impensable de convoquer Bengtson sans se préparer à l'avance. Il demanda à Maaloul de rassembler un maximum de renseignements et d'établir un profil précis du suspect. Il lui demanda aussi de vérifier s'il avait un casier et si son ADN ainsi que ses empreintes digitales figuraient dans le fichier central de la scientifique – et si oui, de les comparer aux prélèvements de la scène de crime. Il voulait savoir où travaillait Bengtson, quelle voiture il possédait – peut-être celle-ci avait-elle été filmée dans les environs de la rue Krauze le jour du meurtre ? –, s'il avait un compte Facebook en activité et, si oui, ce qu'il y postait.

– Pas de problème, dit l'inspecteur qui nota tout dans son carnet. Tu auras ce que tu me demandes demain après-midi.

À Esthy Wahaba, il confia la même mission, mais concernant Mazal Bengtson.

– Et de moi, avez-vous aussi besoin de quelque chose ? l'interpella Seban sans retenir un soupir.

Avraham hésita un instant avant de répondre.

– Oui, dit-il. Erez Jäguer.

Le chef lui lança un regard étonné.

– Vous voulez qu'on le relâche ? Ce n'est pas un peu prématuré ? Même si vous avez bien avancé aujourd'hui, vous ne savez pas encore si ce Bengason, ou peu importe comment il s'appelle, est impliqué dans le meurtre. Vous savez juste que ce fils de pute se fait apparemment passer pour un policier.

Seban se trompait sur toute la ligne : Bengtson était impliqué dans le meurtre, cela ne faisait aucun doute, et même si tout n'était pas encore éclairci, Avraham savait déjà que c'était lui, l'homme vu dans l'immeuble de Lea Jäguer et aussi lui qui avait fixé rendez-vous à la victime.

– Au contraire, rétorqua-il. J'ai besoin que vous prolongiez de quarante-huit heures sa garde à vue et que cela soit communiqué à la presse en indiquant que l'enquête avance à pas de géant et qu'une mise en examen sera prononcée dans un ou deux jours.

Son but était d'essayer de déconcerter Bengtson.

Une semaine s'étant écoulée depuis le meurtre, l'homme avait eu le temps de brouiller les pistes, surtout s'il savait que la police était à ses trousses. De plus, Avraham avait l'impression que son suspect agissait avec une parfaite maîtrise : il avait débarrassé la scène de crime de tout élément qui risquait de le trahir. La chance qu'on retrouve l'uniforme qu'il portait ce jour-là ou le téléphone sur lequel il avait enregistré ses conversations avec les femmes violées était infime. Avraham avait donc décidé de tenter un coup de bluff en lui faisant croire que, malgré leur visite à son domicile, l'enquête prenait une autre direction. Il espérait ainsi gagner du temps et tout mettre en œuvre pour percer sa personnalité. Le seul moyen d'arriver à leurs fins lui semblait être de le manipuler pour qu'à son insu il les mène à des preuves tangibles, par exemple à l'uniforme qu'il portait au moment du meurtre ou à l'endroit où il s'était débarrassé du sac à main et du calendrier de Lea Jäguer. Peut-être aussi le pousseraient-ils à dire quelque chose à quelqu'un sans le faire exprès. Bref, il devait se débrouiller pour endormir la vigilance de Bengtson pendant qu'eux restaient sur le qui-vive, à l'affût du moindre de ses mouvements.

Seban l'écouta et, après avoir constaté que Maaloul approuvait de la tête, il donna son feu vert.

S'il l'avait convoqué sur-le-champ, Avraham aurait-il reçu les réponses aux questions qu'il continua à lui poser toute la nuit dans le silence et l'obscurité de sa terrasse ?

Vous aussi, vous attendez que le jour se lève pour agir ?

Vers deux heures du matin, il alla se coucher, se glissa à côté du corps doux et frêle de Marianka qui, sans se réveiller, s'écarta de lui. Comme c'était étrange ! Il se trouvait dans l'appartement qu'il habitait depuis des années, dans le lit où, depuis plus de dix ans, il avait posé sa carcasse alourdie du poids de sa journée de travail, et pourtant la sensation n'avait plus rien à voir. Il fixa l'obscurité, écouta le ronronnement du réfrigérateur dans la cuisine, mais ne put s'endormir. Elle se tourna vers lui les yeux fermés et marmonna quelque chose qu'il ne saisit pas, dans une langue qu'il ne comprenait pas. Une heure plus tard, se rendant à l'évidence, il se releva, se servit un verre d'eau froide et retourna sur la terrasse.

Le rapport qu'il avait demandé à Eliyahou Maaloul arriva dans sa boîte mail le lendemain vers midi.

Dès la première ligne, il constata que les pièces du puzzle s'ordonnaient enfin. *Yaakov (Koby) Bengtson est né en Australie en 1976*, avait écrit l'inspecteur, ce qui expliquait l'accent étranger évoqué par Diana Goldin dans sa déposition. *Il est arrivé en Israël en 1990, a tout de suite obtenu la nationalité car sa mère était israélienne. Enrôlé dans l'armée en 1995 avec le statut de « soldat isolé », comme tout jeune immigrant sans famille dans le pays, il a rejoint le Nahal, l'unité des kibboutz, et a terminé son service militaire en 1998, avec le grade de sergent-major*. Il n'avait pas de casier judiciaire. La première fois qu'il était entré dans un commissariat, c'était dans le secteur du Yarkon, pour porter plainte contre un employeur qu'il accusait de harcèlement, mais le dossier avait été classé sans suite. La deuxième fois qu'il avait eu affaire à la police, c'était à Eilat, pour témoigner dans le dossier de viol de sa femme.

Avraham demanda à Lital Levy de ne lui passer aucune communication, sauf celles de Maaloul ou d'Esthy Wahaba. Il lut le rapport deux fois, dans son bureau, pendant qu'il déjeunait.

Il n'eut pas de nouvelles de Seban au cours de toute cette journée. Les événements s'enchaînèrent si vite et si bien (exactement comme il l'avait escompté) jusqu'au soir qu'il en oublia sa conversation avec Ilana. Au fil de sa lecture et pour préparer l'interrogatoire de Bengtson, il inscrivit des questions à la main dans les marges du document qu'il avait imprimé, certaines reprenant celles qu'il avait formulées pendant la nuit, d'autres lui étant inspirées par ce qu'il lisait. Et plus il en apprenait sur le suspect, plus devenait pressante son envie de se confronter à lui en salle d'interrogatoire. Depuis le matin, il avait un policier et un volontaire du service de surveillance du district en planque devant le 8 rue Uri-Zvi-Greenberg, mais Bengtson ne sortit pas de chez lui. Sa femme, en revanche, déposa leurs filles, l'une à la maternelle, l'autre à l'école Amirim, et continua en voiture, une Suzuki Alto, jusqu'à la banque Discount, rue Shenkar, où elle travaillait.

Lorsque Maaloul l'appela pour savoir s'il avait lu son rapport, Avraham lui demanda aussitôt :

– Dis-moi, sais-tu s'il détient un passeport australien en cours de validité ?

L'inspecteur promit de vérifier.

Une chose attira particulièrement son attention : Bengtson avait tenté à plusieurs reprises d'intégrer un service national de sécurité et avait échoué, en général au moment des tests psychologiques. *En 1999,* avait écrit Maaloul, *Bengtson a reçu l'habilitation nécessaire du Shabak*[1] *pour postuler à des fonctions liées à la sécurité et, après avoir réussi la présélection, il a commencé le stage de formation des agents affectés au cabinet du Premier ministre. Il en a été renvoyé pour incompatibilité au bout de quelques semaines. En 2002, il a essayé d'intégrer la police mais a été recalé après les tests psychologiques dès la première sélection.* Il n'était pas policier, mais *aurait voulu l'être.* Le dernier employeur de Bengtson était une entreprise de gardiennage qui assurait la sécurité de chantiers de construction le long de la ligne de séparation. Il en

1. Le Service de sécurité intérieure israélien. (*N.d.T.*)

avait été renvoyé suite à un conflit avec ses supérieurs. En lisant cela, Avraham ajouta en marge du compte rendu : *Travaille-t-il en ce moment ? Où ?*

Question qu'il posa en début d'après-midi à Maaloul – sans arriver à obtenir de réponse claire.

– Et savons-nous pourquoi il a été recalé aux tests psychologiques ?

– Pour incompatibilité. J'ai demandé qu'on me transmette son dossier de candidature. Pas sûr qu'on l'ait conservé, mais si jamais c'était le cas, on devra aller le chercher dans les archives. Quoi qu'il en soit, Avi, j'ai parlé avec deux de ses employeurs et tous les deux s'accordent pour le qualifier de « limite ». Ou d'instable. Bon, l'un d'eux, c'est le type contre lequel Bengtson a porté plainte. D'après eux, notre homme a une fâcheuse tendance à entrer en conflit et à exploser pour tout et n'importe quoi. Ils disent qu'ils ne savaient jamais s'il viendrait au travail ou non, ni de quelle humeur il serait. Tu ne crois pas qu'il est urgent qu'on le convoque ?

Avraham pensait que ce n'était pas encore le moment. En plus du témoignage du voisin qui avait certifié l'avoir vu dans les escaliers, il lui fallait obtenir une preuve matérielle de son implication dans le meurtre de Lea Jäguer. Et à ce stade, il croyait avoir le temps d'y arriver.

– Tu es sûr, Avi ? insista Maaloul. Ce serait dommage qu'il réussisse à s'enfuir en Australie.

Aucune chance qu'il leur échappe, puisqu'il était sous surveillance rapprochée.

– Et sa voiture ? demanda Avraham. As-tu commencé à chercher si on avait des photos de sa voiture autour de la rue Krauze ?

– Pas encore. Je m'y mets maintenant.

– Et Facebook ?

– Il est plutôt actif mais n'a rien posté depuis quelques jours. C'est significatif, non ? Sinon, il n'y a rien de particulier sur son profil. Des photos de ses filles et des vidéos de boxe thaïlandaise.

– Rien contre la police ?

Esthy Wahaba l'appela vers quinze heures et, après lui avoir parlé, il sentit vraiment qu'ils approchaient du but.

Mazal Bengtson travaillait pour la banque Discount depuis seize ans et était considérée comme une des meilleures conseillères. De peur d'être grillée, l'enquêtrice ne s'était pas rendue sur place pour interroger ses collègues, mais elle avait discrètement pu s'entretenir avec son supérieur direct, lequel lui avait appris que Mazal n'était pas venue travailler un jour de la semaine précédente, qu'elle n'avait pas posé de longs congés et que, pour autant qu'il le savait, elle ne prévoyait pas de partir en voyage. Esthy avait aussi appelé l'inspectrice d'Eilat qui s'était occupée du viol, et ce que celle-ci lui avait dit pouvait les éclairer sur le rapport qu'entretenait le couple Bengtson avec les forces de l'ordre. Comme Avraham avait pu le lire dans le dossier, on avait à l'époque, malgré les dénégations de la victime, émis l'hypothèse que Mazal Bengtson aurait été agressée par un homme qu'elle aurait rencontré au cours de la soirée et invité à la rejoindre dans sa chambre. L'inspectrice n'avait trouvé aucune preuve pour étayer cette théorie, mais certains détails demeuraient troublants : l'état d'ébriété supposé de la plaignante le soir de l'agression, le temps écoulé entre le départ de l'agresseur et l'alerte qu'elle avait donnée, l'explication tardive qu'elle avait fournie sur le fait qu'aucune trace du coupable n'avait été retrouvée sur ses vêtements (elle affirmait s'être changée après l'agression). Ils avaient aussi vérifié si le mari, Yaakov Bengtson, et le violeur ne pouvaient pas être une seule et même personne ; on lui avait demandé où il était la nuit du viol, mais son alibi convaincant avait écarté cette possibilité : au moment des faits, Bengtson se trouvait avec leurs deux filles dans son appartement à Holon.

Vous avez pensé que la police n'avait pas enquêté avec suffisamment de sérieux sur le viol de votre femme, c'est ça votre problème ? Ou alors vous avez été vexé des allusions suggérant qu'elle aurait pu inviter son agresseur dans sa chambre ?

Avraham garda son stylo à la main durant toute sa conversation téléphonique avec Esthy. En l'écoutant, il se dit qu'elle était la seule personne dans l'équipe à prendre cette enquête avec autant de sérieux que lui. C'était elle qui, le samedi, avait tiré la photo du suspect des vidéos de surveillance, elle encore qui avait senti, en écoutant Mme Bengtson, que cette femme cachait quelque chose. Sans Esthy, ils n'auraient sans doute pas réussi à remonter jusqu'au couple et seraient restés aussi éloignés de l'assassin que le jour où le crime avait été commis. Et, *a posteriori*, il remarquerait aussi que toutes les intuitions de cette jeune enquêtrice concernant Mazal étaient justes.

– Et si elle n'avait rien à voir avec ce qu'il a fait, si elle lui cachait l'existence de l'enquête, vous y avez pensé ? lui demanda-t-elle avant de raccrocher. Peut-être devrions-nous la convoquer seule et lui parler ?

Avraham refusa. Il ne croyait pas à cette possibilité parce qu'elle leur avait menti. Et il continua à ne pas la croire capable de dénoncer son mari, même lorsque, dans l'après-midi, Esthy le rappela.

– Il se peut qu'elle soit en route pour le commissariat, lui annonça-t-elle d'une voix vibrante d'émotion.

Ils attendirent, chacun à un bout de la ligne, que la Suzuki se gare non loin du bâtiment et que la conductrice avance en direction de la rue Fichman. Mais elle passa devant l'entrée du bâtiment sans s'arrêter.

– Elle a quelque chose à nous dire, Avi, j'en suis persuadée. C'est juste qu'elle a peur de lui. Peut-être même sait-elle qu'il a tué. Vous êtes sûr que vous ne voulez pas que j'aille la chercher maintenant ? Je vous garantis qu'elle me parlera.

Il devait y réfléchir et peut-être lui aurait-il donné son accord sans l'arrivée de Maaloul qui, juste à ce moment-là, entra sans frapper dans son bureau, les yeux brillants, un sourire lui barrant le visage.

– Que se passe-t-il, Elie ?

– Bingo, Avi ! On le tient.

De tout ce qu'on aurait pu lui annoncer, c'était la dernière chose sur laquelle Avraham aurait parié.

– Figure-toi que Bengtson s'est pris une prune, exulta l'inspecteur en s'asseyant en face de lui.

– De quoi tu parles ?

– Il a reçu un P-V pour stationnement gênant le jour du meurtre. Un P-V, environ deux heures après l'heure donnée par le légiste. Et devine où ?

Bien qu'il eût la réponse, il questionna Maaloul. L'inspecteur lui posa sous le nez une feuille de papier.

– Rue Krauze. Tu piges ? À partir de maintenant, chaque fois qu'on dira « avec l'aide de Dieu », il faudra ajouter « et des agents municipaux » !

Les mandats de dépôt et de perquisition au domicile des Bengtson furent délivrés par le parquet le soir même, un peu après neuf heures. Avraham était rentré chez lui et expliquait à Marianka à quel point tout avait magnifiquement bien fonctionné. Il lui décrivit aussi le programme du lendemain : le groupe opérationnel arriverait sur place tôt le matin, attendrait que Mazal Bengtson soit au travail et les filles à l'école pour procéder à une première perquisition, saisir les appareils électroniques et ramener Yaakov Bengtson au poste. Il avait laissé le dossier d'enquête sur son bureau, fin prêt, avec, à l'intérieur, la liste des questions qu'il avait préparées pour son suspect.

La première était très directe : *Pouvez-vous me raconter ce qui s'est passé lorsque vous êtes entré lundi dernier dans l'appartement de Lea Jäguer, au 38 rue Krauze ?*

– Tu penses qu'il avouera ? demanda Marianka.

– Je ne sais pas. J'ignore toujours qui est cet homme.

Il avait prévu d'étaler sur la table de la salle d'interrogatoire les photographies du corps prises sur la scène de crime, de poser à côté le parapluie oublié chez Diana Goldin et les clichés extraits de la vidéo de surveillance où on le voyait en uniforme avec, au milieu, la photo de Lea Jäguer du temps où elle était encore vivante. Ensuite, la caméra commencerait à enregistrer et Avraham attendrait en silence, laisserait l'homme regarder à loisir toutes ces pièces à conviction, bien analyser la situation et comprendre qu'il était piégé. Alors seulement, il poserait ses questions, mais sans révéler qu'ils avaient en leur possession la contravention et la déposition du voisin.

Le lendemain, ils eurent encore le temps de prendre le petit déjeuner ensemble. Marianka voulut savoir s'il se sentait d'attaque, il hocha la tête au-dessus de sa tasse de café et lui proposa même, s'il rentrait assez tôt, d'aller dîner au restaurant. Par la petite fenêtre de la cuisine on pouvait voir les nuages de pluie s'amonceler, mais ce ne fut pas la seule raison qui le poussa à enfiler sa doudoune bleue, celle-là même qu'il avait oubliée sur la scène de crime. En ce jour où, après une semaine de travail, il allait clôturer son premier dossier d'homicide, il avait décidé de porter le même manteau qu'au commencement. Il était très impatient de s'asseoir en salle d'interrogatoire face à Bengtson, de l'observer pendant qu'il examinerait les photos disposées sur la table, pensait même déjà à son prochain cas – peut-être pas un meurtre – et au jour de congé qu'il prendrait pour rester avec Marianka. Comme il avait envie de profiter de la pluie, il avait prévu de se rendre au commissariat à pied, mais à sept heures et demie son portable retentit.

– Avi, vous êtes déjà en route ? lui demanda Lital Levy d'une voix inquiète. J'ai bien l'impression qu'il va falloir qu'on modifie notre programme.

– Pourquoi ? Qu'est-ce qui se passe ?

Il leva les yeux vers Marianka qui posait la tasse de café qu'elle tenait à la main.

– Sa femme est sortie toute seule, sans les filles. Ce qui veut dire que c'est apparemment lui qui va les conduire à l'école. Impossible de savoir s'il rentrera ensuite à son domicile. Il se peut aussi qu'elle soit en route pour le commissariat.

Il fonça et arriva au poste en cinq minutes, mais Mazal Bengtson l'avait devancé. La coordinatrice opérationnelle le rappela au moment où il entrait dans le parking avec sa voiture.

– Elle est là. Et vous, vous êtes où ?… Elle a dit à Ezra qu'elle voulait parler avec Esthy Wahaba et l'attend maintenant à l'accueil… On fait quoi ?

À ce moment précis, il ignorait pourquoi Mazal Bengtson avait décidé de venir leur parler. Il n'arrivait toujours pas à déterminer si elle était complice de son mari ou si elle venait à son insu. S'attendait-il déjà à ce que quelque chose dans la relation de couple de ces deux-là vienne perturber le déroulement des opérations ? Il songea à la recevoir dans son bureau, puis changea d'avis à cause des caméras. Il ne savait pas exactement ce qu'il lui poserait comme questions, puisqu'il s'était préparé à cuisiner son mari.

Avraham entra dans le commissariat et la vit debout à l'accueil. Elle attendait.

Il prit une grande inspiration avant de s'approcher.

– Vous me cherchez ? demanda-t-il en feignant la surprise.

14

Les jours qui suivirent, toute la colère qui s'était accumulée en elle fut dirigée contre lui et non contre Koby. Elle rêva d'Avraham, le vit, d'un pas lent, sortir d'une pièce qui ressemblait à sa chambre d'hôtel à Eilat. Ensuite, un claquement de balle la réveilla en sursaut, sa main moite était fermée en poing parce que c'était elle qui tenait le pistolet et avait tiré dans le dos du policier. Le réveil marquait 3 h 21. Les filles dormaient, chacune dans son lit, et comme son père avait insisté pour passer la nuit avec elles trois, il était recroquevillé sur le canapé du salon. Elle savait maintenant comment s'appelait l'inspecteur-chef, mais au début de la matinée, lorsqu'il s'était approché d'elle à l'accueil, elle n'avait pas réussi à retrouver son nom, peut-être d'ailleurs ne le lui avait-il pas donné quand il était venu l'interroger, deux jours auparavant.

Elle avait gravé dans sa mémoire le pas lourd avec lequel il avait monté les escaliers. Et le manteau qu'il portait, une doudoune bleue. Elle avait cru que c'était pour attendre Esthy Wahaba qu'il lui avait proposé de venir dans son bureau. Et aussi, elle était persuadée qu'il en savait plus qu'elle et n'avait donc pas besoin de son témoignage. Comme il l'avait manipulée !

D'abord pour obtenir confirmation de ce qu'il avait découvert, ensuite pour obliger Koby à se livrer. Et elle qui croyait prendre enfin en main leur passé et leur avenir ! Quelle erreur ! Elle avait compris trop tard la manière dont les choses s'étaient enchaînées ce matin-là au commissariat.

Outre la colère, demeurèrent gravées en elle des images de tous ces événements qui se mélangèrent les unes aux autres, des bribes de phrases et surtout une foule de détails sans importance. Si la pluie ne s'était pas soudain renforcée, peut-être se serait-elle arrêtée en bas des marches, peut-être même aurait-elle fait demi-tour, mais comme il pleuvait, elle s'était réfugiée à l'intérieur du commissariat et s'était retrouvée face au policier de l'accueil, prise au dépourvu alors que depuis deux jours elle ne pensait qu'à cet instant. En ce début de matinée, la journée apparaissait encore définie par des repères logiques de temps et d'espace, par des contours qu'elle croyait pouvoir elle-même tracer, comme une gamine qui jouerait avec les aiguilles de la montre : il était huit heures, Maly n'avait pas prévu de rester au poste plus de quelques heures. Elle pensait arriver à temps pour la fête de Pourim à l'école de Noy. Son plan était de demander à Esthy Wahaba de convoquer Koby dans l'après-midi ou le lendemain. Elle serait alors revenue avec lui et aurait exigé de participer à l'interrogatoire pour expliquer ce qu'il n'arriverait pas à formuler tout seul. Ou alors, elle aurait attendu à l'extérieur de la pièce pour qu'il ne se sente pas abandonné.

Elle avait les cheveux mouillés et essuya l'eau qui dégoulinait sur son front. Au comptoir, l'homme qui la précédait venait déclarer le vol de son véhicule pendant la nuit, et Maly se mit à espérer que la prise en charge de sa plainte dure éternellement. Elle regarda la rue à travers la porte vitrée : si la pluie avait cessé, pourquoi ne pas s'esquiver discrètement ? Ce qu'elle voyait dehors était rassurant, Holon, avec ses voitures et ses bus coincés dans la rue Fichman où ça bouchonnait à cause des intempéries et elle, elle n'avait pas encore perdu son chemin dans les forêts touffues qui l'encercleraient par la suite.

L'agent d'accueil pria l'homme d'attendre jusqu'à ce que l'officier de permanence se libère et vienne enregistrer sa plainte, puis il demanda à Maly en quoi il pouvait l'aider. Elle sortit de la poche de son manteau la carte de visite qu'Esthy Wahaba lui avait donnée et expliqua qu'elle voulait parler à cette personne.

– Je ne sais pas si elle est là, lui répondit l'agent. Vous avez rendez-vous ?

L'inspecteur-chef s'était approché alors qu'elle tournait le dos à l'entrée, si bien qu'elle ne remarqua sa présence qu'au moment où il s'adressa à elle pour lui demander si elle le cherchait. Sans se douter de rien, elle lui dit qu'elle attendait Esthy Wahaba et eut même l'impression qu'il était étonné de la trouver là.

Encore une chose dont elle se souvenait nettement, c'était la première question qu'il lui avait posée dans son bureau :

– En quoi puis-je vous aider, madame Bengtson ?

Il avait tout d'abord ôté sa doudoune bleue, l'avait accrochée derrière la porte, lui avait proposé un café, avait attendu qu'elle s'installe puis était sorti en refermant derrière lui. Maly avait posé son sac sur la table, persuadée qu'elle n'allait pas rester là longtemps. Pourquoi étaient-ce justement ces détails-là qui l'avaient marquée ? Pourquoi ceux-là, et non la chemise que portait Koby ou les traits de son visage sur l'oreiller quand elle l'avait regardé en se levant ? Une haute pile de dossiers cartonnés se dressait sur le bureau, mais pas un instant elle n'envisagea que l'un d'eux puisse contenir les documents impliquant son mari dans un meurtre. À côté de cette pile, il y avait une photo dans un cadre en bois. De sa place, impossible de voir ce qu'elle représentait.

Il revint avec une tasse de café à la main, mais au lieu de s'asseoir il demanda à Maly de le suivre jusqu'au bout du couloir. Là, il la fit entrer dans une autre pièce, petite, avec deux chaises, une table, un ordinateur posé dessus et une caméra accrochée au mur en surplomb. Elle mit du temps à comprendre qu'il allait l'interroger sans attendre Esthy Wahaba. En revanche, elle sut rapidement qu'elle arriverait à ne pas se laisser démonter parce que, depuis qu'elle avait décidé de dénoncer Koby, elle avait retrouvé son vrai reflet dans le miroir, oui, elle était enfin débarrassée de la femme qui s'était imposée à elle ces dernières années. L'inspecteur-chef lui demanda sa carte d'identité, entra ses coordonnées dans l'ordinateur puis les nota à la main sur une feuille. Il se montrait impassible, ce qui la conforta dans son idée qu'il ignorait le but de sa venue. Lorsqu'il eut tout noté, il releva la tête, la regarda droit dans les yeux pour la première fois et c'est là qu'il lui demanda en quoi il pouvait l'aider.

– Esthy Wahaba n'est pas encore arrivée ? s'entêta-t-elle sans que sa voix tremble. Je préférerais m'entretenir avec elle.

Il lui répondit que sa collègue était en route et les rejoindrait dans quelques minutes, puis il revint à la charge :

– En attendant, vous ne voulez pas me dire à quel sujet vous devez lui parler ?

Elle n'en avait pas l'intention. N'avait pas peur non plus. Pas même lorsqu'il insista :

– Vous êtes ici au sujet du policier ?

Il se leva et sortit. Comme c'était la première fois, elle pensa qu'il avait renoncé à l'interroger. Mais il revint au bout de quelques minutes et posa sur la table un dossier d'où il tira la photo de Koby.

– Voulez-vous de nouveau regarder ceci et me dire si vous reconnaissez cet homme ?

Elle détourna la tête.

– Madame Bengtson, reprit-il en haussant un peu le ton, je vous demande de regarder ce cliché. Reconnaissez-vous cet homme, oui ou non ?

Elle se rappelait aussi que si elle avait commencé à parler, c'était parce que, soudain, elle avait vu Koby. Exactement comme à l'époque d'Eilat, dans la chambre 723 du Royal Club Hotel. Il la regardait par-dessus l'épaule du policier avec son sourire si particulier, la seule chose qui n'avait presque pas changé chez lui. Oui, ce fut à cause de ça qu'elle répondit.

– Je suis ici pour mon mari.

– Madame, vous éludez. Reconnaissez-vous cet homme, oui ou non ? répéta-t-il en lui agitant la photo sous le nez.

Voilà encore un signe qu'elle rata, un signe parmi tant d'autres, parmi tous ceux qu'elle ne décrypta pas ce jour-là : le fait que l'inspecteur-chef s'était hâté de poser des questions lui-même, avant l'arrivée d'Esthy

Wahaba. Et aussi le fait que l'agent d'accueil ne l'avait pas envoyée attendre l'officier de permanence, comme l'homme dont la voiture avait été volée.

Elle ne dit rien. Avraham changea alors de tactique :

– Madame Bengtson, avez-vous l'impression qu'il s'agit de votre mari ?

La silhouette derrière l'épaule du policier se dissipa, Koby la laissait seule dans la pièce.

– Est-ce que votre mari sait que vous êtes ici en ce moment, Mazal ? reprit-il après avoir noté quelque chose au stylo et lâché un soupir.

Elle fut la première étonnée de sa réponse :

– Appelez-moi Maly, si ça ne vous dérange pas. Mazal, ça veut dire « chance » en hébreu, et de la chance, je n'en ai vraiment pas.

Il la dévisagea un instant en silence, comme s'il soupesait la sincérité de cette affirmation.

– Madame, j'essaie simplement de comprendre si vous êtes là de votre plein gré.

À partir de ce moment, il sortit souvent de la salle d'interrogatoire, et Maly crut que c'était parce qu'il ne savait pas comment digérer ce qu'elle lui avait révélé ou parce qu'il attendait Esthy Wahaba, dont elle réclamait toujours la présence. Or c'était exactement le contraire : Esthy Wahaba attendait dehors qu'Avraham l'autorise à participer à l'interrogatoire. Et s'il l'avait ainsi laissée seule, c'était pour continuer à tisser le filet dans lequel elle se retrouva prise sans s'en rendre compte, un piège qui se referma aussi sur Koby.

Mais ces instants de solitude lui permirent de réfléchir.

Malgré elle, elle retourna dans la chambre où tout avait commencé. Elle entendit le bruit de l'eau qui coulait dans la salle de bains, la télévision allumée et la seule phrase qu'elle avait réussi à bredouiller : « J'ai deux petites filles. »

La salle d'interrogatoire de la police de Holon ressemblait beaucoup à celle où elle avait été entendue par la femme qui, à Eilat, lui avait posé toutes ces questions au sujet des vêtements qu'elle avait remis et de la soirée festive qui avait précédé le viol. Sauf qu'à présent, elle n'était plus la même. Elle songea à Noy et à Daniella qu'elle se représenta à l'école, l'une transformée en Pocahontas, l'autre sans déguisement. Elle songea aussi beaucoup à son mari, dont l'ombre s'était profilée derrière l'inspecteur-chef mais qui ne serait pas avec elle en salle d'accouchement. Elle songea à tous ces mois où ils seraient loin l'un de l'autre. Est-ce que, quand elle s'était imaginée conduisant la voiture avec les deux filles et le bébé sur la banquette arrière, elle emmenait les enfants lui rendre visite là où il se trouverait bientôt ? Évidemment, il lui en voudrait terriblement lorsqu'il découvrirait ce qu'elle était en train de faire, mais ensuite, espérait-elle, il comprendrait. Il se rendrait compte qu'il aurait de toute façon été démasqué et que les aveux de Maly avaient aidé la police à expliquer son comportement. Dès qu'elle rentrerait, elle lui révélerait qu'elle était enceinte, lui demanderait d'aller se rendre et de collaborer avec les forces de l'ordre de sorte que, même s'il était puni, il soit libéré peu de temps après la naissance du bébé. Ensuite, ils pourraient tout simplement s'envoler pour l'Australie.

La fois suivante où la porte s'ouvrit, Esthy Wahaba entra dans la pièce, suivie d'Avraham qui apportait une chaise supplémentaire. À partir de cet instant, ce fut l'enquêtrice qui mena l'interrogatoire. Il n'intervint quasiment pas.

– Bonjour, Mazal, comment allez-vous ?

La voix de cette femme la réconforta, au moins pendant un certain temps.

Elle allait très mal – mais beaucoup mieux que toutes ces dernières années.

– Je suis contente que vous soyez revenue vers nous. Et vous savez quoi ? Je le sentais. Permettez-moi aussi de vous dire que vous avez raison d'être ici.

Maly songea à la caméra qui était en train de la filmer et étrangement en tira de la force.

– Vous comprenez que votre mari est soupçonné de s'être fait passer pour un policier et d'avoir harcelé des victimes d'agressions sexuelles, comme nous vous l'avons expliqué ? enchaîna Esthy Wahaba, et Maly confirma de la tête. Lui avez-vous parlé de notre conversation ? Dites-nous la vérité, c'est important.

– Je ne lui ai parlé de rien.

– Sait-il que vous êtes ici en ce moment ?

– Non. Je viens de vous le dire. Mais je n'ai pas l'intention de le lui cacher.

C'était vrai, parce que, dès l'instant où elle avait pris la décision, elle n'avait plus eu peur de la réaction de Koby. En fait, sa peur avait été remplacée par de la tristesse et du désespoir.

– Pourquoi êtes-vous venue maintenant alors que vous ne nous avez rien révélé quand nous vous avons interrogée à votre domicile ?

– Parce qu'il risquait de débarquer à tout moment. Et aussi parce que je n'étais pas certaine de son implication. Maintenant, je voudrais vous expliquer ce qui s'est passé.

– Qu'est-ce que ça veut dire, que vous n'étiez pas certaine de son implication ?

– Je n'étais pas certaine que ce soit lui.

– Et qu'est-ce qui vous en a convaincue ?

L'inspecteur-chef ne cessait de l'observer mais il n'y avait rien d'effrayant dans son regard. C'était comme si, enfin, elle réussissait à se relever du lit de la chambre 723, éteignait la télévision et fermait le robinet.

– Avant que nous vous montrions la photo, saviez-vous qu'il se faisait passer pour un policier ?

– Oui. Mais j'ignorais pour maintenant.

– Je ne comprends pas ce que vous me dites, Mazal. Expliquez-vous clairement, s'il vous plaît.

– Je savais que Koby l'avait déjà fait. Avant, dit-elle d'une voix claire et ferme.

– Quand ça, avant ?

– Quelques semaines après Eilat. Et il ne l'a fait qu'une fois.

– Comment l'avez-vous appris, Mazal ? C'est lui qui vous l'a avoué ?

Elle ne répondit pas immédiatement parce que les questions se rapprochaient de ce qu'il lui était encore pénible de raconter, même si elle n'avait plus peur.

– Mazal, vous dites que vous êtes venue pour nous aider à le comprendre, reprit Esthy Wahaba, et moi, j'essaie de vous comprendre tous les deux. Regardez-moi droit dans les yeux, s'il vous plaît. Je sais ce qui s'est passé à Eilat. Je sais aussi que votre agresseur n'a jamais été arrêté. Est-ce que votre mari a essayé de le retrouver ?

Maly secoua la tête, parce que ce n'était pas du tout ça : Koby n'avait jamais évoqué devant elle l'homme qui l'avait agressée.

– Alors que cherchait-il, Mazal ? À prouver quelque chose à l'équipe qui a enquêté sur votre viol ? À se venger ?

Voilà, elle était au pied du mur, face à ce qu'elle avait encore du mal à raconter et qui, jusqu'à la dernière minute, l'avait fait douter de sa capacité à entrer dans le commissariat pour le dénoncer.

– Pourquoi se venger ? souffla-t-elle.

Avraham intervint :

– Alors que cherchait-il ? Pourquoi quelqu'un se ferait-il passer pour un policier et viendrait-il harceler des femmes qui ont déjà tant souffert ?

Il tira alors du dossier une autre photo, cette fois celle d'une jeune femme.

– Vous la connaissez ?

Maly eut l'impression d'avoir déjà vu ce visage.

– Eh bien, je vais vous dire qui c'est, continua-t-il. Cette femme s'appelle Diana. Elle a été violée en 2012. Comme vous, n'est-ce pas ? Vous voulez savoir ce que votre mari lui a fait ? Il l'a contactée, s'est présenté comme un policier et lui a fixé rendez-vous. Chez elle. Là, il l'a obligée à lui décrire par le menu le viol qu'elle avait subi. Et il a enregistré ce qu'elle disait. Ensuite, il l'a aussi agressée. Est-ce que vous comprenez ça, madame Bengtson ? Est-ce que vous pouvez imaginer ce qu'elle a enduré ? Le mal que votre mari Koby lui a fait ?

Au mot « agression », une bouffée d'angoisse la saisit. Déstabilisée, elle lança un coup d'œil vers Esthy Wahaba pour voir si Avraham mentait. Puis elle déclara :

– C'est impossible. Vous ne connaissez pas Koby. Il n'a pas pu se montrer violent.

– Comment le savez-vous ? Il vous a raconté tout ce qu'il a fait, madame Bengtson ? Je vous assure que c'est vrai. Il l'a agressée, et même avec une grande cruauté. Mais ça, il a sans doute omis de vous en parler. Vous voulez voir des photos de ce qu'il lui a fait ? À moins que vous ne soyez au courant et donc complice ?

À cause du visage de la jeune femme sur la photo posée sur la table, le faux accident dont Koby s'était accusé lui revint en mémoire, de même que la vision de la passante qu'elle avait imaginée blessée, gisant sur la chaussée. Son mari avait-il essayé à ce moment-là de lui dire qu'il avait agressé une femme – sans le faire exprès peut-être ? Elle n'arrivait pas à y croire, pourtant l'angoisse continuait de monter en elle et la ramena à cette horrible nuit où il était revenu en uniforme. Ce fut l'instant où elle craqua. Elle ferma les yeux et, du fond de l'obscurité, elle entendit les paroles de l'inspecteur-chef.

– Madame Bengtson, je vais vous poser la question une dernière fois avant de vous inculper pour complicité et entrave à la justice. Dites-moi, s'il vous plaît, comment vous avez découvert les agissements de votre mari.

Elle ne répondit pas davantage. Il s'approcha, trop près, l'obligeant à rouvrir les yeux au moment où il demandait :

– Pourquoi vous ne voulez rien dire ?

Alors seulement elle chuchota :

– Parce qu'il m'a fait la même chose.

Esthy Wahaba brisa le silence qui accueillit cet aveu :

– Qu'est-ce que ça veut dire, qu'il vous a fait la même chose ?

– Il m'a fait la même chose, répéta Maly.

À partir de ce moment-là, elle perdit tout contrôle.

Elle se rappelait moins bien les heures qui suivirent.

Elle voyait Avraham lui tendre un verre d'eau et chuchoter quelque chose à Esthy Wahaba. Ensuite, il était sorti et l'avait laissée avec l'enquêtrice. Elle pleurait, incapable de se maîtriser. Quand elle s'était mise à tout raconter, c'était comme si elle ne parlait pas d'elle-même mais de l'autre, celle dont le visage avait surgi devant ses yeux pour la première fois dans l'ascenseur de l'hôtel et dont elle n'avait pas réussi à effacer le reflet avant le matin même, quand elle était entrée au commissariat. Elle se souvenait aussi qu'elle avait téléphoné à Koby pour lui demander de venir la rejoindre – une conversation qu'elle aurait tellement voulu oublier ! Et surtout, elle se voyait dévaler l'escalier du commissariat.

Pendant qu'elle retraçait le fil des événements, Esthy Wahaba avait bien tenté de lui faire comprendre de quoi son mari était réellement soupçonné. Malgré tous les signes qui pointaient dans la même direction, elle n'avait rien entendu.

La policière attendit qu'elle termine de boire, lui caressa les cheveux et lui demanda si elle était prête à raconter ce qu'elle avait enduré.

Lorsque ses sanglots se calmèrent, Maly parla donc enfin de cette femme qui n'était pas elle et avait été violée à Eilat, de son mari qui était arrivé le lendemain matin à l'hôpital et qui, les mois suivants, ne l'avait pas abandonnée une seconde. Le couple avait deux petites filles, ce qui avait obligé le mari à quitter son emploi pour rester à la maison et s'en occuper seul, en même temps qu'il veillait sur sa femme. Sans lui, jamais elle n'aurait surmonté cette épreuve. Tout ce temps, il ne lui avait rien demandé, s'était contenté d'attendre patiemment qu'elle guérisse. Grâce à lui, elle avait commencé à se ressaisir et avait décidé de reprendre le travail. Et justement à ce moment-là, tout avait basculé : il n'avait pas retrouvé d'emploi, demeurait seul à la maison des journées entières. C'était là que l'enfer avait commencé. Pour tous les deux. Un soir, après avoir couché les filles, le mari avait demandé à la femme : « Pourquoi ne peux-tu pas me raconter tout ce qui s'est passé là-bas ? » La femme avait demandé en retour : « Où ? » Le mari avait dit : « À Eilat. » La femme, qui n'avait pas de réponse, s'était excusée : « Je ne peux pas, mais… pourquoi faudrait-il que je te raconte tout ? »

Elle n'imaginait pas que la situation déraperait, sans quoi elle aurait réagi différemment. Le mari avait insisté : « Tu leur as bien tout raconté, à la police, non ? », et la femme qui n'était pas elle n'avait rien répondu parce qu'elle ne savait pas quoi dire.

À partir de ce jour, il n'avait cessé de la harceler avec ses questions, il devait absolument savoir ce qui s'était passé là-bas et elle avait beau le supplier d'arrêter, il ne relâchait pas la pression. « Imagine que tu es de nouveau devant la police », disait-il, mais elle refusait.

Cela avait été le début.

Et aussi la fin.

La caméra accrochée au mur la filmait, l'enquêtrice prenait des notes et Maly se prit à croire que lorsqu'elle aurait achevé son récit tout serait derrière elle, qu'elle pourrait sortir et laisser au commissariat la femme dont elle parlait. Qu'elle n'aurait plus jamais à la revoir.

– Et que s'est-il passé ensuite ? demanda Esthy en posant son stylo. Saviez-vous qu'il persécutait aussi d'autres femmes ?

– Vous voulez dire à l'époque ? Je vous l'ai expliqué, ça ne s'est produit qu'une seule fois. Et il m'en a parlé la nuit même. Il ne voulait pas faire ça, vous comprenez ? Je sais que vous ne me croyez pas, mais quand vous aurez vu Koby, vous vous en rendrez compte. Je me suis inscrite à un groupe de parole pour rencontrer d'autres femmes victimes d'agressions sexuelles, il a trouvé la liste des participantes, en a choisi une, a relevé ses coordonnées et est allé la voir. Je ne lui ai même pas demandé qui c'était. Il me l'a tout de suite avoué et m'a juré de ne plus recommencer. Moi, je lui ai tout raconté pour qu'il arrête.

Maly remarqua que quelque chose dans ce qu'elle venait de dire avait alerté Esthy Wahaba, mais elle ne l'identifia que plus tard.

– Vous avez encore cette liste chez vous ? lui demanda la policière.

– Je ne sais pas. Ça fait longtemps que je n'en ai pas eu besoin.

– Vous pensez pouvoir la retrouver ?

– Peut-être.

– L'avez-vous vue ces derniers temps ?

– Non.

– Peut-être dans les affaires de Koby ? Et… vous souvenez-vous si dans ce groupe il y avait une femme nommée Lea Jäguer ?

Est-ce que, à ce moment-là, Esthy essaya de lui ouvrir les yeux sur les réels soupçons qui pesaient sur Koby ? Elle n'avait pas vu la liste depuis un certain temps et, dans ce contexte, ce nom ne lui disait rien. On frappa à la porte de la salle d'interrogatoire, l'enquêtrice sortit puis revint, accompagnée de l'inspecteur-chef.

Plus tard, peut-être une heure plus tard, peut-être davantage, elle téléphona.

Et ce coup de fil, Maly savait que jamais elle ne l'oublierait.

Les deux policiers la regardèrent soudain différemment. Avraham s'adressa à elle d'une voix douce qui la convainquit qu'effectivement tout était derrière elle. Parce qu'elle leur avait parlé.

– Maintenant, je peux m'en aller ?

– Pas pour l'instant, dit-il. Savez-vous où se trouve votre mari à cette heure-ci ?

Elle lui répondit qu'il était censé être chez le vétérinaire ; qu'ensuite, ils devaient se retrouver à l'école de Noy avec Daniella pour la fête de Pourim et de là rentrer tous les quatre à la maison. Esthy Wahaba lui demanda si quelqu'un pouvait aller chercher les filles à leur place.

– Mais pourquoi ? Vous voulez l'arrêter maintenant ? Vous ne pouvez pas attendre demain ou au moins cet après-midi ?

S'il y eut un nombre incalculable de moments terribles ce jour-là, celui qui suivit fut le pire. Elle croyait aider son mari et lui avait déjà tellement menti pendant la semaine qu'elle se persuada que ce mensonge-là serait aussi pour son bien. Mentir pour que la vérité soit dite. Pour le sauver.

– Vous allez l'arrêter chez nous ? Vous ne pouvez pas attendre qu'il sorte ? s'étonna-t-elle encore, et, n'obtenant aucune réponse, elle poursuivit : Ne l'arrêtez pas à la maison, s'il vous plaît. On ne pourra plus se montrer dans l'immeuble et on a deux petites filles. Quoi, vous ne pouvez pas le convoquer au poste ?

– Comment voulez-vous qu'on le fasse venir sans lui dire de quoi on le soupçonne ? lui demanda Esthy Wahaba.

Et encore une chose qu'elle ne pourrait jamais oublier : c'était elle qui avait eu l'idée.

– Je vais le faire venir. Je vais lui dire qu'il y a du nouveau dans mon dossier de viol et que vous m'avez convoquée.

L'inspecteur-chef et sa collègue se consultèrent du regard, puis il sortit et revint avec le téléphone de Maly, qui était resté dans l'autre pièce. Ils s'assirent à côté d'elle pendant qu'elle appelait. Koby ne répondit pas. Elle réessaya, sans davantage de succès.

– On attend quelques minutes et on recommence, déclara Avraham avant de s'écarter de quelques pas.

Ce fut inutile car son téléphone sonna au bout de quelques instants. Elle vit le numéro s'afficher, confirma de la tête et il lui indiqua de décrocher.

– Salut, Maly. Tu m'as appelé ?

Elle entendit des enfants en arrière-fond et aussi, elle en était certaine, des aboiements. C'est pourquoi elle lui demanda s'il était encore chez le vétérinaire.

– Non. Je rentre à la maison. Finalement, je n'ai pas pu m'y résoudre.

Elle lui mentit pour que la vérité soit dite, pour les sauver tous les deux : d'une voix ferme, elle prétendit qu'on l'avait appelée à la banque pour lui demander de passer d'urgence au commissariat de la rue Fichman, il y avait du nouveau dans son dossier de viol, elle ne savait pas encore quoi.

– Je suis en route, tu peux me rejoindre là-bas ? Tu sais où c'est ? continua-t-elle.

Il y eut un instant de silence puis il demanda :

– Et on fait comment avec Noy ?

– J'ai parlé à ma mère. Elle ira à la fête à notre place et ramènera les filles chez elle.

Savait-il d'où elle appelait réellement ou bien le comprit-il un peu plus tard ?

Leur dernier échange avait été :

– Tu y es déjà ?

– Non, pas encore. J'y serai dans deux minutes.

Elle avait prononcé ces mots sans que sa voix flanche.

– J'arrive, avait-il dit après un nouveau silence.

Ensuite, son seul souvenir c'était qu'elle courait. Rien à voir avec cette fameuse nuit à l'hôtel où elle avait à peine réussi à se traîner le long du couloir jusqu'à l'ascenseur.

Elle était sûre qu'il arriverait quelques minutes après cette dernière conversation. L'inspecteur-chef et l'enquêtrice sortirent de la pièce en prenant son portable. Mais en fait, elle attendit longtemps toute seule. Puis Esthy Wahaba revint, posa sur la table une bouteille d'eau, et lorsque Maly lui demanda si son mari était déjà là, elle répondit :

– Non, pas encore.

Mais peut-être était-ce un mensonge. Quand la policière ressortit et qu'elle se trouva à nouveau seule, elle en profita pour plaquer les deux mains sur son ventre dans l'espoir de sentir quelque chose. Rien. Alors elle se raccrocha à l'Australie, parce qu'il était évident que lorsque tout serait terminé ils partiraient là-bas. Un instant, ils redevinrent, elle et lui, les deux jeunes amoureux d'à peine vingt ans qui marchaient côte à côte entre des eucalyptus tellement hauts que, pour se protéger de la pluie, ils avaient pu se réfugier dans le creux d'un tronc qui ressemblait à l'entrée d'une grotte. Ils avançaient, précédés de deux grands chiens, les pas étouffés par les feuilles mouillées, brunes et jaunes, qui recouvraient la terre boueuse de la forêt. Koby essayait de lui montrer quelque chose sur une des cimes, un oiseau peut-être, mais Maly ne le voyait pas.

Tout cela s'était-il vraiment passé ainsi, à l'époque ? Et quand avait-elle pensé à l'Australie ? Pendant qu'elle l'attendait ou seulement après avoir entendu le coup de feu ?

La porte de la salle d'interrogatoire était restée ouverte. Dans le couloir long et vide, elle ne savait pas où aller, mais quand elle vit des policiers se précipiter dans l'escalier, elle s'élança dans la même direction sans avoir conscience du mouvement de ses jambes. Elle qui n'avait pas couru depuis des années était aussi légère que si elle n'avait jamais cessé de s'entraîner. Et elle fonça comme si elle pouvait encore rattraper celui qui l'avait violée à l'hôtel. Arrivée au deuxième étage, elle suivit le flot de plus en plus fourni qui descendait, il y avait surtout des policiers en tenue et dans cette pagaille personne ne la remarqua. Esthy Wahaba n'était pas parmi eux. L'inspecteur-chef non plus.

Ensuite, on l'avait stoppée dans sa course et là, ses souvenirs s'arrêtaient net. Comme si la vie s'achevait. Pendant quelques heures elle perdit la notion du temps et du lieu. Dans l'obscurité étaient apparus d'autres temps et d'autres voix. Elle sortait en courant de la chambre d'hôtel pour ne plus jamais y revenir. Sur la terre boueuse de la forêt gisait un policier en uniforme. Puis montèrent d'un passé encore plus lointain des mots prononcés par la voix qui avait été la sienne : « Koby, c'est la guerre. Tu m'entends ? Tu m'entends ? »

15

Il restait persuadé d'avoir été le premier à entendre le coup de feu, comme si la balle était partie d'à côté de son oreille, un instant avant qu'il ne résonne dans tout le bâtiment.

Il attendait Bengtson dans son bureau du troisième étage, si bien que des policiers étaient déjà à côté du corps lorsqu'il arriva, mais il fut le premier à reconnaître l'homme allongé en travers de l'entrée. Un homme en uniforme, sur lequel David Ezra se penchait, essayant de compresser d'une main déjà écarlate la blessure qui saignait au niveau du cou. Des gens criaient tout autour :

– On a tiré sur un policier !

Avraham se fraya un chemin au milieu de l'attroupement. Avait-il immédiatement su, en entendant le coup de feu par sa fenêtre ouverte ? Et comment avait-il tout de suite reconnu Bengtson ? Il vit le pistolet sur le sol à quelques centimètres du corps. Lorsqu'il s'approcha, David Ezra, dont un genou trempait dans une flaque de sang de plus en plus grande, leva vers lui un regard affolé.

– Ce n'est pas un policier, se contenta-t-il de l'informer.

Les chaussures pataugeant dans la flaque rouge, il posa sa main droite à côté de celle de l'agent d'accueil, sentit du sang et de la chair humide pénétrer entre ses doigts. Le point d'impact de la balle sur le cou était noir et encore fumant, la tête reposait de guingois dans une position étrange, elle semblait presque arrachée. Avraham décida de tenter un massage cardiaque et cria très fort, ou c'est du moins ce qu'il lui sembla :

– Est-ce qu'il y a ici quelqu'un capable de faire de la réanimation ?

Les pieds de Bengtson se mirent à frapper le sol et, tout comme Lea Jäguer, il n'avait pas les yeux totalement fermés, des yeux qu'en l'occurrence il voyait vraiment pour la première fois puisque, jusque-là, il n'avait pu détailler son suspect que sur deux photos en noir et blanc.

L'ambulance partit pour l'hôpital Wolfson en moins de trois minutes. Maaloul lui téléphona des urgences pour lui annoncer que leur homme était vivant et Avraham se remit à espérer. L'inspecteur lui expliqua aussi qu'il avait profité du trajet pour fouiller Bengtson à la recherche d'une lettre d'adieu ou d'aveux écrits mais n'avait rien trouvé – geste dont, dans un premier temps et tout inspecteur-chef qu'il fût, il ne comprit pas l'intérêt.

– Crois-moi, c'est là-dessus que nous devons mettre la main, insista Eliyahou. Tu devrais aller voir dans sa voiture et dans son appartement.

Mais sur l'instant, Avraham fut incapable de réfléchir à ce qu'il devait faire. Il sortit dans la rue pour récapituler la situation.

Grâce au P-V de stationnement reçu par Bengtson le jour du meurtre, il connaissait le modèle de sa voiture ainsi que son numéro d'immatriculation. Pendant de longues minutes, il chercha la Toyota bleue dans les rues adjacentes et finit par la trouver garée rue Golomb. Une des vitres à l'arrière n'était pas totalement fermée – comme les paupières sur les yeux clairs du blessé avant qu'on l'évacue –, ce qui lui permit de l'abaisser, de passer une main à l'intérieur et d'ouvrir la portière. Il s'installa au volant, regarda à travers le pare-brise, et la pensée soudaine qu'il n'arriverait jamais à approcher son suspect davantage qu'en cet instant lui donna la chair de poule. Non, cela ne pouvait pas se terminer ainsi. Bengtson savait-il, tandis qu'il avançait à pied vers le commissariat, qu'il ne reprendrait plus sa Toyota ? Mais si tel était le cas, pourquoi avoir pris la peine de se garer correctement et de verrouiller les portières ?

La pluie, qui s'était calmée, redoubla soudain d'intensité et Avraham rentra au commissariat trempé. En se heurtant à Ezra qui fumait sur le perron, la chemise tachée de sang, il constata qu'il avait, lui aussi, son pantalon et son pull bleu couverts de taches rouges, le tissu s'en était imprégné et, sous l'effet de la pluie, avait noirci. Une policière vint apporter un gobelet de thé à l'agent d'accueil encore sous le choc. À travers la porte vitrée, il vit qu'une équipe de la scientifique s'affairait déjà autour de la grande flaque. Le pistolet était toujours à l'endroit où il était tombé après le coup de feu.

– Ce n'est pas un policier ? lui demanda Ezra sans le regarder.

– Non.

– Alors pourquoi il porte un uniforme ?

Tous deux se pressaient sous l'auvent de l'entrée pour se protéger de la pluie qui tombait toujours. Les lieux étaient en effervescence. En tant que responsable de l'affaire, il devait absolument se montrer et dissiper les rumeurs qui se répandaient comme une traînée de poudre, certaines parlant d'un délinquant qui aurait tiré sur le policier venu l'arrêter et d'autre d'un terroriste armé qui se serait introduit dans un commissariat et aurait été abattu. Mais il resta encore un instant dehors, pour se calmer et réfléchir.

– Alors c'est qui, ce type, finalement ? voulut savoir Ezra.

Ils étaient si près l'un de l'autre que la vapeur du thé les réchauffait tous les deux.

– Le suspect d'un meurtre, dit-il. As-tu réussi à lui parler avant qu'il tire ?

– Comment est-ce que j'aurais pu ? Et lui parler de quoi ? Il est entré et a immédiatement dégainé. Je ne l'ai même pas vu à ce moment-là, et quand j'ai levé les yeux il était déjà à terre.

– Il n'a rien dit à personne ? Il n'a pas crié quelque chose ?

– Pas un mot.

Ezra lança son mégot sur le trottoir, sortit aussitôt un paquet de cigarettes de sa poche, en alluma une nouvelle et, au moment où il la portait à sa bouche, Avraham remarqua qu'il s'était déjà lavé les mains.

Lui, en revanche, ne lava les siennes qu'en début d'après-midi et pas seulement parce qu'il n'avait pas eu le temps.

Un quart d'heure après être remonté dans son bureau, il se trouva obligé de fournir des explications et force lui fut de reconnaître que Maaloul avait vu juste. La seule chose qui intéressait la hiérarchie était de s'assurer qu'ils tenaient bien leur assassin en la personne de Bengtson. Ils se fichaient de savoir si l'homme allait survivre à sa blessure, peut-être même espérait-on en haut lieu que l'hôpital annonce le décès du patient sur la table d'opération. On ne questionna Avraham quasiment que sur les preuves qu'il détenait.

Le responsable du district de Tel-Aviv, qui avait débarqué accompagné de son porte-parole, soumit l'inspecteur-chef à un premier interrogatoire dans le bureau de Benny Seban. L'entrée principale du bâtiment avait été fermée et l'accueil du public suspendu jusqu'à nouvel ordre. À la direction centrale de la police, on exigeait un rapport immédiat sur l'incident et le ministre de l'Intérieur, pourtant en visite à Berlin, fut informé de ce qui était survenu. Il fallait rapidement réfuter la rumeur selon laquelle l'homme abattu faisait partie de la maison ainsi que celle qui prétendait qu'un terroriste avait réussi à forcer la porte d'un commissariat. Il n'y avait pas assez de chaises dans le bureau de Seban et Avraham resta debout – ce qui ne le dérangea pas. Ne s'étant ni changé ni lavé, il sentit tout ce temps le sang noir se coaguler entre ses doigts.

– Pouvez-vous nous expliquer ce qui s'est passé ? Le commissaire a dit qu'il s'agissait d'un de vos suspects ? lui demanda le chef du district.

Avraham essaya de trouver les mots, non seulement pour eux mais aussi pour lui.

Jamais les choses n'auraient dû s'enchaîner ainsi.

Il avait prévu d'interroger Bengtson au cours de la matinée. Le dossier de l'enquête était fin prêt, les pièces à conviction bien classées et les questions qu'il avait préparées la veille dans son bureau et pendant la nuit, sur sa terrasse, inscrites sur une feuille de papier. *Pouvez-vous me raconter ce qui s'est passé lundi dernier dans l'appartement de Lea Jäguer ? Quand a-t-elle compris que vous n'étiez pas un vrai policier ? Dès qu'elle vous a ouvert la porte ou plus tard, lorsque vous étiez déjà assis à table en train de discuter ?*

Il ne croyait pas que l'homme répondrait tout de suite, mais pensait que lorsqu'il comprendrait que la police détenait suffisamment d'éléments prouvant sa présence dans l'immeuble, il craquerait. Avraham avait prévu de lui montrer la photo où on le voyait en uniforme, puis de poser le parapluie sur la table. Oui, le suspect craquerait, cela lui était clairement apparu tandis qu'il préparait son interrogatoire au cours de la nuit précédente. Sa seule crainte alors étant que le type leur file entre les doigts grâce à son passeport australien, il avait envoyé une équipe planquer devant son domicile et s'apprêtait, si besoin, à utiliser les mandats de dépôt et de perquisition qu'il avait obtenus du parquet.

Le chef du district parlait calmement. Avraham ne connaissait pas cet homme qui venait d'obtenir le poste et débarquait de Jérusalem, il avait juste entendu qu'on le considérait comme quelqu'un de très pointilleux, qui s'impliquait dans les enquêtes menées sous ses ordres, avec une prédilection pour celles concernant les cols blancs. Pendant l'interrogatoire que subit son inspecteur, Seban resta sur le qui-vive, mais le chef du district n'avait l'air ni furieux ni accusateur et il nota quelques lignes au stylo dans son calepin au gré des réponses. Assis à côté de lui, son porte-parole pianotait sur un ordinateur portable et n'intervint pas dans la conversation.

– Pouvez-vous me dire ce que vous savez du tireur ? Êtes-vous certain qu'il est impliqué dans le meurtre dont vous avez parlé ? Comment a-t-il pu entrer dans le commissariat avec une arme ?

Ce fut Benny Seban qui, très vif, répondit à sa place :

– Nous sommes totalement certains de sa culpabilité.

Au début de la journée, Avraham pensait savoir sur Bengtson tout ce qu'il devait savoir. Il pensait avoir compris pourquoi l'homme se déguisait en policier pour interroger des femmes violées, et avoir une nette image de ce qui s'était passé chez Lea Jäguer la semaine précédente. Mais ensuite, il dut convenir que bien des choses lui avaient échappé. Certes, il avait en sa possession des éléments qui prouvaient formellement la présence de Bengtson dans l'immeuble à l'heure du crime. Ne lui manquait que la preuve, ultime, de sa présence dans l'appartement – ce qu'il obtiendrait facilement grâce à l'ADN et aux empreintes digitales. Mais surtout, il était persuadé que l'homme passerait aux aveux au cours de l'interrogatoire et qu'une perquisition à son domicile leur permettrait de retrouver les pièces manquantes, comme le téléphone sur lequel il avait enregistré ses conversations, le calendrier, ou le sac à main dérobé dans le but de faire croire à un cambriolage. Mais voilà, les plans d'Avraham avaient été bouleversés. Leur visite chez les Bengtson deux jours auparavant avait apparemment tellement effrayé Mazal qu'elle avait décidé de dénoncer son mari… en ignorant de quoi il était réellement soupçonné. Le dernier coup de téléphone qu'elle lui avait passé avait ruiné toute leur stratégie. Il avait ordonné au groupe en planque devant l'immeuble de ne pas procéder à l'arrestation et de ne pas perquisitionner sur place tant qu'il n'avait pas entendu tout ce que la femme avait à dire. Et elle, il l'avait reçue dans son bureau sans savoir pourquoi elle venait ni ce qu'il lui demanderait. Il s'était tellement préparé à autre chose que ces changements l'avaient fortement contrarié. Cela dit, pendant cet interrogatoire, il avait encore l'impression de tout contrôler et même de pouvoir tirer avantage de cet imprévu. À aucun moment il n'avait pensé faire une erreur en ne révélant pas à Mazal Bengtson les charges réelles qui pesaient sur son mari. C'était de son plein gré qu'elle était entrée au commissariat pour leur dire que Koby se déguisait en policier et procédait à des interrogatoires poussés. Elle leur avait même expliqué, à son insu, comment il s'était procuré la liste et le numéro de téléphone des victimes grâce au groupe de parole auquel elle avait participé. D'ailleurs ce détail l'avait conforté dans sa décision de la cuisiner, elle, avant de s'occuper du mari.

Cependant, il y avait aussi eu un moment, alors qu'il s'acharnait sur elle, où l'assurance d'Avraham avait été ébranlée, mais il n'en parla pas au chef du district. N'aurait-il pas dû comprendre que rien ne se passerait comme prévu ? Depuis le début, tout dans cette enquête n'arrivait-il pas presque par hasard ? Ce vacillement s'était produit parce qu'il tenait absolument à ce que Mazal Bengtson lui raconte comment elle avait démasqué son mari. Il avait exercé sur elle une telle pression qu'elle avait craqué et lâché : « Parce qu'il m'a fait la même chose. » Là, il s'était arrêté net et avait quitté la pièce – pas seulement parce qu'elle avait éclaté en sanglots mais aussi parce que, soudain, il n'était plus du tout sûr de comprendre Bengtson et ses agissements. Et lorsqu'elle avait raconté à Esthy Wahaba ce qui s'était passé chez eux, il avait encore moins compris. D'autant qu'elle ne cessait de répéter « Vous ne connaissez pas Koby » et « Il m'a fait la même chose ».

En l'observant à travers la glace sans tain, Avraham s'était dit qu'elle avait peut-être raison. Et aussi qu'il n'aurait jamais dû l'emmener en salle d'interrogatoire pour la questionner après ce qu'elle avait subi. Mais c'était juste à ce moment-là qu'elle avait soudain suggéré ce piège qui s'était révélé fatal.

Avraham expliqua au chef du district et à Seban qu'il avait hésité avant d'accepter mais que finalement l'idée de faire entrer le suspect en salle d'interrogatoire sur un motif bidon lui avait paru un bon moyen de le prendre au dépourvu. De plus, Mazal Bengtson les avait suppliés de ne pas procéder à une arrestation à leur domicile, et il avait aussi été sensible à cette requête.

Seban vit, fort embarrassé, son supérieur allumer une cigarette alors que fumer était formellement interdit dans son bureau. Il lui tendit une tasse à café en guise de cendrier, alla ouvrir la fenêtre tandis que l'autre se redressait sur sa chaise et posait son calepin couvert de notes sur la table.

– Combien de temps s'est écoulé entre le moment où sa femme l'a appelé et le moment où il est arrivé ? demanda-t-il.

– Longtemps, admit Avraham.

Ils avaient attendu Bengtson plus d'une heure, ce qui aurait déjà dû les alerter. Le mari ne s'était pas rendu directement au commissariat. L'équipe de filature les avait prévenus qu'il se dirigeait vers son domicile. Un instant, Avraham envisagea de leur ordonner de monter et de procéder immédiatement à la perquisition et à l'arrestation, mais il avait cédé à la tentation de le prendre par surprise en salle d'interrogatoire. Sans compter la promesse faite à sa femme. Ensuite on les avait informés que l'homme était remonté dans sa voiture et roulait en direction du commissariat, mais personne n'avait signalé qu'il portait un uniforme. Soulagé, l'inspecteur-chef avait demandé à Lital Levy de lui préparer encore un café bien corsé et avait à nouveau classé ses feuilles sur son bureau avant d'appeler Maaloul.

– C'est sympa quand le poisson se jette de lui-même dans nos filets, pas vrai ? l'avait félicité ce dernier.

Bengtson avait-il remarqué qu'il était suivi ? Ou savait-il que sa femme avait décidé de le dénoncer et qu'on lui tendait un piège ? À la différence du chef du district et de Seban, c'étaient les deux seules questions qui le préoccupaient ; pour obtenir des réponses, il fallait absolument que les médecins de Wolfson arrivent à sauver le suspect. Il vérifia son téléphone : Maaloul ne lui avait envoyé aucun nouveau message de l'hôpital. Et il ne pouvait pas l'appeler maintenant, alors que la hiérarchie continuait à le mettre sur la sellette et n'avait pas l'air pressée d'en finir.

– Savons-nous comment il s'est procuré le pistolet ?

– Il était vigile, répondit Avraham.

– Et en lui tendant votre piège, vous n'avez pas pris en compte qu'il possédait une arme ?

– D'après nos renseignements, il était au chômage en ce moment.

– Savons-nous quels étaient ses liens avec la victime ? Comment s'appelle-t-elle déjà ? Lea Jäguer ?

– Aucun. Comme je vous l'ai dit, j'imagine que son nom figure sur la liste des participantes au groupe de parole de sa femme. Je suppose qu'il lui a fixé rendez-vous dans le but de l'interroger, comme il l'a fait précédemment avec d'autres femmes violées, et je suppose qu'elle a compris qu'elle avait affaire à un imposteur.

Sous l'œil angoissé de Seban, le chef du district prit sa cigarette encore allumée et la plaça en équilibre sur le rebord de sa tasse.

– Il y a trop de suppositions dans vos réponses, inspecteur-chef. Je n'aime pas ça. C'est terriblement embêtant qu'un homme soupçonné d'homicide soit entré dans un commissariat avec une arme et se soit tiré une balle dans la tête sous les yeux de civils et de policiers, mais ce serait encore plus embêtant si cet homme était soupçonné à tort. Alors relevons son ADN – Dieu merci, ce n'est pas ce qui manque en bas dans le hall – et comparons-le au plus vite avec les prélèvements de la scène de crime. Avez-vous envoyé quelqu'un chez lui pour chercher le sac à main de la victime ou cette liste de femmes violées ?

– Je vais y aller moi-même, dit Avraham.

– Et préparez-moi s'il vous plaît un rapport détaillé avec tout ça, que je puisse donner les renseignements au directeur de la police et au ministre. On doit publier un communiqué officiel. Pour l'instant, on est protégés par le secret de l'instruction, mais nous devons communiquer quelque chose aux médias avant demain matin. Et insistez bien, je vous en prie, sur le fait qu'ils se sont tous les deux rendus au poste de leur plein gré. Le mari et la femme. Et aussi que les pièces à conviction prouvent clairement que le suicidé est bien l'assassin.

– Aucun problème, Doron, intervint Seban. Vous aurez un rapport complet dans le courant de la nuit, n'est-ce pas, Avi ?

– Et qu'en est-il de la femme ? Est-ce qu'elle a assisté à la scène ? Elle est encore dans nos locaux ? s'inquiéta soudain le supérieur.

Avraham, qui ne savait pas quoi répondre, lança un regard interrogateur à Seban.

Il n'avait pas vu Mazal Bengtson depuis le coup de feu. En sortant de cette réunion, il l'aperçut à travers la vitre de la salle d'interrogatoire, recroquevillée dans les bras d'Esthy Wahaba, et faillit entrer, mais se contenta de taper au carreau.

– Est-ce qu'elle l'a vu ? s'enquit-il, répercutant la question qu'on lui avait posée.

– Vous ne l'avez pas entendue crier ? J'ai réussi à l'intercepter deux mètres avant qu'elle se jette sur lui.

Il remarqua que l'enquêtrice avait les yeux rouges.

– Et elle comprend ce qui s'est passé ? Tu lui as tout expliqué ?

– Oui. Est-ce que j'avais le choix ? Et depuis, elle hurle que c'est elle qui l'a assassiné. Qu'il est mort à cause d'elle. Elle veut absolument aller à l'hôpital. Vous m'autorisez à l'y conduire ?

Que pouvait-il dire ? Que lui aussi aurait aimé aller à l'hôpital ? Esthy remarqua le sang noirci entre ses doigts et c'est sans doute ce qui la poussa à lui demander :

– Et vous, comment vous allez ?

Au lieu de répondre, il déclara :

– Je file chez eux. Tu peux lui demander la clé de leur appartement ?

Ce fut à ce moment qu'il eut l'impression d'approcher le plus possible de cet homme, Bengtson. Pour ce jour-là du moins. Chargé de trouver dans cet appartement une lettre d'adieu, un sac ou encore une liste de femmes violées, quelque chose qui prouverait que celui qui avait vécu entre ces murs était bien celui qui avait tué Lea Jäguer, Avraham cherchait en fait autre chose... C'était exactement ce qu'Ilana lui avait reproché, même s'il ne se l'avouerait que par la suite.

Il ouvrit la porte avec la clé de Mazal. Dans l'ascenseur, il huma la même odeur que celle qui l'avait saisi plus tôt dans la voiture, un mélange de vêtements mouillés et de poils de chien. Les fenêtres du salon étaient fermées, il alluma la lumière et se souvint de la fillette plantée devant la porte de sa chambre pendant qu'il interrogeait sa mère.

Dans l'évier il y avait deux bols avec des restes de cornflakes et un fond de lait, sur la grande table deux factures, une des impôts locaux et une d'électricité, qu'il retourna. Au dos de l'une d'elles, il lut un court message griffonné : *Je rentre demain matin. Désolé pour tout. Demain, je t'expliquerai ce qui s'est passé.* Rien à voir avec une lettre d'adieu. Mais quand Bengtson avait-il écrit ce mot ? Et que devait-il expliquer ? Personne n'avait été assassiné dans cet appartement, pourtant Avraham avait l'impression de se déplacer sur une scène de crime. Exactement le même silence. Des espaces vides que ne perturbait plus le moindre bruit et qui ne seraient pas habités avant longtemps.

Comme lors de sa visite, deux jours plus tôt, il eut l'impression que même avant le drame personne n'avait réellement habité là, ou que cet endroit n'était pas un véritable cocon familial, ou encore que ses occupants se préparaient à le quitter bientôt. Dans le salon, il revit l'écran plat et les deux canapés protégés chacun par une couverture. Sur l'une d'elles, quelqu'un avait posé un déguisement de princesse qui semblait avoir été oublié là pour cause de départ précipité. La photo du cerf fuyant un danger était toujours le seul ornement de la pièce et elle lui rappela aussitôt l'autre photo. Même si c'était impossible, il lutta contre la sensation de ne pas être seul. Les escaliers qu'il n'avait pas grimpés la première fois menaient à un petit local de service dont la fenêtre ouverte donnait sur le toit. Il aperçut une machine à laver et un panier en plastique rempli de vêtements – mais pas de sac à main. Ni sur le meuble, ni dans les tiroirs, qui auraient mérité une fouille plus méticuleuse. Il avança sur le toit et regarda la rue par-dessus le muret en béton. Soudain, Bengtson lui apparut, en train d'observer le véhicule de l'équipe qui planquait devant chez lui. De lourds nuages s'amoncelaient très bas dans le ciel mais il ne pleuvait plus. Avraham savait qu'il ne poserait plus à personne les questions qu'il avait préparées : *Pourquoi avez-vous fait ça ? Pensiez-vous pouvoir attraper le violeur de votre femme ?* Il appela Eliyahou et Esthy mais il n'y avait rien de nouveau du côté de l'hôpital.

À moins que vous n'ayez voulu vous venger ? Mais de qui ?

Il lui restait une seule pièce à fouiller : la chambre à coucher. Dès qu'il alluma la lumière, il le vit. Couché au pied du lit, le chien blanc ne bougea pas, même après avoir vu l'intrus : il ne fit que lever vers lui une tête aux yeux vitreux, qu'il reposa ensuite sur le sol. Malgré tous ses efforts, Avraham n'arriva pas à occulter la grande photo accrochée au mur et ne détacha son regard des deux corps nus qu'au moment où résonna soudain à ses oreilles tout ce que Mazal avait raconté à Esthy en interrogatoire et qu'il avait entendu debout derrière la glace sans tain.

C'était donc là que Bengtson avait revêtu l'uniforme pour la première fois.

Il eut alors l'impression que toutes les images qu'il avait rassemblées, tous les témoignages entendus convergeaient vers cette chambre : à droite du chien blanc gisait le corps de Lea Jäguer, à côté son fils tombait à genoux comme au cimetière, dans le lit était allongée Mazal qui se remettait de son viol et soudain son mari dévoué et patient entrait dans la chambre en uniforme de policier et lui demandait de raconter exactement tout ce qui s'était passé.

Chaque détail. Depuis le début.

Il fit un pas dans la pièce pour s'assurer que rien de tout cela n'était réel. Il devait fouiller les tables de chevet de part et d'autre du lit. Le chien blanc leva à nouveau la tête et l'observa. Avraham sentit ses genoux flancher et fut obligé de sortir.

Il appela Marianka de son bureau et lui dit qu'il ne rentrerait que le lendemain matin. Elle voulut savoir s'ils avaient arrêté l'assassin, il se contenta d'un oui laconique. Le commissariat avait rouvert au public, mais à l'accueil un agent remplaçait David Ezra. Des policiers s'approchèrent d'Avraham et lui demandèrent comment il allait. Personne ne lui adressa le moindre reproche. Lital Levy lui demanda s'il avait mangé et appela la cafétéria pour lui commander un sandwich. Avant de l'entamer, il alla enfin se laver les mains dans les toilettes.

Si Mazal Bengtson n'avait pas été à l'hôpital avec Esthy Wahaba, il s'y serait peut-être rendu, mais il devait rédiger son rapport, et lorsque Seban le lui rappela par téléphone, il promit de s'y atteler. Il savait aussi par l'enquêtrice que les grands-parents gardaient les deux fillettes du couple, lesquelles, pour l'instant, ignoraient ce qui s'était passé. Elle l'avait aussi averti qu'elle n'était plus seule avec Mazal, rejointe par sa sœur jumelle.

À dix-sept heures passées, lorsque Maaloul entra dans son bureau, il n'avait pas encore commencé à écrire. Sur l'écran de son ordinateur, la vidéo de l'interrogatoire de Mme Bengtson était prête à démarrer, mais il ne pouvait se résoudre à appuyer sur le bouton. Dans le document Word qu'il venait de créer, il n'avait rédigé qu'un début de paragraphe : *En tant que responsable de l'équipe d'investigation enquêtant sur le meurtre de Lea Jäguer, j'ai reçu ce matin dans mon bureau Mme Mazal Bengtson, épouse de Yaakov Bengtson, suspect du meurtre ci-dessus cité. Cette femme s'est présentée au commissariat de son plein gré et sans nous avoir prévenus au préal...*

– Tu vas bien ? lui demanda l'inspecteur qui, devant son hochement de tête, insista : Tu es sûr ?

– Oui.

– J'ai parlé avec Seban et j'ai l'impression qu'on n'aura pas de problèmes, Avi. Ils nous reprochent de ne pas avoir pensé que Bengtson avait un pistolet, mais comme il y a de fortes chances pour qu'il soit l'assassin, personne ne va chipoter.

Il se tut un court instant, puis reprit :

– Que te reste-t-il à faire, chef ? Est-ce que je peux t'aider, ou bien je rentre chez moi ?

En fait, Avraham avait très envie qu'il reste et regarde avec lui l'interrogatoire de Mazal Bengtson et la vidéo de la caméra de surveillance placée à l'entrée du commissariat, celle où l'on voyait Bengtson se tirer une balle dans le cou, puis David Ezra apparaître et tenter de comprimer la blessure, puis lui-même entrer dans le cadre et se pencher vers eux. Il avait aussi très envie qu'ils rédigent ensemble le rapport promis au chef du district, mais au lieu de ça il lui dit :

– Oui, oui, tu peux partir.

– Tu es vraiment sûr ? insista l'autre.

Un sourire illumina ses yeux sombres tandis qu'il s'installait à côté de l'inspecteur-chef.

L'arme se trouvait déjà dans la main de Bengtson quand il avait poussé la porte du commissariat, mais personne n'aurait pu deviner qu'il n'était pas policier. De plus, d'après le témoignage d'Ezra, il n'avait rien dit, juste plaqué le canon du pistolet contre son cou et appuyé sur la détente avant même que la porte se soit refermée. Avraham se vit agenouillé dans la flaque de sang, en train de pratiquer un massage cardiaque. Le cri qu'il se souvenait d'avoir lancé n'avait pas été enregistré.

Ils reportèrent par écrit le minutage précis indiqué sur la bande, puis commencèrent à visionner le fameux interrogatoire.

– En fait, pourquoi on regarde ça ? s'étonna Maaloul.

Avraham lui expliqua que la hiérarchie lui avait demandé de notifier dans un rapport détaillé comment la femme en était arrivée à proposer elle-même d'attirer son mari au commissariat. Mais en réalité, s'ils continuèrent le visionnage, ce fut pour d'autres raisons : l'inspecteur en suivit tout le déroulement quasiment hypnotisé, même au moment où on voyait Avraham s'approcher de Mazal et hausser le ton – un moment que lui-même trouva insupportable. Dire que plus jamais il n'aurait l'occasion de leur poser des questions, ni à l'un ni à l'autre ! Jamais il n'obtiendrait de réponses aux points d'interrogation qu'il avait inscrits. Tout ce à quoi il pouvait avoir accès avait été formulé là et se trouvait dans les images qui défilaient à présent sur son écran.

La suite de la conversation, qu'il avait observée le matin à travers la glace sans tain, n'avait plus rien d'un interrogatoire de police. Esthy Wahaba avait attendu qu'il quitte la pièce pour poser la main sur la tête de Mazal et elle l'avait caressée pendant tout le temps que dura le récit.

– Est-ce que vous êtes prête à me raconter ce qu'il vous a fait ? avait-elle demandé.

Et la femme du suspect avait enfin pris la parole, en chuchotant si bas que sur la vidéo il était difficile d'entendre tout ce qu'elle disait.

– Vous ne connaissez pas mon mari, il n'a voulu faire de mal à personne. Il n'en peut plus, c'est tout.

– Alors il a fait quoi ?

– Ceux qui ne le connaissent pas ne peuvent pas comprendre. Moi, je ne voulais pas en reparler, je ne voulais pas lui raconter. Je ne désirais qu'une chose, tout oublier.

– Et il a insisté ?

– Oui.

– Comment ? Il vous a violentée ?

– Il ne cessait de me demander de lui raconter ce qui s'était passé. Encore et encore.

– Il vous a menacée ?

– Non.

– Il vous a frappée, Maly ? Vous pouvez me dire la vérité.

– Non. Vous ne connaissez pas Koby. Ce n'est pas quelqu'un de violent.

– Alors pourquoi voulait-il savoir ?

– …

– Pourquoi tenait-il tant à savoir, Maly ?

– Aucune idée.

– Vous ne lui avez pas posé la question ?

– Il a du mal à accepter de ne pas avoir de travail et de ne pas arriver à en trouver. Il a honte de ne pas ramener de salaire et de me laisser seule subvenir aux besoins de la famille.

– Quel rapport y a-t-il entre les deux choses ?

– Elles sont liées. Il ne peut plus se supporter.

– Mais pourquoi fallait-il que vous lui racontiez ce qui s'était passé à Eilat ? Il voulait prouver à la police qu'il était capable de retrouver votre violeur ?

– Non, il n'essayait même pas.

– Alors quoi ?

– Quand il est revenu avec cet uniforme, je lui ai demandé ce qu'il faisait déguisé comme ça, et il m'a dit qu'il était allé questionner une femme violée.

– Vous vous souvenez comment elle s'appelait ?

– Non.

– Il vous a donné son nom ?

– Je ne le lui ai pas demandé.

– Et c'était quand ?

– Quelques semaines après Eilat.

– Et que vous a-t-il raconté ? Que s'est-il passé avec cette femme ?

– Ce que je vous ai dit. Il est allé chez elle et lui a fait subir un interrogatoire.

– Comment a-t-il trouvé ses coordonnées ?

– Je ne le lui ai pas demandé. Je pense qu'il les a prises sur la liste que j'avais rapportée du groupe de parole.

– Et l'a-t-il enregistrée ? Vous a-t-il fait écouter l'enregistrement ?

– Enregistrée avec quoi ?

– Et comment avez-vous réagi ?

– Vous ne vous imaginez pas dans quel état il était. Il n'arrêtait pas de pleurer. Il n'avait pas de mauvaises intentions… Vous ne le connaissez pas, mais jamais il n'aurait dû en arriver là. Je ne sais pas ce qui s'est passé, je ne comprends pas moi-même, mais je sais qu'il a été acculé. Il aspirait à autre chose, à une autre vie. Je pense aussi qu'il tenait à être démasqué et que c'est pour ça qu'il a recommencé.

– Pourquoi pensez-vous qu'il voulait qu'on l'attrape ?

– Parce qu'il souffre.

– De quoi ?

– De ce qu'il est devenu. De tout ce qui est arrivé.

– Et c'est pour ça que vous avez décidé de lui raconter ? Pour qu'il ne recommence plus ?

– Oui.

– Vous lui avez raconté quoi ?

– Tout. Tout ce qui s'est passé.

– C'est-à-dire ?

– Que je suis rentrée dans ma chambre et que l'homme s'y est introduit pendant que je dormais, à moins qu'il ne m'ait attendue sur le balcon. Qu'il a mis une main sur mon cou, qu'il a serré, ensuite le couteau…

– Et Koby n'a pas recommencé ? Il s'en est contenté ?

– Quand il a vu à quel point c'était pénible pour moi, il m'a autorisée à me taire. Mais au bout de quelques jours il a remis l'uniforme et m'a de nouveau demandé de lui raconter.

– La même histoire ?

– Oui. Mais avec encore plus de détails. Comment le violeur s'y était pris, le temps que ça avait duré…

– Et ça s'est reproduit combien de fois ? Une seule ?

– Non. Ça a continué un mois peut-être. Après, il a vu que j'étais à bout, alors il a arrêté.

– Pourquoi avez-vous accepté d'entrer dans son jeu ?

– …

– Parce que vous vouliez épargner ça à d'autres femmes ?

– Oui. Qu'est-ce que je pouvais faire ?

– Vous auriez pu porter plainte pour harcèlement, Maly. Vous n'étiez pas obligée d'accepter ça.

– Mais je ne voulais pas qu'on s'en prenne à Koby, je ne voulais pas que…

– Que quoi ?

– Vous ne le connaissez pas, il n'aurait pas tenu le coup. Ce n'est pas quelqu'un de solide et il était…

Ils regardaient la vidéo en silence et ne firent aucun commentaire ce jour-là mais lorsque, en début de soirée, Maaloul rentra chez lui, le rapport n'était toujours pas bouclé. Avraham le terminerait seul dans le courant de la nuit et l'enverrait à Seban après quatre heures du matin. En reconduisant l'inspecteur jusqu'à la porte du commissariat, il le remercia d'être resté avec lui. À ce moment-là, tandis qu'il suivait du regard son dos qui s'éloignait vers la station de bus, il demanda une cigarette à un inconnu qui fumait sur le perron. Le goût âpre du tabac lui racla la gorge mais, dès qu'il l'eut éteinte, il retrouva ses vieilles habitudes et alla acheter deux paquets de Time rue Hoffien.

La pluie s'était totalement arrêtée, mais les rues encore mouillées étincelaient.

Sur le rapport qu'il rédigea cette nuit-là, il écrivit : *Yaakov (Koby) Bengtson a assassiné Lea Jäguer à son domicile, le 23/2 aux environs de quatorze heures.* Il ne pouvait pas écrire autre chose, pourtant il avait déjà compris que ce meurtre s'était enclenché bien avant, dans une chambre, derrière la porte close d'un autre appartement et sans que quiconque s'en doute.

Quelques heures plus tard, Esthy Wahaba lui téléphonait de l'hôpital pour lui annoncer la mort de Bengtson.

16

Le téléphone du suicidé, retrouvé dans la poche de son pantalon, fut rapporté de l'hôpital le lendemain matin, ajouté à la liste des pièces à conviction puis envoyé au service informatique. Peu de temps après, l'équipe d'investigation reçut le fichier audio sur lequel avaient été enregistrées les minutes précédant le meurtre. La première fois qu'Avraham l'entendit après sa nuit blanche, dans le bureau de Benny Seban en compagnie d'Eliyahou et d'Esthy, il ne s'était pas douché depuis le coup de feu, et pendant toute cette matinée, il ne desserra quasiment pas les dents. Son briquet et son paquet de Time gonflaient la poche de son pantalon, et toutes les heures il sortait fumer sur les marches du commissariat.

La scène s'était déroulée exactement comme il l'avait imaginée.

Bengtson avait attendu d'être assis dans la cuisine en face de Lea Jäguer pour actionner l'application dictaphone de son portable, si bien qu'Avraham ne put entendre les coups frappés à la porte, écho de ceux qui avaient résonné sous son crâne alors qu'il arpentait la scène de crime, ni les premières phrases échangées, mais le dialogue qui avait abouti à une lutte ayant engendré la mort était parfaitement audible. Bengtson avait tout d'abord demandé à Lea Jäguer de décliner ses nom, prénom et numéro d'identité, puis il avait enchaîné :

– Pouvez-vous, s'il vous plaît, me raconter votre agression ?

– Qu'est-ce que je dois raconter ?

Sur l'enregistrement, il parlait avec un accent plus prononcé que ce qu'Avraham avait cru. Un accent venu d'Australie, il le savait maintenant, tout comme cet étrange nom de famille. Bengtson, né à Perth de mère israélienne et de père australien, était arrivé en Israël à l'âge de quatorze ans.

Lea Jäguer parlait d'une voix grave et enrouée, peut-être les séquelles d'une grippe. Ce qui étonna particulièrement l'inspecteur-chef, ce fut l'assurance et le courage dont cette femme avait fait preuve.

Seban était ravi d'avoir mis la main sur ce qui confirmait sans nul doute possible, et même avant les analyses du labo, l'identité de l'assassin. Esthy Wahaba, qui, comme Avraham, n'avait pas dormi de la nuit, posa ses coudes sur la table et se couvrit la bouche.

– Racontez-moi tout ce dont vous vous souvenez. Depuis le début. Où c'est arrivé, comment ça a commencé. Quand avez-vous senti la présence de votre agresseur ?

En entendant ces questions, Maaloul échangea un regard avec Avraham : les mêmes questions avaient été posées à Diana Goldin. À la différence près que Lea Jäguer s'était aussitôt rebiffée :

– Comment ça, senti sa présence ? C'est moi qui l'ai invité. C'était l'associé de mon mari.

– Je veux dire, quand avez-vous senti que vous étiez en danger ?

Lea Jäguer était restée longtemps silencieuse. Avraham guettait ses paroles, parce que dès que sa voix résonnait dans le bureau il avait l'impression d'arriver à la faire revivre.

– Mais pourquoi avez-vous besoin que je vous le répète ? Vous savez déjà tout ça, avait-elle déclaré.

Les mots avaient alors tremblé dans la bouche de Bengtson :

– Il s'agit d'un réexamen du dossier et nous avons besoin que vous racontiez tout depuis le début.

Soudain les regards se tournèrent vers Esthy Wahaba, dont le nom venait d'être prononcé dans l'enregistrement : Lea Jäguer expliquait à Bengtson qu'elle ne voulait parler qu'avec la policière qui avait déjà pris sa déposition. Il lui avait répondu qu'il n'était pas en possession du numéro de téléphone de sa collègue.

– Je pense que je l'ai. Cette femme s'appelait Esthy, avait-elle aussitôt répliqué et d'après le crissement de la chaise elle s'était levée.

– Si vous préférez parler avec elle, on peut effectivement reporter l'entretien à un autre jour.

La réponse n'avait pas été captée par l'appareil. Un deuxième crissement de chaise indiquait que Bengtson s'était sans doute levé lui aussi. Quelques secondes plus tard, l'enregistrement avait été arrêté, laissant Avraham compléter la suite seul, en fonction de ce qu'il savait. Et de ce qu'il pouvait imaginer.

La peur. Celle de la victime et celle de l'assassin.

Le cœur qui s'accélère dans leurs deux poitrines quand ils comprennent.

Ils ne se connaissaient pas et pourtant se sont retrouvés enfermés là sans aucune échappatoire. Tout aurait pu se passer différemment. Sauf qu'ils avaient, tous les deux, terriblement joué de malchance.

– Quelqu'un peut m'expliquer pourquoi il n'a pas effacé ce truc de son téléphone ? lança soudain Seban.

L'inspecteur-chef se souvint de ce que Mazal Bengtson leur avait dit : il voulait se faire attraper. Était-ce aussi pour cela qu'il avait oublié son parapluie chez Diana Goldin ? Et qu'il avait pris le risque de récidiver à peine quelques jours plus tard ? Lea Jäguer avait-elle verrouillé sa porte pour empêcher le faux policier de fuir ? D'après l'assurance que dégageait sa voix, c'était possible. Ou alors elle était vite allée chercher dans son bureau le numéro de téléphone d'Esthy Wahaba, peut-être inscrit sur l'agenda qu'il avait déniché sur sa table de travail ? Dans ce cas, elle ne l'avait pas trouvé puisque, finalement, elle avait appelé Police secours. Lorsqu'elle s'était éclipsée de la cuisine, Bengtson avait certainement essayé de partir, mais si Lea Jäguer avait verrouillé la porte pour l'en empêcher – ce qui était probable –, il avait compris qu'il était piégé et avait alors dû se précipiter dans le bureau. Avraham se représentait clairement Lea Jäguer le combiné à la main. Elle le repose en voyant l'imposteur approcher. Cache-t-elle son agenda sous sa pile de papiers parce qu'elle sent le danger et veut laisser un indice à l'intention de quelqu'un ? Lui, Avraham ?

23/2 – 14 h 00.

Bengtson avait attrapé le fil du téléphone et l'avait arraché de la prise murale parce qu'il se doutait à qui elle téléphonait. Alors elle avait su.

Mais même dans ce cas tout aurait pu finir autrement. Il aurait pu lui avouer qu'il n'était pas un vrai policier et lui demander de le laisser partir. Elle aurait pu lui ouvrir la porte.

– Donnez-moi la clé, je veux sortir d'ici.

– Dites-moi qui vous êtes.

Ces phrases n'avaient pas été enregistrées et Avraham était le seul à pouvoir les entendre.

Seban téléphona au chef du district pour lui annoncer qu'il n'avait plus de souci à se faire.

– S'il vous plaît, donnez-moi la clé, que je puisse m'en aller. Je suis un enquêteur de police.

– Pourquoi êtes-vous venu chez moi ? Que me voulez-vous ?

Ainsi avait commencé la lutte que le voisin du dessous avait entendue.

Avraham sortit fumer une cigarette dehors. Des autobus passèrent devant lui. En face, sur le chantier de construction, des ouvriers actionnèrent un monte-charge qui hissa des tiges métalliques jusqu'au dernier étage. Mais le coup de feu claquait encore dans sa tête, couvrait tous les autres bruits et ravivait des images qui ne s'effaçaient pas : le visage ravagé de Mazal Bengtson au moment où elle avait craqué en salle d'interrogatoire ; l'appartement vide dans lequel il avait déambulé sans rien chercher ; la rue vue du haut du toit et la certitude que Bengtson s'était penché avant lui au-dessus du muret et avait remarqué la voiture de surveillance ; David Ezra agenouillé dans une flaque de sang de plus en plus grande ; le visage d'Esthy Wahaba de retour de l'hôpital au petit matin, les traits tirés non seulement de fatigue mais aussi de chagrin. Lorsqu'il réintégra le bureau de Seban, il trouva l'équipe en train de visionner la vidéo du suicide. Puis ils passèrent à celle de l'interrogatoire de Maly.

– Ceux qui ne le connaissent pas ne peuvent pas comprendre. Moi, je ne voulais pas en reparler, je ne voulais pas lui raconter. Je ne désirais qu'une chose, tout oublier, disait Mazal Bengtson tandis qu'Esthy Wahaba lui caressait la tête.

– Et il a insisté ?

Il ne pouvait plus regarder ça. Maaloul proposa qu'ils arrêtent la vidéo, mais Seban insista pour continuer.

– Pourquoi tenait-il tant à savoir, Maly ?

– Aucune idée.

– Vous ne lui avez pas posé la question ?

– Il a du mal à accepter de ne pas avoir de travail et de ne pas arriver à en trouver. Il a honte de ne pas ramener de salaire et de me laisser seule subvenir aux besoins de la famille.

– Quel rapport y a-t-il entre les deux choses ?

Avraham se leva et, avant de quitter la pièce, il eut encore le temps d'entendre le chef demander à Esthy si elle comprenait ce que voulait dire Mazal et l'enquêtrice lui répondre qu'elle pensait que oui.

– Parce que moi, ça dépasse mon entendement, répliqua-t-il. Quoi, ça l'excitait ? Il y prenait du plaisir ?

Elle assura que non. Elle avait passé toute la nuit avec Mazal Bengtson, à attendre à côté du bloc opératoire où les médecins se battaient pour sauver la vie de son mari, et cette femme s'était entêtée à dire que s'il avait trouvé du travail il n'aurait jamais fait ce dont on l'accusait. À l'annonce de sa mort, elle s'était mise à répéter en boucle :

– C'est moi qui l'ai tué.

Dans l'intimité qui s'était instaurée entre elles – il n'y avait à l'hôpital que la sœur jumelle de Maly, arrivée au milieu de la nuit et qui avait tenu à rester –, Esthy avait essayé de la convaincre qu'elle n'aurait jamais pu prévoir la tournure que prendraient les événements.

Avraham entendit encore la réponse dubitative de Seban :

– C'est n'importe quoi, Wahaba. Je suis sûr que ça l'excitait, on ne peut pas occulter la dimension sexuelle…

À ses paroles se mêla la voix de Mazal Bengtson :

– Vous ne le connaissez pas, mais jamais il n'aurait dû en arriver là. Il aspirait à autre chose, à une autre vie.

Il resta au commissariat jusqu'à la mi-journée malgré sa fatigue et alors qu'il n'avait plus rien à y faire. Il avait posé la photo de Lea Jäguer devant lui comme si l'enquête n'était pas close et, à côté, les pièces du dossier bien rangées avec sa feuille de questions destinées à Bengtson. *Pouvez-vous me raconter ce qui s'est passé lundi dernier dans l'appartement de Lea Jäguer ?* Il avait d'autres chats à fouetter à présent – toutes les affaires qu'il avait négligées depuis le début de cette première enquête d'homicide. L'assassin ayant été confondu et s'étant fait justice lui-même, il n'y avait plus aucune question à poser. En fin de matinée, les sites d'information avaient annoncé que l'homme qui s'était tiré une balle dans la tête à l'entrée d'un commissariat n'était autre que l'assassin de Lea Jäguer. Aucun nom n'était cité parce que le tribunal n'avait pas totalement levé le secret de l'instruction. Étrangement, on faisait largement mention du téléphone portable du coupable, retrouvé à son domicile par l'équipe d'investigation et qui contenait un fichier audio sur lequel Lea Jäguer avait été enregistrée quelques minutes avant sa mort. Ce fichier, précisait-on, avait été effacé mais, grâce aux techniques de pointe du service informatique de la police nationale, il avait été restauré.

En arrivant à Jaffa, il se rendit compte que la plupart des rues du centre-ville étaient barrées à cause du carnaval de Pourim. Il songea au déguisement orphelin sur le canapé du salon de l'appartement vide. Il se retrouva coincé plus d'un quart d'heure dans la rue Sokolov à attendre que passent les chars sur lesquels étaient installés des clowns, des princesses et des soldats. Un enfant de cinq ou six ans en larmes, portant un costume noir de Batman, s'arrêta à la hauteur de sa portière. De la prison d'Abbou-Kabir, on l'informa qu'Erez Jäguer avait été libéré deux heures plus tôt, ce qui lui évitait de se déplacer à la maison d'arrêt.

Avant d'arriver chez lui, il décida de l'appeler de sa voiture et s'excusa de l'avoir incarcéré durant l'enquête, mais en fait, ce n'était pas de cela qu'il voulait lui parler. Peut-être avait-il envie de lui dire que sa mère avait été une femme courageuse et qu'il garderait longtemps la marque de ces jours écoulés, comme une fracture qui, parfois, lors des changements de temps, se rappelle à vous par une sourde douleur. Ce jour-là, il n'avait quasiment adressé la parole à personne et ce serait le cas jusqu'au soir, où il exploserait devant Marianka. Mais il essaya justement de faire durer le plus possible sa conversation avec le fils. Pourtant ils restèrent, l'un comme l'autre, surtout silencieux.

– Vous ne voulez toujours pas me dire pourquoi vous nous avez caché votre adoption et votre dernière conversation avec votre mère ? lui demanda Avraham, à son grand étonnement, juste avant de raccrocher. Vous auriez pu vous éviter ce séjour derrière les barreaux.

Erez Jäguer ne répondit pas.

Il n'avait aucune raison de continuer à le questionner puisque l'enquête était bouclée. Le fils était dans sa voiture en direction de sa banlieue de Haïfa, et lui aussi devait rentrer, enlever les vêtements qu'il portait depuis la veille, se doucher et enfin sombrer dans un sommeil vide de pensées.

– Pourquoi n'étiez-vous plus en contact avec elle depuis son agression, ça non plus, vous ne voulez pas me l'expliquer ?

Il avait posé la question sans attendre de réponse, aussi fut-il surpris d'entendre Erez Jäguer déclarer :

– Parce qu'elle avait eu des relations avec lui avant.
– Avec qui ?
– Avec David Danon.

Cette information le prit tellement au dépourvu qu'il s'arrêta sur le bas-côté et coupa son moteur.

– Il ne l'a pas violée. Ils avaient une liaison qui a commencé avant la mort de mon père.

C'était faux, l'enquête de la police avait clairement démontré qu'il y avait eu agression. Comment le fils pouvait-il adopter la thèse de la défense au point de ne pas croire sa propre mère ? Car même s'ils avaient eu une liaison, le jour où David Danon était venu lui parler de leur affaire de taxi, il l'avait bel et bien violée.

Il se tut, Erez Jäguer aussi. Et soudain, il comprit. Son cœur s'accéléra, il sortit le paquet de cigarettes de la poche de son pantalon et en alluma une avant de reprendre :

– Elle vous a téléphoné pour vous demander de venir chez elle, n'est-ce pas ?

C'était ce qu'il leur avait dissimulé, ce qu'il n'était pas prêt à avouer en salle d'interrogatoire, fût-ce au prix d'une incarcération. Ce n'est pas sa présence chez sa mère le jour du crime qu'il leur avait cachée, comme le pensait Sharpstein, mais au contraire le fait que sa mère lui avait demandé de venir et qu'il avait refusé. Voulait-elle que son fils assiste au rendez-vous fixé avec un policier pour qu'il la croie ?

– Elle vous a demandé de venir ? répéta-t-il.

– Non, répondit-il aussitôt avant ajouter : Je vous jure qu'elle ne m'a rien dit au sujet de la venue d'un policier.

Avraham n'en crut pas un mot. Du coup, il garda pour lui ce qu'il avait pensé dire à Erez au sujet de sa mère.

Et ce ne serait que le soir, en discutant avec Marianka, que tout ce qu'il n'avait pas évacué, tout ce qui bouillait en lui depuis que le coup de feu avait retenti, jaillirait.

À son grand soulagement, elle n'était pas là quand il rentra. Il enleva son pantalon, son pull bleu, les mit dans le bac à linge déjà plein et resta très longtemps sous le jet d'eau chaude. Lorsqu'il se réveilla de sa sieste, il faisait nuit à la fenêtre, Marianka était là mais elle ne lui posa aucune question. Il proposa d'aller dîner dehors, elle se rhabilla, attendit dans le salon qu'il finisse de boire son café et ils prirent la voiture jusqu'à Tel-Aviv. Les rues étaient envahies de jeunes gens déguisés, les restaurants décorés de lampions multicolores et, comme ils n'avaient pas réservé, ils ne trouvèrent de table libre nulle part. Tant mieux, parce qu'il y avait trop de serveuses qui s'étaient dessiné des moustaches sur le visage. Ils retournèrent à Holon et s'installèrent dans un café place Weizmann. L'assiette de pâtes à la crème était la première chose qu'il mangeait depuis la veille et il se jeta dessus.

– Est-ce que tu peux enfin me raconter ce qui s'est passé ? lui demanda Marianka quand il eut terminé.

– Te raconter quoi ?

– Pourquoi tu te sens aussi coupable. Vous avez attrapé l'assassin, non ?

Il la regarda, étonné : il n'avait confié à personne son lourd sentiment de culpabilité. De temps en temps, on entendait des pétards claquer dehors en rafales, et devant les vitres du café passaient des fêtards hauts en couleur prêts pour quelque joyeuse soirée. Il lui raconta tout. La dureté avec laquelle il avait interrogé Mazal Bengtson sans lui révéler les véritables soupçons qui pesaient sur son mari, son entêtement à ne pas lui en parler même quand elle avait proposé d'appeler Koby pour l'attirer au commissariat, bref, la manière dont il avait manipulé la femme pour piéger le mari. Depuis, il essayait bien de se trouver toutes sortes de justifications, mais sa culpabilité s'incrustait au contraire, comme la tache de sang sur son pull. Il se rappela que Mazal Bengtson avait dit à Esthy que Koby cherchait à être démasqué parce qu'il ne pouvait plus supporter la situation. Il songea aussi que l'assassin n'avait pas effacé de son téléphone le fichier accusateur. Que du haut de son toit, et bien qu'il ait vu la voiture de police garée en bas de son immeuble – Avraham en était quasiment sûr –, il avait décidé de se rendre au commissariat. Et autre chose aussi, car depuis qu'il avait revu, le matin, la vidéo de l'interrogatoire, il ne cessait d'y penser : le violeur avait posé une main sur le cou de Mazal Bengtson, puis un couteau qui lui avait entaillé la peau… Or Bengtson s'était tiré une balle dans le cou.

Marianka l'arrêta :

– Et en quoi es-tu coupable, Avi ? demanda-t-elle. Il a décidé tout seul de se suicider, non ? Sans doute parce qu'il préférait ne pas avoir à assumer ses actes. Quant à toi, tu as fait ton travail de policier.

Comment ne comprenait-elle pas que cela n'aurait jamais dû se terminer ainsi ? Qu'il bouclait son premier dossier d'homicide par un homme qui se tirait dessus à la porte du commissariat, décédait ensuite à l'hôpital, et par une femme persuadée qu'elle en était la cause. Or il n'avait voulu obtenir qu'une chose : s'asseoir en face de son suspect en salle d'interrogatoire, au deuxième étage du bâtiment, et essayer de comprendre.

Marianka ne toucha pas à la salade que la serveuse lui apporta, ne but pas une gorgée de vin.

– Pourquoi te sens-tu responsable de choses que tu n'as pas faites ? demanda-t-elle. Tu l'as démasqué, tu ne l'as pas…

Il ne la laissa pas terminer sa phrase, tant ce qu'elle disait était faux. À part eux, il n'y avait dans le café qu'un couple âgé et deux serveuses, dont l'une dévisagea Avraham au moment où il éleva la voix.

– Si j'avais révélé à Mazal que son mari était soupçonné de meurtre, jamais elle ne l'aurait dénoncé, Marianka. En tout cas, elle ne l'aurait pas attiré dans nos bureaux. Tu ne comprends pas ça ? Tu ne comprends pas pourquoi il s'est tiré une balle dans le cou ? Parce qu'il était persuadé qu'elle l'avait trahi, voilà pourquoi. Or elle ne l'a pas trahi, puisqu'elle ignorait de quoi on le soupçonnait. Et même en supposant qu'il se serait suicidé de toute façon en comprenant qu'il était démasqué, au moins elle n'aurait joué aucun rôle actif là-dedans. Tu sais ce qu'elle a dit ? Qu'elle l'avait tué. Qu'il était mort à cause d'elle.

Cette pensée, qui l'obsédait depuis la veille, ne semblait perturber personne à part lui. Ni le chef du district, ni Benny Seban, ni Maaloul. Ni même Marianka, qui répliqua, dubitative :

– Pourquoi es-tu si sûr qu'elle ne savait rien du crime de son mari ?

– Comment ça, pourquoi ? s'insurgea-t-il sans comprendre. Parce que nous ne le lui avons pas révélé. Parce que je ne lui ai pas révélé qu'il était soupçonné de meurtre.

– Et tu exclus la possibilité qu'elle l'ait découvert par elle-même et que ce soit justement la raison pour laquelle elle l'a dénoncé ?

Avraham secoua la tête, mais elle continua, et ce n'est qu'ensuite qu'il comprit pourquoi : elle parlait d'elle. Et de lui. Lorsqu'elle explicita les choses, il songea que oui, elle avait peut-être raison. Une violente envie d'aller sur-le-champ réinterroger cette femme, de tirer au clair ce qu'elle savait des agissements de son mari, le submergea. Mais il ne bougea pas.

Dans les semaines qui suivraient, Esthy Wahaba lui ayant appris que Mazal Bengtson avait quitté l'appartement de ses parents et était rentrée chez elle, il se rendrait plusieurs fois rue Uri-Zvi-Greenberg et attendrait dans sa voiture en bas de l'immeuble, fenêtres fermées. Si elle l'avait remarqué et s'était approchée de lui, il lui aurait peut-être posé la question, bien que sa compagne comme son enquêtrice l'aient exhorté à en rester là.

– Tu penses que si toi, qui ne l'as pas connu, qui ne lui as jamais parlé, tu as compris qu'il était l'assassin, reprit Marianka, sa femme n'a pas pu y penser ? Elle qui vivait avec lui, qui l'a sans doute vu le jour du meurtre et le lendemain, elle qui a traversé avec lui tout ce que tu m'as raconté… Tu crois vraiment qu'elle n'a vu ni le pistolet ni la fébrilité de son mari ? Qu'elle n'a pas envisagé qu'il se suiciderait ?

Et ce fut comme s'il entendait de nouveau de son bureau la détonation fatale. Marianka parlait avec des yeux brillants, elle l'avait déjà presque convaincu… Pourtant, il s'entêta :

– Je suis sûr que tu te trompes. Pourquoi l'aurait-elle attiré au commissariat, dans ce cas ? Si elle savait qu'elle le faisait plonger pour meurtre ? Non, non, elle pensait qu'il avait commis un délit mineur, qu'il serait interrogé et libéré au bout de quelques heures. Et qu'ils rentreraient ensemble à la maison. C'est d'ailleurs ce qu'elle nous a dit.

– Tu te demandes vraiment pourquoi ?

– Oui, pourquoi aurait-elle fait une chose pareille ?

– Peut-être parce qu'elle voulait que ça cesse. Que le cauchemar de leur vie commune cesse enfin.

De retour à la maison, Avraham appela Esthy Wahaba. Apparemment, il la réveilla. Il voulait savoir où se trouvait Mazal Bengtson, et sa collègue lui dit qu'elle était chez ses parents. Il hésitait encore à adopter la thèse, bien attirante pourtant, de Marianka. Mais s'il arrivait à la confirmer, il pourrait plus facilement nettoyer la tache qui s'était incrustée sur son pull bleu. Bien sûr, là n'était pas la seule raison pour laquelle il se disait que sa compagne ne se trompait pas.

L'homme qui avait violé Mazal Bengtson n'avait pas été retrouvé, aussi peut-être ne pouvait-elle pas supporter l'idée qu'un autre agresseur s'en sorte sans punition. Qu'une femme de plus soit, comme elle, victime d'un homme qui ne devrait jamais payer. Un instant, il imagina que le dossier n'était pas encore clos, qu'il lui restait encore des choses à comprendre. Ultérieurement, il envisagerait même d'assister à l'enterrement de Bengtson, qui fut célébré au cimetière civil de Herzlya – la veuve ayant refusé que son mari soit enterré dans la parcelle des suicidés –, ou, à défaut, de se rendre chez les parents de Mazal au cours de la semaine traditionnelle de deuil. Finalement, il y renonça. Esthy lui décrivit la cérémonie funéraire : à peine une dizaine de personnes présentes et sans le père du défunt qui n'avait pas fait le voyage d'Australie pour des raisons de santé. Les fillettes qu'Avraham avait vues dans l'appartement n'étant pas là non plus, la policière ne fut pas en mesure de lui dire comment leur mère leur avait présenté le drame.

Mais ce soir-là, lorsque la serveuse s'approcha d'eux, s'excusa en déclarant que le café fermait et qu'Avraham s'apprêta à régler l'addition, Marianka lui demanda de rester assis encore un instant.

Il posa son portefeuille sur la table.

– Je veux te dire quelque chose au sujet de nous deux.

Elle parla. Au début, il resta concentré sur Bengtson, mais ensuite, il l'écouta.

– Je sais que tu étais occupé et sous pression ces derniers temps, je sais aussi que la visite de mes parents a été pénible, mais tu agis exactement de la même manière avec moi. Exactement de la même manière.

Il ne comprenait pas à quoi elle faisait allusion et attendit.

– Tu agis avec moi exactement comme avec cette femme, Avi. Tu essaies d'endosser la responsabilité de mes décisions comme si j'étais une gamine. Tu t'en veux, tu refuses de croire que j'agis en connaissance de cause, que je sais exactement ce que je fais et que je suis capable de choisir par moi-même.

Il la dévisagea comme si cela faisait des jours qu'il ne l'avait pas vue, et lui tendit la main, mais elle recula la sienne.

– Depuis que je suis arrivée ici, tu culpabilises. Comme si ce n'était pas moi qui avais décidé de venir te rejoindre. Du coup, tu te replies sur toi-même, tu t'isoles et tu me caches tout ce qui est lié à ton travail, tu estimes que c'est de ta faute si j'ai tout quitté pour vivre avec toi ; que c'est de ta faute si tu bosses alors que moi, je ne sais pas encore ce que je vais faire.

Il nia tout en bloc. Mais elle poursuivit :

– Sache que, jusqu'à nouvel ordre, je suis là parce que je veux être là. Que c'est mon choix, une étape dans ma vie, pas seulement dans la tienne. Tu ne m'as rien imposé. Je sais prendre les décisions qui me conviennent, tu comprends ?

Il tenta de repousser les paroles qu'Ilana avait prononcées au cours de leur entretien et qui remontaient soudain dans sa mémoire.

– C'est moi qui me suis amenée ici, Avi, et si je devais me sentir mal, je ne resterais pas. C'est peut-être d'ailleurs ce que tu as tant de mal à accepter, ce que tu essaies d'occulter en te racontant que tout est à cause de toi et donc sous ta responsabilité.

– Alors ce n'est pas trop éprouvant pour toi, d'être ici ?

Au moment où il formula cette question, il sentit à quel point il brûlait de la lui poser depuis longtemps, en fait depuis le jour où elle était arrivée et pas seulement depuis le début de l'enquête.

– Si, c'est difficile. Évidemment que c'est difficile. Parce que je suis étrangère, que je ne parle pas la langue et aussi parce que tout ce que j'ai laissé là-bas me manque. Mais le pire pour moi, c'est ton attitude. J'ai du mal à supporter ton silence, ton refus de partager avec moi ce qui t'arrive. J'ai du mal à supporter que tu éprouves le besoin de t'enfermer dans la cuisine pour manger en cachette. Ou que tu aies recommencé à fumer sans me le dire. Je ne suis pas venue ici pour vivre seule mais pour essayer de vivre avec toi.

Elle avait posé ses deux mains sur la table et cette fois, lorsqu'il avança les siennes, elle se laissa faire. Comment avait-elle compris, pour les cigarettes ?

– Il ne faut pas être un fin limier pour le deviner, Avi. Sur ton pull, il n'y avait pas que des taches de sang.

– Si tu te sens trop mal, tu t'en iras vraiment ?

– Je pense que oui. Même si je ne sais pas où j'irai.

– Tu m'emmèneras avec toi ?

– Si tu n'es pas en pleine enquête.

Les chaises de la terrasse du café étaient déjà empilées les unes sur les autres, mais Avraham ne voulait pas encore rentrer. Elle lui proposa d'aller fumer une cigarette sur la place.

– En tout cas, je n'ai pas envie de penser que je ne suis qu'un chapitre de ta vie, dit-il après qu'ils se furent assis sur un banc.

– Pourquoi ? Ce n'est pas si mal.

– Parce que je veux être le livre tout entier. Jusqu'au *happy end*. Ou jusqu'à la fin tragique.

– Tu le seras peut-être. D'ailleurs, c'est ce qui est beau dans les livres, non ? Qu'on ne puisse jamais savoir à l'avance comment ils se terminent.

– Sauf dans les romans policiers, précisa-t-il. Dans un polar, on sait toujours que le coupable est démasqué à la fin et que la vie continue pour les innocents.

– Nous ne vivons pas dans un polar. En plus, n'est-ce pas toi qui m'as expliqué qu'on pouvait toujours trouver une faille dans la démonstration des enquêteurs ? Alors tu vois, peut-être que même un polar n'est jamais vraiment terminé. Tu te souviens qu'on en a parlé le jour de notre première balade dans Bruxelles ? Tu m'aurais crue, si je t'avais dit à l'époque qu'un an plus tard on habiterait ensemble ?

Cette discussion bruxelloise lui reviendrait en tête à la fin du mois de mars lorsque, pour la dernière fois, il attendrait en bas de l'immeuble où avaient habité Mazal et Yaakov Bengtson.

Il l'avait déjà vue à plusieurs reprises, principalement en fin de journée quand elle sortait faire son footing, mais il n'avait pas osé l'aborder, d'autant qu'il ne savait pas quoi lui demander exactement. Ce jour-là, Esthy l'avait informé qu'elle avait repris son travail et renvoyé son père chez lui afin de rester seule avec ses filles. Avraham avait trouvé l'occasion idéale pour monter chez elle et frapper à sa porte sans avertissement préalable.

Il gara sa voiture devant l'immeuble et attendit presque une demi-heure à l'intérieur. Comme il l'avait fait plusieurs fois au cours des semaines précédentes, il en profita pour appeler Ilana Liss, et enfin, on lui répondit, mais c'était son mari qui lui expliqua qu'Ilana ne serait pas joignable pendant un certain temps. Il lui proposa de transmettre un message. Avraham dit que c'était inutile.

Il était dix-huit heures, et comme les jours rallongeaient, il ne faisait pas encore nuit.

Il l'aperçut au moment où il mettait le contact et se préparait à partir. Elle sortait de l'immeuble avec ses deux filles et traversa la rue non loin de lui. Une des gamines tenait en laisse le chien blanc qu'il avait vu dans l'appartement. Avaient-elles remarqué sa présence ? Était-ce une illusion, ou bien le ventre de Mazal s'arrondissait sous le court tee-shirt qu'elle portait ? Il coupa le contact et, se remémorant soudain les paroles de Marianka au café, il les laissa s'éloigner avant de rallumer le moteur et de démarrer.

Ensuite, les dossiers qu'il avait négligés pendant l'enquête sur l'homicide occupèrent ses pensées et son imagination. À ceux-là s'ajoutèrent ceux qui avaient été ouverts entre-temps, mais la photo de Lea Jäguer resta sur son bureau jusqu'au début du mois d'avril. La doudoune bleue qu'il portait le jour où l'instruction avait été ouverte et le matin où il avait reçu Mazal Bengtson au commissariat resta elle aussi accrochée longtemps derrière sa porte, inutile depuis que la tempête n'était plus qu'un lointain souvenir et que le printemps inondait son bureau de lumière.

Épilogue

Elle attendit qu'il s'endorme, sortit de la chambre à coucher et entra dans le bureau pour appeler ses parents. Elle espérait que sa mère décrocherait, mais en entendant la voix de son père, elle ne fut pas mécontente.

– J'appelle pour m'excuser, déclara-t-elle après quelques secondes de silence. Qu'on se soit quittés comme ça.

– Pas de problème, répondit-il. Tu es déjà excusée. On a même essayé de te joindre plusieurs fois depuis notre retour.

– Est-ce que je t'ai réveillé ?

– Non.

De discuter ainsi dans leur langue, sa langue, lui fit prendre conscience à quel point ça lui manquait. À quel point vivre en anglais l'obligeait à utiliser des mots qui ne lui étaient pas familiers.

Comme elle ne disait rien, il continua :

– Je suis désolé si nous n'avons pas été…

– Oui. Je sais. Surtout toi, l'interrompit-elle.

Elle se sentit submergée par un flot d'amour, de colère et de nostalgie, tout ce qu'elle muselait en elle dans le silence de ces derniers mois et que sa conversation avec Avi au café avait enfin libéré. Elle ignorait si son père serait capable de capter dans sa voix l'écho de tout ce qui l'agitait, lui qui ne captait jamais rien.

– Mais je ne comprends vraiment pas ce qui te retient là-bas, Marianka. Il…

– Rien ne me retient, l'interrompit-elle. Et surtout pas lui. D'ailleurs, qu'est-ce que tu sais de lui ? Avez-vous essayé de faire sa connaissance pendant votre séjour ici ? Dès que je t'ai parlé de lui, tu as eu peur qu'il m'éloigne de vous, c'est chaque fois pareil quand je rencontre quelqu'un.

Elle parlait trop fort, mais Avi dormait profondément. Il était à peine au lit que le sommeil l'avait terrassé. Au fil de la nuit, sa lourde respiration s'était, comme d'habitude, transformée en un ronflement qu'elle continuait à entendre. Son père se répondit pas, ce qui lui fit plaisir parce que cela signifiait qu'il l'écoutait, mais l'attrista, tant elle avait envie que la discussion ne s'arrête pas. Elle s'excusa de s'être laissé emporter, il répéta qu'ils ne pensaient qu'à son bien. Pourtant, pas une seule fois il ne lui dit que, simplement, elle leur manquait. Il voulut savoir si l'enquête sur l'homicide était close.

– Oui, répondit-elle.

– Alors pourquoi ne viendriez-vous pas nous rendre visite maintenant ?

Plus tard, lorsqu'elle se retrouverait dans la rue, elle s'imaginerait avec lui à Bruxelles, marchant sous la neige qui tomberait peut-être, parce que, là-bas, l'hiver n'était pas encore terminé.

Elle s'installa devant l'ordinateur du bureau, hésita à écrire un mail ou autre chose, peut-être une lettre à Avi, peut-être un roman policier, pourquoi pas ? Mais il y avait tellement de choses en elle qu'elle en fut incapable. Alors, pour la première fois depuis son arrivée, elle sortit seule dans la nuit, comme elle le faisait depuis toute petite d'abord à Koper, ensuite à Bruxelles. Elle s'attendait à être saisie par le froid, mais ce fut un air sec et poussiéreux qui l'accueillit dehors et la renvoya à la sensation d'être une étrangère en ces lieux. Les rues de Holon étaient vides, la plupart des immeubles obscurs, et elle ne savait pas où aller. Pas non plus si tout cela était une erreur. Ou le début d'une aventure.

Les Éditions Points s'engagent pour la protection de l'environnement et une production française responsable

Ce livre a été imprimé en France, sur un papier certifié issu de forêts gérées durablement, chez un imprimeur labellisé Imprim'Vert, marque créée en partenariat avec l'Agence de l'eau, l'ADEME (Agence de l'environnement et de la maîtrise de l'énergie) et l'UNIIC (Union nationale des industries de l'impression et de la communication).

La marque Imprim'Vert apporte trois garanties essentielles :

- La suppression totale de l'utilisation de produits toxiques
- La sécurisation des stockages de produits et de déchets dangereux
- La collecte et le traitement de produits dangereux

RÉALISATION : IGS-CP À L'ISLE-D'ESPAGNAC
IMPRESSION : CPI FRANCE
DÉPÔT LÉGAL : SEPTEMBRE 2017. N° 136964-5 (2071663)
IMPRIMÉ EN FRANCE

Éditions Points

Collection Points Policier

DERNIERS TITRES PARUS

P3075. Pourquoi être heureux quand on peut être normal ? *Jeanette Winterson*
P3076. Qu'avons-nous fait de nos rêves ?, *Jennifer Egan*
P3077. Le Terroriste noir, *Tierno Monénembo*
P3078. Féerie générale, *Emmanuelle Pireyre*
P3079. Une partie de chasse, *Agnès Desarthe*
P3080. La Table des autres, *Michael Ondaatje*
P3081. Lame de fond, *Linda Lê*
P3082. Que nos vies aient l'air d'un film parfait, *Carole Fives*
P3083. Skinheads, *John King*
P3084. Le bruit des choses qui tombent, *Juan Gabriel Vásquez*
P3085. Quel trésor !, *Gaspard-Marie Janvier*
P3086. Rêves oubliés, *Léonor de Récondo*
P3087. Le Valet de peinture, *Jean-Daniel Baltassat*
P3088. L'État au régime. Gaspiller moins pour dépenser mieux *René Dosière*
P3089. Refondons l'école. Pour l'avenir de nos enfants *Vincent Peillon*
P3090. Vagabond de la bonne nouvelle, *Guy Gilbert*
P3091. Les Joyaux du paradis, *Donna Leon*
P3103. Le Dernier Lapon, *Olivier Truc*
P3115. Meurtre au Comité central, *Manuel Vázquez Montalbán*
P3123. Liquidations à la grecque, *Petros Markaris*
P3124. Baltimore, *David Simon*
P3125. Je sais qui tu es, *Yrsa Sigurdardóttir*
P3141. Le Baiser de Judas, *Anna Grue*
P3142. L'Ange du matin, *Arni Thorarinsson*
P3149. Le Roi Lézard, *Dominique Sylvain*
P3161. La Faille souterraine. Et autres enquêtes *Henning Mankell*
P3162. Les Deux Premières Enquêtes cultes de Wallander : Meurtriers sans visage & Les Chiens de Riga *Henning Mankell*
P3163. Brunetti et le mauvais augure, *Donna Leon*
P3164. La Cinquième Saison, *Mons Kallentoft*
P3165. Panique sur la Grande Muraille & Le Mystère du jardin chinois, *Frédéric Lenormand*
P3166. Rouge est le sang, *Sam Millar*

P3167. L'Énigme de Flatey, *Viktor Arnar Ingólfsson*
P3168. Goldstein, *Volker Kutscher*
P3219. Guerre sale, *Dominique Sylvain*
P3220. Arab Jazz, *Karim Miské*
P3228. Avant la fin du monde, *Boris Akounine*
P3229. Au fond de ton cœur, *Torsten Pettersson*
P3234. Une belle saloperie, *Robert Littell*
P3235. Fin de course, *C.J. Box*
P3251. Étranges Rivages, *Arnaldur Indridason*
P3267. Les Tricheurs, *Jonathan Kellerman*
P3268. Dernier refrain à Ispahan, *Naïri Nahapétian*
P3279. Kind of Blue, *Miles Corwin*
P3280. La fille qui avait de la neige dans les cheveux *Ninni Schulman*
P3295. Sept pépins de grenade, *Jane Bradley*
P3296. À qui se fier ?, *Peter Spiegelman*
P3315. Techno Bobo, *Dominique Sylvain*
P3316. Première station avant l'abattoir, *Romain Slocombe*
P3317. Bien mal acquis, *Yrsa Sigurdardottir*
P3330. Le Justicier d'Athènes, *Petros Markaris*
P3331. La Solitude du manager, *Manuel Vázquez Montalbán*
P3349. 7 jours, *Deon Meyer*
P3350. Homme sans chien, *Håkan Nesser*
P3351. Dernier verre à Manhattan, *Don Winslow*
P3374. Mon parrain de Brooklyn, *Hesh Kestin*
P3389. Piégés dans le Yellowstone, *C.J. Box*
P3390. On the Brinks, *Sam Millar*
P3399. Deux veuves pour un testament, *Donna Leon*
P4004. Terminus Belz, *Emmanuel Grand*
P4005. Les Anges aquatiques, *Mons Kallentoft*
P4006. Strad, *Dominique Sylvain*
P4007. Les Chiens de Belfast, *Sam Millar*
P4008. Marée d'équinoxe, *Cilla et Rolf Börjlind*
P4050. L'Inconnue du bar, *Jonathan Kellerman*
P4051. Une disparition inquiétante, *Dror Mishani*
P4065. Thé vert et arsenic, *Frédéric Lenormand*
P4068. Pain, éducation, liberté, *Petros Markaris*
P4088. Meurtre à Tombouctou, *Moussa Konaté*
P4089. L'Empreinte massaï, *Richard Crompton*
P4093. Le Duel, *Arnaldur Indridason*
P4101. Dark Horse, *Craig Johnson*
P4102. Dragon bleu, tigre blanc, *Qiu Xiaolong*
P4114. Le garçon qui ne pleurait plus, *Ninni Schulman*
P4115. Trottoirs du crépuscule, *Karen Campbell*
P4117. Dawa, *Julien Suaudeau*
P4127. Vent froid, *C.J. Box*

P4159. Une main encombrante, *Henning Mankell*
P4160. Un été avec Kim Novak, *Håkan Nesser*
P4171. Le Détroit du Loup, *Olivier Truc*
P4188. L'Ombre des chats, *Arni Thorarinsson*
P4189. Le Gâteau mexicain, *Antonin Varenne*
P4210. La Lionne blanche & L'homme qui souriait
Henning Mankell
P4211. Kobra, *Deon Meyer*
P4212. Point Dume, *Dan Fante*
P4224. Les Nuits de Reykjavik, *Arnaldur Indridason*
P4225. L'Inconnu du Grand Canal, *Donna Leon*
P4226. Little Bird, *Craig Johnson*
P4227. Une si jolie petite fille. Les crimes de Mary Bell
Gitta Sereny
P4228. La Madone de Notre-Dame, *Alexis Ragougneau*
P4229. Midnight Alley, *Miles Corwin*
P4230. La Ville des morts, *Sara Gran*
P4231. Un Chinois ne ment jamais & Diplomatie en kimono
Frédéric Lenormand
P4232. Le Passager d'Istanbul, *Joseph Kanon*
P4233. Retour à Watersbridge, *James Scott*
P4234. Petits meurtres à l'étouffée, *Noël Balen et Vanessa Barrot*
P4285. La Revanche du petit juge, *Mimmo Gangemi*
P4286. Les Écailles d'or, *Parker Bilal*
P4287. Les Loups blessés, *Christophe Molmy*
P4295. La Cabane des pendus, *Gordon Ferris*
P4305. Un type bien. Correspondance 1921-1960
Dashiell Hammett
P4313. Le Cannibale de Crumlin Road, *Sam Millar*
P4326. Molosses, *Craig Johnson*
P4334. Tango Parano, *Hervé Le Corre*
P4341. Un maniaque dans la ville, *Jonathan Kellerman*
P4342. Du sang sur l'arc-en-ciel, *Mike Nicol*
P4351. Au bout de la route, l'enfer, *C.J. Box*
P4352. Le garçon qui ne parlait pas, *Donna Leon*
P4353. Les Couleurs de la ville, *Liam McIlvanney*
P4363. Ombres et Soleil, *Dominique Sylvain*
P4367. La Rose d'Alexandrie, *Manuel Vázquez Montalbán*
P4393. Battues, *Antonin Varenne*
P4417. À chaque jour suffit son crime, *Stéphane Bourgoin*
P4425. Des garçons bien élevés, *Tony Parsons*
P4430. Opération Napoléon, *Arnaldur Indridason*
P4461. Épilogue meurtrier, *Petros Markaris*
P4467. En vrille, *Deon Meyer*
P4468. Le Camp des morts, *Craig Johnson*
P4476. Les Justiciers de Glasgow, *Gordon Ferris*

P4477. L'Équation du chat, *Christine Adamo*
P4482. Une contrée paisible et froide, *Clayton Lindemuth*
P4486. Brunetti entre les lignes, *Donna Leon*
P4487. Suburra, *Carlo Bonini et Giancarlo De Cataldo*
P4488. Le Pacte du petit juge, *Mimmo Gangemi*
P4516. Meurtres rituels à Imbaba, *Parker Bilal*
P4526. Snjór, *Ragnar Jónasson*
P4527. La Violence en embuscade, *Dror Mishani*
P4528. L'Archange du chaos, *Dominique Sylvain*
P4529. Évangile pour un gueux, *Alexis Ragougneau*
P4530. Baad, *Cédric Bannel*
P4531. Le Fleuve des brumes, *Valerio Varesi*
P4532. Dodgers, *Bill Beverly*
P4547. L'Innocence pervertie, *Thomas H. Cook*
P4549. Sex Beast. Sur la trace du pire tueur en série de tous les temps, *Stéphane Bourgoin*
P4560. Des petits os si propres, *Jonathan Kellerman*
P4561. Un sale hiver, *Sam Millar*
P4562. La Peine capitale, *Santiago Roncagliolo*
P4568. La crème était presque parfaite, *Noël Balen et Vanessa Barrot*
P4577. L.A. nocturne, *Miles Corwin*
P4578. Le Lagon noir, *Arnaldur Indridason*
P4585. Le Crime, *Arni Thorarinsson*
P4593. Là où vont les morts, *Liam McIlvanney*
P4602. L'Empoisonneuse d'Istanbul, *Petros Markaris*
P4611. Tous les démons sont ici, *Craig Johnson*
P4616. Lagos Lady, *Leye Adenle*
P4617. L'Affaire des coupeurs de têtes, *Moussa Konaté*
P4618. La Fiancée massaï, *Richard Crompton*
P4629. Sur les hauteurs du mont Crève-Cœur, *Thomas H. Cook*
P4640. L'Affaire Léon Sadorski, *Romain Slocombe*
P4644. Les Doutes d'Avraham, *Dror Mishani*
P4649. Brunetti en trois actes, *Donna Leon*
P4650. La Mésange et l'Ogresse, *Harold Cobert*
P4655. La Montagne rouge, *Olivier Truc*
P4656. Les Adeptes, *Ingar Johnsrud*
P4660. Tokyo Vice, *Jake Adelstein*
P4661. Mauvais Coûts, *Jacky Schwartzmann*
P4664. Divorce à la chinoise & Meurtres sur le fleuve Jaune *Frédéric Lenormand*
P4665. Il était une fois l'inspecteur Chen, *Qiu Xiaolong*
P4701. Cartel, *Don Winslow*
P4719. Les Anges sans visage, *Tony Parsons*
P4724. Rome brûle, *Carlo Bonini et Giancarlo De Cataldo*
P4730. Dans l'ombre, *Arnaldur Indridason*

P4738. La Longue Marche du juge Ti & Médecine chinoise à l'usage des assassins, *Frédéric Lenormand*
P4757. Mörk, *Ragnar Jónasson*
P4758. Kabukicho, *Dominique Sylvain*
P4759. L'Affaire Isobel Vine, *Tony Cavanaugh*
P4760. La Daronne, *Hannelore Cayre*
P4761. À vol d'oiseau, *Craig Johnson*
P4762. Abattez les grands arbres, *Christophe Guillaumot*
P4763. Kaboul Express, *Cédric Bannel*
P4771. La Maison des brouillards, *Eric Berg*
P4772. La Pension de la via Saffi, *Valerio Varesi*
P4781. Les Sœurs ennemies, *Jonathan Kellerman*
P4782. Des enfants tuent un enfant. L'affaire James Bulger *Gitta Sereny*
P4783. La Fin de l'histoire, *Luis Sepúlveda*
P4801. Les Pièges de l'exil, *Philip Kerr*
P4807. Karst, *David Humbert*
P4808. Mise à jour, *Julien Capron*
P4817. La Femme à droite sur la photo, *Valentin Musso*
P4827. Le Polar de l'été, *Luc Chomarat*
P4830. Banditsky ! Chroniques du crime organisé à Saint-Pétersbourg, *Andreï Constantinov*
P4848. L'Étoile jaune de l'inspecteur Sadorski, *Romain Slocombe*
P4851. Si belle, mais si morte, *Rosa Mogliasso*
P4853. Danser dans la poussière, *Thomas H. Cook*
P4859. Missing : New York, *Don Winslow*
P4861. Minuit sur le canal San Boldo, *Donna Leon*
P4868. Justice soit-elle, *Marie Vindy*
P4881. Vulnérables, *Richard Krawiec*
P4882. La Femme de l'ombre, *Arnaldur Indridason*
P4883. L'Année du lion, *Deon Meyer*
P4884. La Chance du perdant, *Christophe Guillaumot*
P4885. Demain c'est loin, *Jacky Schwartzmann*
P4886. Les Géants, *Benoît Minville*
P4887. L'Homme de Kaboul, *Cédric Bannel*
P4907. Le Dernier des yakuzas, *Jake Adelstein*
P4918. Les Chemins de la haine, *Eva Dolan*
P4924. La Dent du serpent, *Craig Johnson*
P4925. Quelque part entre le bien et le mal, *Christophe Molmy*
P4937. Nátt, *Ragnar Jónasson*
P4942. Offshore, *Petros Markaris*
P4958. La Griffe du chat, *Sophie Chabanel*
P4959. Les Ombres de Montelupo, *Valerio Varesi*
P4960. Le Collectionneur d'herbe, *Francisco José Viegas*
P4961. La Sirène qui fume, *Benjamin Dierstein*
P4962. La Promesse, *Tony Cavanaugh*

P4963. Tuez-les tous... mais pas ici, *Pierre Pouchairet*
P4964. Judas, *Astrid Holleeder*
P4965. Bleu de Prusse, *Philip Kerr*
P4966. Les Planificateurs, *Kim Un-Su*
P4978. Qaanaaq, *Mo Malø*
P4982. Meurtres à Pooklyn, *Mod Dunn*
P4983. Iboga, *Christian Blanchard*
P4995. Moi, serial killer. Les terrifiantes confessions de 12 tueurs en série, *Stéphane Bourgoin*
P5023. Passage des ombres, *Arnaldur Indridason*
P5024. Les Saisons inversées, *Renaud S. Lyautey*
P5025. Dernier Été pour Lisa, *Valentin Musso*
P5026. Le Jeu de la défense, *André Buffard*
P5027. Esclaves de la haute couture, *Thomas H. Cook*
P5028. Crimes de sang-froid, *Collectif*
P5029. Missing : Germany, *Don Winslow*
P5030. Killeuse, *Jonathan Kellerman*
P5031. #HELP, *Sinéad Crowley*
P5054. Sótt, *Ragnar Jónasson*
P5055. Sadorski et l'ange du péché, *Romain Slocombe*
P5067. Dégradation, *Benjamin Myers*
P5068. Les Disparus de la lagune, *Donna Leon*
P5093. Les Fils de la poussière, *Arnaldur Indridason*
P5094. Treize Jours, *Arni Thorarinsson*
P5095. Tuer Jupiter, *François Médéline*
P5096. Pension complète, *Jacky Schwartzmann*
P5097. Jacqui, *Peter Loughran*
P5098. Jours de crimes, *Stéphane Durand-Souffland et Pascale Robert-Diard*
P5099. Esclaves de la haute couture, *Thomas H. Cook*
P5100. Chine, retiens ton souffle, *Qiu Xiaolong*
P5101. Exhumation, *Jesse et Jonathan Kellerman*
P5102. Lola, *Melissa Scrivner Love*
P5123. Tout autre nom, *Craig Johnson*
P5124. Requiem, *Tony Cavanaugh*
P5125. Ce que savait la nuit, *Arnaldur Indridason*
P5126. Scalp, *Cyril Herry*
P5127. Haine pour haine, *Eva Dolan*
P5128. Trois Jours, *Petros Markaris*
P5167. Diskø, *Mo Malø*
P5168. Sombre avec moi, *Chris Brookmyre*
P5169. Les Infidèles, *Dominique Sylvain*
P5170. L'Agent du chaos, *Giancarlo De Cataldo*
P5171. Le Goût de la viande, *Gildas Guyot*
P5172. Les Effarés, *Hervé Le Corre*
P5173. J'ai vendu mon âme en bitcoins *Jake Adelstein*

P5174. La Dame de Reykjavik, *Ragnar Jónasson*
P5175. La Mort du Khazar rouge, *Shlomo Sand*
P5176. Le Blues du chat, *Sophie Chabanel*
P5177. Les Mains vides, *Valerio Varesi*
P5213. Le Cœur et la Chair, *Ambrose Parry*
P5214. Dernier tacle, *Emmanuel Petit, Gilles Del Pappas*
P5215. Crime et Délice, *Jonathan Kellerman*
P5216. Le Sang noir des hommes, *Julien Suaudeau*
P5217. À l'ombre de l'eau, *Maïko Kato*
P5218. Vik, *Ragnar Jónasson*
P5219. Koba, *Robert Littell*
P5248. Il était une fois dans l'Est, *Arpád Soltész*
P5249. La Tentation du pardon, *Donna Leon*
P5250. Ah, les braves gens !, *Franz Bartelt*
P5251. Crois-le !, *Patrice Guirao*
P5252. Lyao-Ly, *Patrice Guirao*
P5253. À sang perdu, *Rae Delbianco*
P5282. L'Artiste, *Antonin Varenne*
P5283. Les Roses de la nuit, *Arnaldur Indridason*
P5284. Le Diable et Sherlock Holmes, *David Grann*
P5285. Coups de vieux, *Dominique Forma*
P5286. L'Offrande grecque, *Philip Kerr*
P5310. Hammett Détective, *Stéphanie Benson, Benjamin et Julien Guérif, Jérôme Leroy, Marcus Malte, Jean-Hugues Oppel, Benoît Séverac, Marc Villard, Tim Willocks*
P5311. L'Arbre aux fées, *B. Michael Radburn*
P5312. Le Coffre, *Jacky Schwartzmann, Lucian-Dragos Bogdan*
P5313. Le Manteau de neige, *Nicolas Leclerc*
P5314. L'Île au secret, *Ragnar Jónasson*
P5335. L'Homme aux murmures, *Alex North*
P5336. Jeux de dames, *André Buffard*
P5337. Les Fantômes de Reykjavik
Arnaldur Indridason
P5338. La Défaite des idoles, *Benjamin Dierstein*
P5339. Les Ombres de la toile, *Christopher Brookmyre*
P5340. Dry Bones, *Craig Johnson*
P5341. Une femme de rêve, *Dominique Sylvain*
P5342. Les Oubliés de Londres, *Eva Dolan*
P5343. Chinatown Beat, *Henry Chang*
P5344. Sang chaud, *Kim Un-Su*
P5345. Si tu nous regardes, *Patrice Guirao*
P5346. Tu vois !, *Patrice Guirao*
P5347. Du sang sur l'asphalte, *Sara Gran*
P5348. Cool Killer, *Sébastien Dourver*
P5378. Angkar, *Christian Blanchard*
P5379. Que tombe le silence, *Christophe Guillaumot*

P5380. Nuuk, *Mo Malø*
P5381. Or, encens et poussière, *Valerio Varesi*
P5382. Le Goût du rouge à lèvres de ma mère, *Gabrielle Massat*
P5383. Richesse oblige, *Hannelore Cayre*
P5384. Breakdown, *Jonathan Kellerman*
P5385. Mauvaise graine, *Nicolas Jaillet*
P5386. Le Séminaire des assassins, *Petros Markaris*
P5387. Y. La Trilogie de K, *Serge Quadruppani*
P5388. Norlande, *Jérôme Leroy*
P5418. Le Bal des porcs, *Arpád Soltész*
P5419. Après le jour, *Christophe Molmy*
P5420. Quand un fils nous est donné, *Donna Leon*
P5421. Sigló, *Ragnar Jónasson*
P5422. La Gestapo Sadorski, *Romain Slocombe*
P5473. L'Emprise du chat, *Sophie Chabanel*
P5474. Somb, *Max Monnehay*
P5503. De cendres et d'or. Une enquête du ranger Taylor Bridges *B. Michael Radburn*
P5504. Un dernier ballon pour la route, *Benjamin Dierstein*
P5505. Laisse pas traîner ton fils, *Rachid Santaki*
P5506. La Dernière Tempête, *Ragnar Jónasson*
P5507. Un dîner chez Min, *Xiaolong Qiu*
P5546. Dernier Tour lancé, *Antonin Varenne*
P5547. La Pierre du remords, *Arnaldur Indridason*
P5548. L'Ange déchu, *Chris Brookmyre*
P5549. Seul avec la nuit, *Christian Blanchard*
P5550. Une évidence trompeuse, *Craig Johnson*
P5551. Marseille 73, *Dominique Manotti*
P5552. Elma, *Eva Björg Ægisdóttir*
P5553. L'Ange rouge, *François Médéline*
P5554. Terminus Leipzig, *Jérôme Leroy, Max Annas*
P5555. Carnets d'enquête d'un beau gosse nécromant *Jung Jaehan*
P5556. La Bête en cage, *Nicolas Leclerc*
P5557. Les Chiens de Pasvik, *Olivier Truc*
P5558. Xavier Dupont de Ligonnès. La grande enquête *Pierre Boisson, Maxime Chamoux, Sylvain Gouverneur, Thibault Raisse*
P5580. La Maison du commandant, *Valerio Varesi*
P5581. Serial Bomber, *Robert Pobi*
P5582. L'Art de mourir, *Ambrose Parry*
P5583. Un flic bien trop honnête, *Franz Bartelt*
P5584. Le Second Disciple, *Kenan Görgün*
P5585. Maldonnes, *Serge Quadruppani*
P5586. L'Ami des ombres, *Alex North*
P5587. Resurrection Bay, *Emma Viskic*

P5588. En eaux dangereuses, *Donna Leon*
P5589. Disparaître / Dans la nature, *Evan Ratliff*
P5590. Trente Grammes, *Gabrielle Massat*
P5591. Heartbreak Hotel, *Jonathan Kellerman*
P5592. Mort aux hypocrites, *Petros Markaris*
P5593. Koba, *Robert Littell*
P5636. Le Serment, *Arttu Tuominen*
P5637. Indio, *Cesare Battisti*
P5638. L'Eau rouge, *Jurica Pavičić*
P5639. Analphabète, *Mick Kitson*
P5640. Larmes de fond, *Pierre Pouchairet*
P5641. L'inspecteur Sadorski libère Paris
Romain Slocombe
P5642. L'Os de Lebowski, *Vincent Maillard*
P5668. Un tueur sur mesure, *Sam Millar*
P5696. La Forcenée. La trilogie de K
Serge Quadruppan
P5697. Dix âmes, pas plus, *Ragnar Jónasson*
P5698. Tais-toi et meurs, *Alain Mabanckou*
P5699. La Cour des mirages, *Benjamin Dierstein*
P5881. Macha ou l'évasion, *Jérôme Leroy*
P5882. L'Équarrisseur, *Nadine Matheson*
P5889. Crépuscule à Casablanca. Une enquête de Gabrielle Kaplan, *Melvina Mestre*
P5890. L'Inconnue du port, *Olivier Truc, Rosa Montero*
P5891. In fine mundi, *Andrès Serrano*
P5892. Le Mur des silences, *Arnaldur Indridason*
P5893. Western Star, *Craig Johnson*
P5894. Le Grand Jeu, *Percy Kemp*
P5896. King Zeno, *Nathaniel Rich*
P5905. Les filles qui mentent, *Eva Björg Ægisdóttir*
P5906. Alba Nera, *Giancarlo De Cataldo*
P5910. Je suis le feu, *Max Monnehay*
P5932. Tu ne seras plus mon frère
Christian Blanchard
P5933. La Main de dieu, *Valerio Varesi*
P5934. Summit, *Mo Malø*
P5941. Des ombres dans la nuit, *Jonathan Kellerman*
P5947. La Consule assassinée, *Pierre Pouchairet*
P5948. Les Masques éphémères, *Donna Leon*
P5956. La Fureur de la rue, *Thomas H. Cook*
P5969. La Femme du deuxième étage, *Jurica Pavičić*
P5974. L'Espion qui venait du livre, *Luc Chomarat*
P5976. Gueules d'ombre, *Lionel Destremau*
P5984. J'étais le collabo Sadorski, *Romain Slocombe*